近松時代浄瑠璃の世界

近松時代浄瑠璃の世界＊目次

序章

近松門左衛門（一六五三―一七二四）は、「作者の氏神」（『今昔操年代記』享保十二年［一七二七］）とまで仰がれ、「今作者と云るゝ人々、皆近松の行き方を手本」としたとされた作者であった。しかし、近松が浄瑠璃を書き始めた頃は、太夫の方の地位が高く、浄瑠璃作者が名乗ることはほとんどない時代であった。

現在、近松のもっとも初期の作と推定されているのは、延宝五年［一六七七］の『てんぐのだいり』であるが、約十年後の『佐々木先陣』（貞享三年［一六八六］初演）の正本に、やっと近松の署名が見られるようになる。翌年の役者評判記『野郎立役舞台大鏡』（貞享四年刊［一六八七］）には、近松の作者署名について、次のような非難が載る。

おかしたいもの　南京のあやつり　近松が作者付（中略）

又ある人の曰、よい事がましう上るり本に作者書くさへ、ほめられぬ事じやに、此比は狂言までに作者を書、剰芝居の看板、辻々の札にも、作者近松と書き記す。いかい自慢と見へたり。此人歌書か物語を作らば、外題を近松作者物語となん書給ふべきや。

答へて曰、御不審尤には候へども、とかく身すぎが大事にて候。古ならば何とてあさ〳〵しく、作者近松などゝ書給ふべきや。時、業におよびたるゆへ、芝居事で朽ち果つべき覚悟の上也。（中略）双方和睦の評に曰、此人作られける近代の上るり、詞花言葉にして、内典外典軍書等に通達したる広才のほどあきらけし。
　その徳おしむべきは、此人と褒美あまって今こゝに云々。

やめさせたいこととして、近松の「作者付」があげられており、その行為が甚だ「自慢」げであると非難されている。その一方で、近松の生業として臨む作者としての態度、さらに浄瑠璃そのものは評価されている。『竹豊故事』（宝暦六年［一七五六］）に、「浄瑠璃の作者と極まりたる人、昔今はなし。（中略）是を産業となせる人は近松門左衛門に始る」と記されている。それまで浄瑠璃は「俳諧師或は遊人杯の慰み」に作られたものにすぎなかったが、近松は慰みではなく職業作者として、芝居に取り組んでいることが認められたのである。このような状況で、近松は浄瑠璃の作者としての明確な自覚のもと、あえて作者署名をしていたのである。

近松は、浄瑠璃について、人形にかかるものであるからこそ、「文句みな働きを肝要とする括物」（『浄瑠璃文句評注難波土産』（元文三年［一七三八］））と見ていた。近松の芸論は、聞き書きとして『難波土産』発端に収められており、近松が浄瑠璃の「文句は情をもとゝす」べきであり、文句も趣向も実と虚の間の「皮膜の間」であることが、「結句芸になりて、人の心の慰みとなる」と考えていたことが記されている。このような作劇上の心構え、芸論を記した作家は稀であり、人形浄瑠璃の戯曲としての詞章のあり方、作者として具体的な意識を窺うことができる。

『今昔操年代記』には、「殊に近来の浄瑠璃、第一趣興文句のはだへむつかしければ、あたるはまれにしてあたらぬはつねなり」と浄瑠璃の作文作劇の難しさが語られる。そうした中で、近松が「新作をこしらえ追々おもしろき趣向にかはり文句はたらき」、義太夫の語りが人気を博するようになった。近松の浄瑠璃の趣向、文句について、『竹豊故事』には「数多の作者出来りて趣向作文をなすといへ共、元来近松ほどの器量無故か古語の取誤り古実の相違有職の違ひ等間々有て見聞苦敷品も多ければ」とあり、近松の浄瑠璃は、古語や有職故実など幅広い知識をもとに作劇されていたと高く評価している。前掲の『野郎立役舞台大鏡』にも、近松は「内典外典軍書等に通達」していると、初期の頃からその幅広い豊富な知識が認められていた。さらに『作者式法戯財録』（享和元年［一八〇一］）にも同様なことが記される。

元来、近松は衆生化度せん為の奥念より書作するゆへ、是までの草子物とは異なり、俗談平話を鍛錬して、愚痴闇昧の者どもに人情を貫き、神儒仏の奥義も残る所なくあらはし、（中略）近松の浄瑠璃本を百冊よむ時は、習はずして三教の道に悟りを開き、上一人より下万民に至るまで、人情を貫き、乾坤の間にあらゆる事、森羅万象弁へざる事なし。

入我亭我入が歌舞伎の作劇法について述べた中で、近松の浄瑠璃は、神儒仏の教え、人情、世の理まで悟らせる力があるとしている。それは、近松が作劇の際、「衆生化度」を念頭に置いていたからだと捉えられていた。博識さはそこに活かされているのである。

本書では、作者としての確固たる覚悟を持ち、「唐の大和の教ある道々、妓能、雑芸、滑稽の類まで、しらぬ事なげに、口にまかせ、筆にはしらせ、一生を囀りちらし」たとする（辞世文）、数多く残る近松の浄瑠璃における作劇法の一端を明らかにしたい。

本書では、近松浄瑠璃の作劇法について、次のような構成で趣向と先行芸能・先行作品の摂取・展開という面から考察を進めた。

第一部では、近松の時代浄瑠璃における趣向について、歌謡・芸能や滑稽な要素が劇中どのような役割を果たしているのかに注目した。第一章「趣向としての歌謡・芸能」では、近松の浄瑠璃に採り入れられた、能・狂言や平曲、幸若舞曲などの芸能や、当時流行していた歌謡や門付芸などについて、趣向という面から考察した。第二章「滑稽の趣向」では、近松の浄瑠璃には、軽口や秀句などを用いた文辞上の可笑味のほか、方言や唐音、しゃべりなど聴覚的な可笑味、また、視覚的にも可笑味をさそう場面が多数設けられていることに注目して考察を進めた。古浄瑠璃においては十分に発達していなかった滑稽の要素が、近松浄瑠璃においていかに著しく発展したのかを明らかにした。第三章「心底の趣向」では、心底の趣向を観客をひきつけるための手段としての意外性の追求や、緊張感の高揚、推理小説的興味による複雑な仕組みと意外な解決への技巧的発展という面から考察した。

第二部「近松の時代浄瑠璃の展開」では、近松の時代浄瑠璃が晩年にはいかに展開するのかを検討した。第一章「近松の時代浄瑠璃に描かれた「執着」「執念」」では、近松の時代浄瑠璃に描かれた執着・執念に着目し、それが劇の構想や展開にどのように関わっているのかを時期的な変遷に留意しつつ考察した。第二章「近松の浄瑠璃に描かれた「武の国」日本」では、近松の時代浄瑠璃には、「武の国」として日本がどのように描かれていたのか、そこには、作者のいかなる意図が含まれていたのかを考察した。第三章「近松の浄瑠璃に描かれた台湾」では、近松が台湾で起った朱一貴の乱を、作品にいち早く取り入れた点に注目し、近松の作品において、いかに台湾が描かれていたのか、近松はいかなる理由で朱一貴の乱を作品化したのか、その背景と意図、そして特徴を考察した。

第三部は、時代浄瑠璃における先行作品の摂取・展開について論じた。先行芸能・先行作品の摂取について、何が踏襲され、どう展開されたのかを、近松の十二段物、義経物、そして、近松没後の作品では富士浅間物、佐川藤太の作品を検討した。第一章「近松浄瑠璃の十二段物」では、近松の十二段物における先行作品の摂取・展開について検討した。十二段物は時代によって様々な変化を見せるが、近松の十二段物の筋立は、一部分だけを抜き出した先行作品とは違って、牛若の鞍馬出から浄瑠璃姫の死までを扱い、そして、既存の吉次や長者の人物像を改め、牛若側の者という色合を強め彼らの活躍の場を拡大していたことに注目し、考察を進めた。第二章『源義経将棊経』の構想」では、近松の義経物には、一作一作、登場人物が加えられたり、馴染みの筋や趣向に工夫が凝らされていることに注目し、『源義経将棊経』がいかに五段の劇構成に合せた人物造型をしているのを考察した。第三章「浄瑠璃における富士浅間物の展開」では、浄瑠璃における先行作品の利用の一例として、謡曲『富士太鼓』が近世戯曲において、どのように脚色・改変されたのかを考察した。『莠伶人吾妻雛形』（宗輔・丈輔合作）とその改作『粟島譜嫁入雛形』（宗輔・出雲・松洛合作）は、先行作品のようなお家騒動としては描かれず、両作品に関わっている、宗輔の作風である悲観主義的運命劇として、また、作中の人物が秘密を持って行動し、土壇場になって真実を明かすという趣向によって、敵討譚に変化が与えられていることを明らかにした。第四章「佐藤藤太の浄瑠璃――改作・増補という方法――」では、増補と改作の方法という観点から、文化文政期の浄瑠璃作者、佐川藤太の作品である『絵本増補玉藻前曦袂』と『五天竺』に対する分析を試みた。先行浄瑠璃がいかに改作されたのかをたどることで、佐川藤太、独自の作劇法を考察した。

あらためていうまでもなく、浄瑠璃は三味線・太夫・人形があって、成り立つ劇であり、そのことを常に考慮すべきであるが、本書は、文学的研究にとどまり、演劇的研究となりえていない点が課題といえる。また、近松の時代浄瑠璃について、できるだけ初期から後期の作品まで時期を追って考察を進めてきたが、近松作と確定されていない初期の存疑作については、その中に含めることが出来なかった。さらに、近松の後期における、添削の問題など浄瑠璃制作の形態についての考察も今後の課題である。

凡例

一、本文の引用は次のとおりである。

・近松の浄瑠璃本文・図は、『近松全集』(岩波書店、一九八五―一九九六年)。

・古浄瑠璃は、『古浄瑠璃正本集』加賀掾編(大学堂書店、一九八九年)、『古浄瑠璃正本集』(角川書店、一九六四―一九八二年)、『土佐浄瑠璃正本集』(角川書店、一九七二―一九七七)、『源氏十二段』肥前掾正本は『近世初期国劇研究』(若月保治、青磁社、一九四四年)所収翻刻。

・『今昔操年代記』、『竹豊故事』、『浄瑠璃文句評注難波土産』は、『浄瑠璃研究文献集成』第二、(北光書房、一九四四年)。

・『野郎立役舞台大鏡』は、『歌舞伎評判記集成』第一(岩波書店、一九七二年)。

・『作者式法戯財録』は、『近世芸道論』(『日本思想大系六一』、岩波書店、一九七二年)。

・謡曲は、『謡曲集』「日本古典文学大系」(岩波書店、一九六〇―一九六三年)、『謡曲大観』(明治書院、一九三〇―一九三一年)『校註謡曲叢書』(博文館、一九一四―一九一五年)。

・幸若舞曲は『幸若舞曲研究』(三弥井書店、一九七四―二〇〇四年)『舞の本』「新日本文学古典大系」(岩波書店、一九九四年)。

・『平家物語』は「日本古典文学大系」(岩波書店、一九五九―一九六〇年)。

・『義経記』は「日本古典文学大系」(岩波書店、一九五九年)。

・『曾我物語』は「日本古典文学大系」(岩波書店、一九六六年)。

・『源平盛衰記』は（有朋堂、一九三五年）。
・『異本義経記』は『仏教大学研究紀要』五十七号（一九七三年三月）、高橋貞一翻刻。
・『莠伶人吾妻雛形』『粟島譜嫁入雛形』は国文学研究資料館のマイクロ資料（芸大蔵本）。
・『玉藻前曦袂』は「『那須野狩人那須野猟師　玉藻前曦袂』翻刻」（須藤のぶ子、実践女子大学文芸資料研究所年報八、一九八九年）。
・『絵本増補玉藻前曦袂』は『絵本増補玉藻前曦袂』（金桜堂、一八九二年）。
・『五天竺』は『未翻刻戯曲集・八』（国立劇調査養成部芸能調査室）による。

二、引用に際しては、私にルビ・節章を省略し、句読点を補い、仮名を漢字に改めた。

第一部　近松の時代浄瑠璃における趣向

第一章　趣向としての歌謡・芸能

一　はじめに

近松の浄瑠璃は、能・狂言や平曲、幸若舞曲などの芸能、さらに当時流行していた歌謡や門付芸などを採り入れて成立している。その摂取方法は様々であるが、劇中で歌謡が歌われ、芸能が演じられるという類型的な場面が少なからずあり、作品の重要な趣向となっている。

登場人物が歌舞を披露する例としては、『世継曾我』（天和三年〔一六八三〕九月初演、宇治座）の五段目「ふうりうの舞」がある。古浄瑠璃や歌舞伎で用いられていた形式を踏襲した、曲尾を華やかに飾るためのものである。しかし、これは作中の事件落着後のものであり、劇の主筋に直接関わりを持たない。加賀掾の浄瑠璃では、このように曲尾を飾るために歌舞を披露する場面が好んで用いられたが、義太夫の方ではあまり用いられなくなる。加賀掾が音楽性を重視した反面、義太夫が演劇性を重視した結果といわれている。

例えば、『浄瑠璃物語』における浄瑠璃姫と御曹司の出会い――屋敷内の浄瑠璃姫と侍従たちの管弦の音に惹かれた牛若が、笛を取出して吹くことで内へと招き入れられる――の場面は、『十二段』（元禄十一年〔一六九八〕正月以前初演）、『天鼓《てんこ》』（元禄十四年〔一七〇一〕初演）、『雪女五枚羽子板』（宝永五年〔一七〇八〕正月頃初演）、『孕《はらみ》常盤』

（宝永七年〔一七一〇〕閏八月頃初演）、『源義経将棊経』（正徳元年〔一七一一〕正月二十一年以前初演）などに用いられている。義経物の中でも『源義経将棊経』では、牛若ではなく、鈴木三郎と浄瑠璃姫の出会いに変えられているなど、牛若と浄瑠璃姫という人物にこだわらず、若い男女の出会いの場面の趣向として用いている。近松はこの趣向を人物、場所、状況を変えるなど、一作ごとに変化を与えている。

『天鼓』二段目では、小六郎（関東小六）が塀越しに雛遊びをする夕ばへたちの様子を見て、近くで見ようと笛を吹いて彼女たちを誘い出そうとする場面があるが、ここでは、『浄瑠璃物語』での、牛若と浄瑠璃姫を小六郎と夕ばへに、また、管弦を雛遊びに変えている。(1)この小六郎の笛は、既に指摘があるように、歌舞伎『関東小六今様姿』（元禄十一年〔一六九八〕正月初演、京、早雲長太夫座、座本山下半左衛門）で、小六が笛を吹いて高根の前に戯れる場面を採り入れたものである。(2)近松の元禄期の浄瑠璃は歌舞伎の影響を受けたものが多いが、中村七三郎(3)の当り芸である笛の場面が、ここに採り入れられた。また、雛遊びは劇構成上、初段―正月、二段目―桃の節句、三段目―五月五日、五段目―七夕という設定の中の、各段での節句の雰囲気を出す一つの要素としても機能している。(4)

『雪女五枚羽子板』中之巻でも、小鼓の名手である二郎が、本阿弥宅の塀越しに聞こえてくる玉椿姫たちの羽子板の音に鼓を合わせ打つ場面がある。ここでは管弦が羽子板の音に、笛が鼓に変えられている。(5)『雪女五枚羽子板』も歌舞伎色が濃厚であると指摘されている作品であり、(6)各巻冒頭に置かれただんじり歌や、(7)この羽子板の音に合せて鼓を打つ場面も二代目嵐三右衛門(8)の芸を取り込んだものである。しかし、『天鼓』と違い、三郎が本阿弥宅の床の間の折紙道具を盗んで逃げる隙を与えるきっかけとなっており、結局、二郎に疑いがかかるという、筋の展開上の役割を果たしている。『雪女五枚羽子板』は、『浄瑠璃物語』の趣向に歌舞伎役者の芸風を採り入れ、男が女に心惹かれる情調をはなやかな場面に仕立てるだけではなく、また、劇の展開へと結び付ける工夫もされているものといえる。

浄瑠璃には、このような笛、鼓、琴などの楽器の音、歌謡などを通じて男女が出会う場面が多く設けられており、ほとんどの場合、屋敷の内からあるいは外から聞こえてくる楽器の音や歌謡が出会うきっかけとなるということが、一つのパターンとなっている。また、その他、聞こえる歌謡に合わせて、登場人物の所作があるという趣向も見られる。

本章では、このような「聞こえてくる歌謡・芸能」という形を取るものを中心に考察を進めたい。近松の浄瑠璃に採り入れられた歌謡・芸能は時代が下るにつれて、その場面の趣向と有機的に結び付いたり、劇の展開に関わるなど、劇と密接に関係したものとして一定の役割を担うようになる。[9] また、近石泰秋氏は「近松の作品の発展は趣向の発展を核心としている」とされ、近松が一作一作、趣向に新しい工夫を凝らしていることを指摘している。[10] 歌謡・芸能が用いられた趣向がどのように発展しているのかを見てゆき、この手法が劇の中でどのような役割を果たしているのかを考え、近松の作劇法の一端を明らかにしたい。

二　再会の場に用いられた歌謡

近松は牛若と浄瑠璃姫の出会いの趣向を、楽器や歌謡を媒介とした男女の出会いとしてだけではなく、再会にも用いており、印象的な場面を作り出している。この場合も、屋敷の内と外が繋がることとなるのであるが、再会の場合にはどのような工夫がされているのであろうか。

『三世相』（貞享三年［一六八六］五月初演）二段目には、次のような場面がある。夕霧の遣手であった静三が夕霧の形見の琴の音がならないことを悲しんでいるところへ、左京が、静三が嵯峨の奥に住むということをたよりに訪れ、大井川で一節切を吹き出す。この聞こえてくる一節切の音に、思わず静三が琴を引寄せ合わせると、音の出なかった琴が不思議と音を出す。

あれはかの恋衣。誰人のふくやらん恋ふかき音色やと。思はず琴を引よせ一節切に合すれば。ふしぎや此琴音を出し。泣くがごとく慕ふがごとく、声にひかれてくる鹿のつま待姿ぞやさしけれ。合山歌夕あしたの薄霧も消へて、帰らぬ死出の山。別れて後の友とては、袖に残こりしうき涙、起請ひとつに文ひとつ。明日知らぬ。狩場の鹿の命さへ、恋に捨てなは惜しからじ。

奏でられたのは相の山節で(11)、その哀切な曲調から、『夕霧阿波鳴門』（正徳二年［一七一二］初春初演）における夕霧と伊左衛門と子の源之介の再会や、『傾城反魂香』（宝永五年［一七〇八］）におけるみやと元信の再会など、悲しい場面によく用いられていた曲である(12)。また、これは静三が、「今かたさまの尺八にこゑを合せしふしぎさに。いとゞしく大夫さまにあひ参らする心地」と語るように、静三と左京だけではなく夕霧との再会でもあったといえよう。哀調な相の山節を利用してその場の雰囲気を出す、歌謡の曲調を考慮に入れた場面である。

さて『三世相』では、左京が吹く笛を聞いた静三が「あれはかの恋衣」との反応を示すように、聞こえてくる曲が聞き覚えのあるものとなっていた。近松は、このような特定の登場人物に馴染みのある歌謡を再会のきっかけとして多用している。

『嫗《こもち》山姥』（正徳二年［一七一二］九月以前初演）二段目の、時行と八重桐の再会もその一つである。八重桐が屋敷内から聞こえる聞き覚えのある歌謡に反応することが、時行との再会の契機となった。

坂田時行は親の敵を討つために妻八重桐と別れ、煙草屋源七に身をやつしていたが、沢瀉姫の屋敷に呼び入れ

られ三味線を弾き歌っていた。そこへ偶然、八重桐が通りかかる。この歌を聞いた八重桐は、

ハア、ふしぎやあの小歌は。我身くるわに有し時、坂田の蔵人時行殿になれそめ。作り出せし替唱歌。かの人ならで誰が伝へたなつかしや。どふぞ入こみ見たい物じや。（傍線筆者）

と、廓にいた頃に自分が作った替歌ということに気が付き、にわかに傾城の右筆と偽って屋敷に入り、その歌い手が夫時行と知る。

時行が歌う歌に合せて八重桐が登場するという形を取り、歌そのものが人を引き合わせる。この歌は八重桐と時行にしかわからないという設定がされており、だからこそ、通りがかりの八重桐が気を引かれたのである。その歌の詞章も「箱より出す三味線の歌糸は昔にかはらねど引其ぬしのなれのはて。親のばちこま紙ごまの」と、時行が遊蕩のため勘当された身であることを読み込んでいる。

さらに、八重桐は姫たちに、廓でのことを時行を当てこするようにおもしろおかしく語り、そして、時行の期していた敵討は既に妹が果たしたと、時行を諫めた結果、局面は時行の自害へと急展開する。

この場面は『嫗山姥』にはじめて見られるものではなく、[13]特に八重桐の廓の長咄は、歌舞伎『ひがん桜』（正徳二年［一七一二］春初演、大坂、荻野八重桐・宮崎傳吉座）の荻野八重桐の演技を採り入れたものであり、[14]これはまた、すでに近松の歌舞伎『けいせい仏の原』（元禄十二年［一六九九］初演、京、都万太夫座、座本坂田藤十郎）をはじめ、浄瑠璃『天鼓』にも趣向として用いられている。[15]歌舞伎『ひがん桜』は確認できないが、近松の作品ではいずれも、偶然入り込んだ屋敷で、かつて契りを交わした人物との再会、悋気、廓の長咄の場が設けられている。

注目したいのは、入り込むことになる屋敷の前で、

・さても〳〵あの歌は。三国のおうしうが節を付た歌じやが。こゝ迄もはやるか。扨々おもしろうなつた。まづしばらく様子を聞ませふ（『けいせい仏の原』、傍線筆者）

・あらふしぎやあの歌は。一とせ我契てし陸奥の内侍。うたひ出せし一曲也。かゝる田舎に、誰やの人か伝へてはやる、なつかしやと。ふけゆく鐘も有し夜を思ひ合て聞ゐし所に（『天鼓』、傍線筆者）

という詞章があり、聞こえてくる歌謡を、いずれもかつて恋人が作ったものと設定していることである。この廓の長咄には、常にこの設定が組み合わされていた。近松は歌謡を単に再会のきっかけとして用いただけではなく、登場人物の境遇の一種の比喩として用いるという工夫をしている。

また、この歌は状況説明にとどまらない、劇の葛藤を導く重要な要素を担った歌であるといえよう。このように、人物の再会に、特定の人物のみが歌う歌謡を用いることが一つのパターンとなっていることがわかる。

『曾我虎が磨《いしうす》』（正徳元年［一七一一］初演）では、さらにその歌謡が事件を引き起こすものとして用いられている。十郎が祐経方の侍たちに狙われながらも、あやうく逃れたところにちょうど、

命ひろひし心地にて。見あぐれば宝来屋の二階の蠟燭あざやかに。少将がばち音、虎が自作の替唱歌。
歌ナゲ　とりも八声の。うきつとめとは思へ共。まれの夜は、しぎ立さはの、秋の暮。心なき身もあはれしれ。

と、宝来屋の二階から虎の歌声が聞こえてくる。この場面でも、「虎が自作の替唱歌」と、歌謡は歌い手が限定されて用いられている。虎の歌が聞こえてくることから、十郎がその様子を立ち聞きすることとなっていて、や

はり、歌謡が再会の契機となっている。

曾我物は、歌舞伎や浄瑠璃などで頻繁に題材とされ、同じ趣向を持つ似たような場面が多い。近松の浄瑠璃では、『大磯虎稚《おさな》物語』（元禄七年［一六九四］初演）と『曾我虎が磨』の二作において、虎といっしょにいる男を、外で立ち聞きしていた十郎が、よい仲と誤解する局面が描かれている。虎へ別れを告げるために大磯へと向かった十郎が虎の宿所についたが、ふと「ながれをたつるあそび者、われならぬ情もや」と思い、しばらく内の様子を窺う、『曾我物語』巻六「十郎大磯へゆきたちぎきの事」をふまえたものと思われる。(16)

では、『大磯虎稚物語』とは違って、『曾我虎が磨』では歌謡を用いることで、どのような効果が見られるのであろうか。『曾我虎が磨』では、十郎は祐経の侍たちから逃れてきた形で登場するが、『大磯虎稚物語』では、

はや七八町逃げのびしに、廾あまりの男つつといで。やあ〳〵女め。をのれと某夫婦のけいやく数通の起請。身に思ひある某が、かくほだされしはをのれゆへ。宵よりつけてうかゞひしに、あの男にたぶらかされ。あさましき振舞ひ畜生に劣りたり。傾城ながら夫婦の約束有からは、彼は間男、重ね切り。

と、虎とその兄勝重が親の敵を討ちに廓を忍び出たところを、十郎が誤解して斬りかかる様子が描かれているだけである。十郎の登場も唐突なもので「宵よりつけて」窺っていたとしか書かれていない。しかし、『曾我虎が磨』で用いられた歌謡は、廓の情緒を表すだけでなく、十郎と虎の再会の契機となる。その上、二階でこの歌を聞いていた重保が「心なき身もあはれしれ」とは自分へのあてつけなのかと怒り出す契機ともなる。

さらに、虎が重保を宥める言葉を立ち聞きしていた十郎が誤解して、重保に詰め寄り、結局、虎から重保親子の情（父重忠の使いで、曾我兄弟が本望を遂げるようにと、虎に密かに金銀を渡しに来ていた）を聞かされ誤解が解けるとい

う展開となる。虎自作の替歌であったからこそ、十郎がそれと知り、歌の詞章が気に入らなかったからこそ重保の立腹がある。替歌ひとつをめぐって場面が構成され、また筋が展開されているものといえる。

この「大磯の廓の場」では、はじめ、重保は「非番のつれ〴〵」に虎・少将に会いに来たことになっていた。訪れた理由が明かされる契機となるのが、十郎の重保への詰問であり、さらにその詰問は、虎の歌を十郎が立ち聞きしたことに始まるのである。十郎の立ち聞きがなければ、重保が訪れた理由は語られなかったのである。近松は歌謡の詞章に、一定の意味・役割を付与することで、歌謡の披露の場としてだけではなく、その後の展開に繋がる重要な契機としていることがわかる。

三　心境を表す歌謡

歌謡・芸能を通じて、出会いや再会のきっかけとする方法を見てきたが、さらに、その歌謡が登場人物の心境を表現するものとして用いられるようになる。

前述したように、『夕霧阿波鳴門』下之巻では、伊左衛門と源之介が語る相の山節を聞きつけた夕霧が、二人を内に呼び寄せて相の山節を語らせることで、夫と子、妻の再会になるのであるが、この詞章は徐々に夕霧への回向の内容になってゆく。これは相の山節に伊左衛門本人の心境が託されたものである。相の山節については、『傾城反魂香』中之巻の次のような場面に注目したい。大門口に不破伴左衛門の死体が見つかる。伴左衛門は太夫葛城を請け出そうとしていたが、葛城は山三と行末の約束を交わした仲であった。山三は銀杏の前と元信を夫婦にし、元信を出世させるために葛城の意趣あるのを幸いに伴左衛門を討ったことを打ち明ける。それを知ったみやは、名乗って礼を言おうと思うが、銀杏の前の邪魔と遠ざけられぬかと心配し、また、今は山三の命を助けるのが元信への「奉公」と思いをめぐらしているところであった。

　　気も沈み入時しもあれ。心細げな胡弓の声。あはれ催す相の山、われに涙《相ノ山》を添へよとや。夕べ朝の鐘
　　の声、寂滅為楽と響けども。聞きて驚く人もなし、通りや。たゞの時さへ相の山聞けばあはれで涙こぼれる。
　　悲しゆてならぬ胴ぶくらに。あた聞きともない。

と、みやが気が沈んでいる時に、相の山語りが登場する。これは元信が身をやつしたもので、みやとの再会場面が展開されるのである。前述したように、その場の雰囲気に合う歌謡としてだけではなく、みやの心境を表すものとしても用いられている。「気も沈み入る時しもあれ」、「われに涙を添へよとや」とあるように、気持が塞いでいるときにちょうど、また、人物の心境に重なり合う相の山節が聞こえてくることで、一層みやの心に響くものとなっている。この場面はみやの心境を強調して表すものとなったといえる。

聞こえてくる歌謡が、登場人物の心境を表す方法はすでに『曾根崎心中』（元禄十六年［一七〇三］五月七日初演）の道行に用いられていた。

　　向ふの二階は何屋とも、おぼつかなさけ最中にて、まだ寝ぬ灯影声高く、今年の心中よしあしの、言の葉草
　　やしげるらん。聞《大夫地》くに心もくれはどり。あやなや昨日今日までもよそに言ひしが、明日よりは私も噂
　　の数に入り、世に歌われん。歌はゞ歌へ。どう《歌二人》で女房にや持ちやさんすまい。いらぬものぢやと思へ
　　ども、げ《大夫地》に思へども、歎けども。身も世も思ふまゝならず。いつを今日とて今日が日まで、心の伸び
　　し夜半もなく、思はぬ色に苦しみに、ど《歌》うしたことの縁ぢややら、忘るゝ暇はないわいな。それに振り捨

て行かうとは、遣りはしませぬぞ。手にかけて殺しておいて行かんせな。放ちはやらじと泣きければ。
大夫地中　歌も多きにあの歌を、時こそあれ、今宵しも、歌　ワキ　ふはたそや、聞くは我。　二人　すぎにし人もわれ〳〵も。ひとつ思ひと縋り付き、声も惜しまず泣きゐたり。

お初と徳兵衛の道行に、岸の向こうの二階で歌っている「心中江戸三界」の歌謡が聞こえてくるという構図を取り（歌という節の指定がある箇所が「江戸心中三界」の歌謡を採り入れた部分）、よそ事の趣向とされている。よそ事の趣向として、よく述べられているのは世話物、特に心中物の道行での歌謡の用いられ方であろう。横山正氏は「よそ事」という表現は用いていないが、古浄瑠璃や海音の浄瑠璃との比較の上で、この歌謡引用による特殊な表現手法が完全な形で見られるのは近松の世話浄瑠璃においてであると述べている。[17] 道行の背景音楽として聞こえてくる歌謡が人物に現実感を与え、ある種の述懐を導き出すものとなっている。

　歌を聞いたお初と徳兵衛は「歌もおほきにあの歌を。時こそあれ今宵しも。歌ふはたそや聞くは我。すぎにし人もわれ〳〵も。ひとつ思ひ」と述懐する。多くの中でとりわけこの歌を、この時点で聞くことで、昨日までは自分たちも心中を他人事と思っていたが、いま改めて二人の立場が確認されるのである。この部分は、語りもお初を太夫、徳兵衛をワキ、そして「二人」でというように語り分ける工夫がされていて、二人の思いが語りの上でも強調されている。近松の浄瑠璃には、このように、本人ではなく第三者が歌い演じる歌謡・芸能に心情表現が託された例が多く見られる。ここではそれらに注目したい。

　『冥途の飛脚』（正徳元年［一七一一］七月以前初演）中之巻では、梅川が女郎たち相手に忠兵衛への思い、憂さ辛さを語っているが、場が重くなってしまったことから女郎たちが浄瑠璃『三世相』を語り出す場面がある。[18]

ア丶いかう気が滅入る。わつさりと浄瑠璃にせまいか、禿ども、ちよと行て竹本頼母様借って来い。いや、先に鬢付け買ふとて聞きましたが、芝居から直に越後町の扇屋に行かんしたげな。私は頼母様の弟子なれば、よう似たところを聞かんせ。サア三味線と、ゆふぎりの昔を今にひきかけて。傾城に誠なしと世の人の申せ共。それは皆ひがこと訳知らずの詞ぞや。誠もうそももとひとつ。たとへば命なげ打いかに誠をつくしても。男の方より便なく遠ざかる其時は。心やたけに思ひても。かふした身なればまゝならず。自ずから思はぬ花の根引にあひ。かけし誓ひもうそと成。又はじめより偽のつとめ計にあふ人も。たへず重ぬる色衣つゐのよるべと成時は。始のうそも皆誠。とかく只恋路には偽もなく誠もなし。縁の有のが誠ぞや。

『三世相』のこの詞章は、夕霧の妹女郎荻野が夕霧の遺児春姫に、遊女の恋について語った箇所である。「誠少なき傾城」と人々がいうように、母の心変わりから便りが途絶えたものと誤解し、恨んでいる春姫に、荻野が傾城の誠を語り、その誤解を解く言葉である。

この詞章が『冥途の飛脚』では、忠兵衛とは思うように一緒になれず、一方田舎客の身請話は進み、気をもんでいる梅川の心境を代弁するものとして使われている。以前この田舎客の身請け話を無理矢理に破談させていたが、肝心の忠兵衛が請け出せずにいるところへ、再び身請けしようとやって来たので、梅川は女郎たちを相手にかこち泣きしていたのであった。梅川が忠兵衛ではない客に身請けされる状況が「自ずから思はぬ根引にあい、かけし誓ひも嘘となる」という『三世相』の詞章と重なり合っている。それだけではなく、梅川の「さもしい銀に気がふれた見世女郎の浅ましさ」と世間に評判される口惜しさも、傾城の境涯を語るこの詞章によって説明されているのである。

傾城の誠について語る『三世相』のこの詞章は、歌舞伎『けいせい浅間獄』（元禄十一年［一六九八］正月初演、京、早雲長太夫座、座本山下半左衛門）にも採り入れられているが、[19]『三世相』と同様、傾城が自ら語るもので、説明の域を出ていない。しかし、『冥途の飛脚』では、梅川が語るのではなく、劇中劇として女郎によって語られる浄瑠璃とすることで、間接的な心情描写になり、詞章に背景が加わり、奥行が生じる。人形が三味線をひき浄瑠璃を語る、見せ所、聞かせ所でありながら、梅川の心境を表すという工夫がされているのである。また、「みな聞知つた女郎の声々」と、これを聞きつけた八右衛門が越後屋に入り、女郎たちに忠兵衛の悪行を言いふらす契機ともなるなど（結果、忠兵衛が封印切にいたる）、筋の展開にも関わるものとなっている。

『冥途の飛脚』に挿入された『三世相』の詞章は、歌舞伎に採り入れられるなど、よく知られているものであり、そのような馴染みのある浄瑠璃を引用することは、観客にその内容を思い起こさせ、登場人物の心境に共感を持たせる効果がある。それは謡曲を用いた場合でも同じである。

謡曲を背景音楽として、同時に登場人物の心境表現に用いた例が、『傾城吉岡染』（竹本座、宝永七年［一七一〇］三月二十五日以前初演）上之巻に見られる。宮中では衣更の御遊の能が演じられていて、警護役の惣馬は憲法を見付け、かつての意趣を晴らそうと、憲法が丸腰なのをいいことに頭が高いと打つ。一旦外に出た憲法は刀を持って戻り、惣馬を斬りつける展開になるのであるが、[20]この場面で、憲法が一旦堪えて外へ出て、戻る間に、

憲法はわざとしほ〳〵諸人の中。御免〳〵とゐんぎんに御門のかたへ立出る。思《ウタイ》ひ出る浦波の。声をしるべに出舟の。知盛が沈みし其有さまに。まなこもくらみ心もみだれて。前後を忘ずる計なり。憲法少もさはがずして。もとの所にゆう〳〵といつ帰りしとも白波の舟弁慶見てゐたりけり。

と、始めて御遊の能としての謡曲『舟弁慶』が聞こえてくる。[21]御遊の能として演じられている謡曲の詞章が用い

られるのはこの部分だけであり、平知盛の亡霊の義経への凄まじい怨念に重ねて、憲法の無念の心情がよく表われている。

この謡曲『舟弁慶』を、『今宮の心中』（正徳元年〔一七一一〕初演）では地の文の中に採り入れ、次のように人物の心情を表わしている。

此忙しい最中に。十里ぢかひ法隆寺へうせざまが気に入らぬ。ことにきさが煩ふて宿へ帰つた時分に同じ様に内を出、ろくなことは仕出すまいと。滅多無性に一人腹、人も知らぬ心を苛ち。舟弁慶にあらねども。
ウタイ　知盛が沈みしその有様に。又由兵衛が心気を燃やし。舟端蹴立て杯踏み割り、前後を忘ずる計也。

二郎兵衛と恋仲であるおきさに横恋慕する由兵衛が、二郎兵衛は母の年忌のため、おきさは病気のため、二人同時に家を出ていることを聞き、腹を立てる様子が描かれている。謡曲を用いることで、由兵衛の立腹のすさまじさが表現されてはいるが、説明的で、平面的なものにとどまっている。一方、『傾城吉岡染』では、御遊の能をその場を飾るものとしてだけではなく、同時に登場人物の心境を表しており、謡曲利用の方法の深化が見られる。

四　劇を進める歌謡

以上、歌謡・芸能が劇中劇としてだけではなく、登場人物の心情を表現したり、劇の筋展開に関わるものについて考察してきた。この手法はさらに深化し、謡曲が劇と絡み合いながら進行する形がとられる。

『堀川波鼓』（宝永三年〔一七〇六〕六月から同四年〔一七〇七〕二月の間に初演と推定）では、劇の主な進行場所ではないところから聞こえてくる謡曲を、登場人物の心情を表すものとして用いている。この作品は実際の事件（宝永三年〔一七〇六〕六月）をもとにして作られたものであり、江戸詰で不在の彦九郎の妻と鼓の師匠との姦通ということから、謡曲と鼓が劇の内容に絡められて効果的に用いられている。(22) 上之巻は次のように謡曲『松風』で幕が開く。

ウタイ
扨も行平三年が程。御つれ〳〵の御舟遊ひ。月に心はすまの浦、夜潮を運ぶ海人乙女に。をとゝい選はれ参らせつゝ。折に触れたる名なれやとて。松風村雨と召されしより。月にもなるゝ須磨の海人の。塩焼衣色かへて。かとりの衣のそらだきなり。それはしほやく海人衣是は夫の江戸づめの。留守の仕事の張り物や。

「扨も」から「そらだきなり」までが、すべて謡曲『松風』からの引用である。行平に召されるようになった松風村雨が、塩焼衣から香を焚き染めたかとりの衣に着替えるようになったとの謡曲『松風』の詞章から、それと重ね合せるように庭で洗張りをするお種と妹のお藤へと話が移る。奥では養子文六が鼓の稽古をしている。その稽古の曲が、行平を恋い慕い心乱す松風村雨姉妹を描いた、他ならぬこの『松風』であった。それをお種が妹のお藤と洗張りをしながら聞いているという形で、庭と奥との二ヶ所で同時に劇が進行する。

近松が謡曲『松風』を用いたのは、この事件が鳥取での出来事で、鼓の師匠との姦通であったこと、女には妹がいたこと（『鸚鵡籠中記』には妹もこの鼓打と密通していたとの記事がある）などから、この姉妹に松風村雨姉妹を結び付けたためであり、(23) また、それだけではなく、夫を一途に恋い慕うお種の心情を表現するのに適した曲でもあった。近松の姦通物の女主人公は、意志のないまま姦通を犯してしまうという点が共通しているが、(24)『堀川波鼓』では、その点を強調するためか、はじめにお種の夫への一途な思いをクローズアップして表わそうとしている。特に、「鼓の手に心ものりて」と、謡曲の詞章にお種の心情が重なるあたりでは、

　　地色
　あら嬉しや。《ウ》あれ連合ひのお《ハル》帰りぞや。いで〳〵迎ひに参《ウ》らふと走り寄れば。色是姉様。詞エ、正体ない。あれは庭の松の木よ。

と、庭の松を夫と錯覚して走り寄ってしまう。謡曲『松風』の、行平への思いが募り、物狂おしく松の木に走り寄る松風の様子を踏まえた詞章であり（「あら嬉しや、あれに行平の御立ちあるか、松風と召されさぶらふぞや。いで参らふ。あさましや其御心故にこそ、執心の罪にも沈み給へ、娑婆にての妄執を猶忘れ給はぬぞや。あれは松にてこそ候へ。行平は御入もさぶらはぬ物を」）、「地色」「色」「詞」と節付されているように、謡としてではなく、お種とお藤との言葉として用いられ、謡曲『松風』との境界が一瞬曖昧になるような場面である。作中の世界と謡曲の世界が一体化して描かれている。気が違ったのかとたしなめるお藤に、お種は「男の留守の徒然のせめての慰みに。爰は因幡の国。松とし聞かば帰りこんとうたひつ」と語るが、ちょうど所も因幡の国、聞こえる謡曲も『松風』ということが、夫を待つお種の思いを一層募らせているのである。

『堀川波鼓』が影響を受けたといわれる、森本東鳥の浮世草子『京縫鎖帷子《きょうぬいくさりかたびら》』（宝永三年［一七〇六］刊）は、このモデルとなった事件を同じく素材としており、伝右衛門の生い立ちから女敵討にあうまでが主筋として描かれている。「笹部折右衛門が内儀と恋慕の沙汰もつぱらあり」と、意志なき姦通という近松の描き方とは異なり、また、妻の夫への思いを表すような場面も設けられていない。実説では、この姦通はただ一度だけの過失ではな

く、二人は深い関係であって、それを知る人も多かったという。[25]　近松がこの事件を脚色するにあたり、お種を中心にとらえたことに『京縫鎖帷子』との大きな違いがある。

登場人物の感情を謡曲を利用して表現したという点では『傾城吉岡染』と同じであるが、『堀川波鼓』では、それだけではなく、劇の進行に謡曲を絡める工夫がされている。『堀川波鼓』で、謡曲『松風』の詞章が用いられているのは三ヶ所である。まず、冒頭に謡曲を用いて背景や状況を描写する。そして、お種がお藤と庭で仕事をしながら、夫恋しさを語っているところへ、稽古の鼓の音が聞こえてくる。その鼓に心も乗った状態で、お種が夫の衣を松に掛け干すうちに、今度は「ヤア形見こそ、今は仇なれ、これなくは忘るゝ隙もありなんと」と、聞こえてくる。江戸詰の夫の形見ともいえる衣を干すところで、同じく謡曲でも行平の形見の烏帽子、狩衣を手に行平への思いを募らせる詞章を配している。その後、前述した松に寄り添う場面が続き、そして、再び謡曲『松風』の松風が狂乱する部分が聞こえてきて、鼓の稽古も庭での仕事も終わる。心情表現のために謡曲が説明として用いられて劇が一時的に停止するのではなく、劇の進行に合せて、登場人物の心情と謡曲が織り交ぜられている。謡曲『松風』が一層お種の夫を思う心情を浮き彫りにしているといえよう。

『堀川波鼓』における謡曲利用の手法は、再び『傾城酒呑童子』（享保三年［一七一八］十月二十五日初演）で用いられる。『傾城酒呑童子』は茨木屋幸斎の事件を当て込み、近松自作の『酒呑童子枕言葉』（宝永七年［一七一〇］五月五日以前に初演）を一部改作したものである。この事件は、『月堂見聞集』巻之十に、享保三年［一七一八］九月二十二日の事件として「幸斎義平生驕つよく、殊に御公儀之地を掠取、はなれ舞台をかまへ抔仕、諸事不似合おごり者故」云々と書き記されているように、大坂の傾城屋の長である茨木屋幸斎が奢りを極めたため、入牢させられたことである。その奢侈の象徴ともいえる能舞台を舞台にして描き込んだのが四段目である。能を利用して、長の豪奢な振舞い、強欲非道さ、そして、よそ事として登場人物の心境を描き、『堀川波鼓』と同様に、謡曲と交錯しながら劇を進行させていく方法が取られている。

　四段目では、ひらぎ屋の能の桧舞台が完成し、その舞台開きの能が催され、遊女屋の長が自ら舞う場面が設けられている。病気の白妙をめぐって、長の非道さと横笛の温かさが対照的に描かれている部分でもある。長が『松風』を舞う準備をしているところから、「三重」で数寄屋へと場面が移動して、「表にはやす。松風の爰にも吹て白妙が。身にしみ渡る病の床」と、謡曲『松風』と重なり合う、死に際の白妙が吉助を恋焦がれる心境が語られることで、この場面がはじまる。病気の白妙は数寄屋に閉じ込められており、見舞いも禁じられていたが、横笛が白妙の恋人吉助を能見物に紛らせて密かに会わせようとする。横笛から吉助がすぐそこまで来ていると聞いた白妙は起き上がり、「はやう会いたいどれどこに。あれ〳〵あれにいさんすと。這出るをこれ申。何おしやんすあれは庭の松の木。吉様ではないわいな」と松の木を吉助と見間違い、這い出ようとするのを、横笛に制止される。横笛に抱き留められた白妙が「扨は目もはやくらんだか。もう死ぬるに間は有まい」と語り、瀕死の境にいる白妙が吉助を思う様子が一層哀れに表現されている部分である。

　「一セイの音にまぎらす忍路や」と、能がはじまる笛、鼓の音を聞いた横笛は吉助を忍ばせてくる。吉助は、白妙と涙ながらに語り合うが、ちょうど聞こえてきた謡に「あれあの謡をききや。《ウタイ》身にも及ぬ恋をさへ。須磨のあまりに罪深しとは我ことよ」と、松風村雨と行平の恋に自らを喩え述懐する。ここで、はじめて謡曲が聞こえてくるが、その謡曲に登場人物の心情が託されている。続いて、吉助が寝巻を形見にしていることを語ると、白妙も紋付を形見としていると語り、そこへ「是を見るたびに。いやましの思ひ草葉末にむすぶ露の間も。忘られこそあぢきなや形見こそ今はあだなれ是なくは。忘るゝ隙も有なん」と、再び謡曲が挿入される。それを聞いた白妙は「あれうたひにうたふもことはり」と、死を目前とした自分にとっては、形見も意味ないものと語る。「あれあの謡をききや。（中略）我ことよ」、「あれうたひにうたふもことはり」と、聞こえてくる謡曲に、自分たちの境遇や心情を重ね合せた述懐があり、謡曲と登場人物の心境とが絡み合う。「折もおりなる。松風のうたひがなかすふたりの中」と、作者も『松風』の詞章を意図的に配していることがわかる。

『傾城吉岡染』の場合、謡曲と劇が交互に進行するのではなく、憲法の心理を表現するために、一時的にこの箇所に謡曲の詞章を挿入したものであり、また、憲法も聞こえてくる謡曲には反応を示していない。そのために謡曲が背景音楽にとどまってしまった感を与える。聞こえてくる謡曲や歌謡を登場人物が意識するからこそ、生じる効果があるのである。それは、例えば心中物の道行の場合では、背後の歌謡によって鮮明になった現実感が、主人公たちだけではなく観客にも同時に伝わり、強い共感を得るということである。単に、背景音楽として用いられていても、その歌の意味は観客には伝わるが、一度人物の口を通すことで一層切実に感じられるのである。

『傾城酒呑童子』に当て込まれた茨城屋幸斎の一件は、近松以外の作者も題材として取り上げている。歌舞伎『山椒太夫』（享保三年［一七一八］冬上演、大坂、大坂九左衛門座、座本嵐三右衛門）、『けいせい山枡太夫』（享保三年［一七一八］十月初演、京、都万太夫座・座本都万太夫、蛭子屋吉兵衛座、座本大和山甚左衛門）、浮世草子『傾城竈照君』（享保三年［一七一八］十一月刊）などに取り上げられ、浄瑠璃では海音が自作『山枡太夫恋慕湊』（正徳五年［一七一五］頃初演、豊竹座）を改作し『山枡太夫葭原雀』（享保三年［一七一八］十月頃初演、豊竹座）を執筆するに当って、この事件を当て込んでいる。能舞台を造り自ら能を舞ったという事実を踏まえ、歌舞伎では太夫が後日の演能のための準備をする描写があり、浄瑠璃では『傾城酒呑童子』、『山枡太夫葭原雀』が、ともに能舞台で長が自ら能を舞う場面を設けている。『山枡太夫葭原雀』では山枡太夫が能を演じたことは描かれているが、詳細な部分までは描かれず謡曲の詞章そのものを用いてもいない。

しかし、近松の『傾城酒呑童子』では、謡曲に心境を重ねるほか、能がはじまることに紛せて吉助を忍ばせたり、横笛が哀れな二人の姿を見かねて「まだ五段の舞が有。此まに」と戸を開け二人を会わせるなど、能の進行に合せた展開を見せる工夫がされる。また、能を舞う最中に数寄屋に人が入るのを見た長は、「此装束ですぐに爰で自然居士をしてみせうかの。脇の人買が櫓櫂をもってさんぐ〳〵に打つ。身には縄、口には綿の轡をはめ、なけども声の出ばこそといふ所をおもしろふしてみせう」と言い出す。長自らが口にしたこの謡曲『自然居士』の詞章からも、長の残酷さが印象づけられている部分でもある。

近松は『酒呑童子枕言葉』から『傾城酒呑童子』への改作に当たって、能の場面を設け実在した幸斎の贅沢三昧な生活と非道な性格を描きこんだ。実説を踏まえ、能を劇中劇として用いながらも、白妙と吉助の心情を重ね描き、能が演じられる間に二人を密会させる緊迫感、そして、長の残酷な性格をも描き出す、近松の優れた謡曲利用の手法だと思われる。

五　歌謡に願いや諫言を仮託

近松の浄瑠璃には、登場人物が芸を披露している場面で、その歌謡の詞章に願いや諫言を託している例がある。『井筒業平河内通』（享保五年〔一七二〇〕三月三日初演）二段目には、業平が伊駒姫に天皇を匿ってもらうつもりで、歌念仏の修行僧に身をやつし、清和天皇と三種の神器を施物の箱にしのばせて河内へと向かう場面がある。『山桝太夫』の、聖が厨子王を皮籠に入れて京に上ることを下敷きにしたもので、業平はこの『山桝太夫』を語り歩いている。高安神社に辿り着いたところで、高安家一行の参詣に行き合い、女房たちに『山桝太夫』を所望された業平は、「国分寺にてつし王丸。おひじりたのむ」という部分を、身の上になぞらえて語り出す。

さる程に。いたはしやつし王丸。山にて姉御に暇乞。谷みねこして落給ふ。是と申も山桝太夫惟高が。邪険むほんと聞えける。かたにかけたるはこには。つし王殿の守本尊。清和成天皇様を入られけり。（中略）駒といふ字を名乗人。跡より追手のかゝる者。よそにも人の聞物を。某が名は申さぬなり。ひらにかくまい給はれや。契りもあれば申也。

業平が一行に伊駒姫がいるものと推察し、歌念仏の文句に事寄せて、天皇を匿ってほしいと頼んだものである。事情を知らない女房たちは、涙を催すような悲しいことが聞きたかったのに、「涙が出そうで出かねて。哀れそうでなん共ない」と、物足りなそうな様子を示す。木谷蓬吟はこれを、すでに歌念仏が世間に飽かれてきたものを語るものだとするが、(26)ここでは、詞章を替えたことで女房たちが期待していたものと違ったための反応だと思われる。

一方、乗物の中の人物は、歌念仏を語っている僧が業平ということ、また歌念仏に託された意味を汲み取っていて、業平一行を屋敷へ伴っていく。このような大道芸人は、登場人物が身をやつすのに好都合であるばかりでなく、人形によるその芸の披露が見せ所、聞かせ所となり、観客を楽しませる役割も果たしている。

『賀古教信七墓廻』（初演年未詳）でも、教信が祭文語りに身をやつして語る「桜さいもん」の場面が約二丁にかけて描かれている。敵に油断させ近付くためのものであるが、祭文そのものは筋に関連がない。『井筒業平河内通』では、歌念仏に「山桝太夫が古ことを今身の上につみてしる」と、登場人物の心境を重ね合わせたり、「いかにつし王殿、落し物ならば、追手のかゝらん治定也。然らば近き寺を頼め（中略）サイ〳〵急げ。こつちも急げ」と、『山桝太夫』の詞章に合わせた動きを見せるなど、『山桝太夫』という演目そのものが、場面に当てはまったものとなっている。

『平家女護島』（享保四年［一七一九］八月十二日初演）三段目に用いられた「田植歌」は、近松の緻密な計算によって選択されていることが窺える。三段目の、病床の重盛を慰めるために、早乙女たちが披露する「田植」は、歌謡の詞章に女性による主君への諌言そのものが託されている例といえる。

早乙女たちが歌う「田植」の詞章は次のように、

土によごれぬ田植歌。うへい〳〵早乙女。（中略）笠かふてたもるならば猶も田をば植ふよ。いかにさをとめ。化粧ぶみがほしいか。うせた夫がほしいか。みなかみが濁て。下の歎が目に見えぬ。夫返してたもるならば、なんぼ嬉しからふよ。

と、夫を失った歎きと為政者への非難が込められている。

常盤御前は源氏の再興のため、男たちを色仕掛けで誘い、源氏に味方させていたのであるが、妻たちは常盤御前の乱行で夫を奪われたものと誤解していた。そのため、早乙女に扮し、「田植」の詞章に常盤の乱行の様、また、上の方では庶民の苦しみに無関心であることなどを読み込み訴えていた。「田植歌」と常盤御前との結び付きは、幸若舞曲『伏見常盤』に見られ、都を落ちた常盤御前の偽りの身の上話に同情した近隣の女たちが、常盤を慰めようと田植歌を歌う場面がある。『伏見常盤』では、常盤を慰めるためのものであったのが、『平家女護島』では、常盤の乱行を訴えるものと逆転して用いられている。近松はこの『伏見常盤』に想を得たと思われるが、様々な演目が書き付けられた目録の中から、重盛自身が「田植」を選ぶ形を取らせ、「田植」を自然な形で採り入れている。常盤乱行の真相を調べるために、重盛はかつて源氏譜代の侍である宗清を使者として送ったことで、宗清と常盤、牛若たちとの葛藤が繰り広げられることになるが、結局常盤の企てを知った宗清は、常盤と牛若を見落ちさせる。これは『烏帽子折』（元禄三年［一六九〇］正月初演）二段目で宗清と妻白妙が、常盤と三人の子を見逃し助けることの踏襲である。しかし、『平家女護島』では「田植」を聞いた重盛が、源氏重恩の侍宗清を常盤の詮議に遣わせる。この「田植」の場が設けられたことで『烏帽子折』より宗清に一層心理的な重圧感を与えることになるのである。近松の浄瑠璃ではこのように劇中における歌謡および歌舞が、初期の作品などとは異なり、単なる芸の披露として終わらずに、歌謡の詞章に意味を持たせて、後の展開へと繋がるきっかけとして利用されている。

第三部第二章「『源義経将棊経』の構想」において、『源義経将棊経』の劇中劇としての人形浄瑠璃は、頼朝への異見の場として用いられていることを述べた。劇中劇は『本朝用文章』（元禄元年［一六八八］初演と推定）五段目の能や、『松風村雨束帯鑑』（宝永四年［一七〇七］暮以前初演）五段目の狂言など、能や狂言の演者として紛れ込んでいた主人公に、敵討ちの機会を提供するものとして用いられている。『本朝用文章』では、演じられる能が、父の敵を討つ内容の『放下僧』であることから、劇と現実とで重なる効果が見られるが、これらの場合、劇中劇が演じられる理由は主筋とは関連が薄い。このような劇中劇とは違い、『源義経将棊経』では、突然人形浄瑠璃披露の場となるのではなく、謡曲、狂言、幸若舞曲を踏まえたストーリーの展開の上で、劇中劇として独立した感をさほど与えることなく、むしろストーリーの延長ともいえるような効果を上げている。所望され芸を披露することは、『世継曾我』五段目末尾の「ふうりうの舞」などにも見られるが、『源義経将棊経』における人形浄瑠璃は、筋に絡ませ、場面に巧みに当てはめ展開させた、優れた芸能の利用方法と思われる。

六　おわりに

以上、近松の浄瑠璃に摂取された歌謡・芸能を趣向という面から考察してみた。

『浄瑠璃物語』の牛若と浄瑠璃姫の出会いの趣向は、義経物に限らず、男女の出会いに楽器の音や歌謡が契機となるものとして用いられる例が多く見られた。それらには、歌舞伎の趣向を採り入れたり、その出会いに劇の展開上の意味を持たせるなど、楽器や歌謡を用いることで華やかにし、出会いの場面を際立たせて印象的なものとしている。

この方法は再会の場面に用いられ、その歌謡を知る人物が限定される替え歌とし、特定の人物に気づかせることで、激しい感情を引き起こすという役割を持たせ、再会のきっかけとしている。その歌謡もその場の雰囲気に合う曲調のものを用いる工夫がされたり、歌謡そのものが葛藤を導くものとして用いられている。

さらに、歌謡に登場人物の境遇を読み込ませるなど、その詞章に一定の意味を持たせるようになり、『平家女護島』三段目では「田植歌」が常盤御前の乱行を諷するものとして用いられたり、『井筒業平河内通』では、業平が歌念仏の文句に事寄せて頼み事をするなど、近松後期の作品にもこのような方法が引き続き用いられる。特に、心理描写に応用する例が多く見られ、謡曲を効果的に用いている。

『堀川波鼓』では江戸詰めの夫を強く恋い慕うお種の心情を、『傾城酒呑童子』では思うままにも会えない瀬死の白妙と吉助の悲惨な心情を表す手段として「聞こえてくる謡曲」を利用している。背景音楽的でありながらも、『堀川波鼓』では鼓の稽古、『傾城酒呑童子』では舞台開きの演能と、それぞれの役割が付与されている。実際の事件の象徴として鼓の音や謡曲、能舞台を効果的に採り入れている、演劇ならではの方法である。登場人物が思いや心情を言葉で語るより歌謡に託すことで歌謡が持つ世界にまで観客の想像が及び、その心情をより理解しやすくし共感を深めることとなっている。また、言葉では言い尽くせない心情を歌謡を借りて表現したものでもある。歌謡や謡曲を背景にして、また、その内容に絡むようにして劇を進めていくこの方法は、浄瑠璃の心情表現の方法が、舞台上で演じられる演劇として一層発展した形のものであり、近松の歌謡・芸能利用の巧みな技法であると思われる。

注

（1）比もはや弥生の始の春のけふ。〳〵。早咲桜。おくれ梅。桃はさかりの塀ごしに、女の住めるひはだぶき。三日の節句雛遊び、細目にあけしろぢ口に見る人有共しらぎくの、ほかひ飯櫃、折櫃小物。桃つみ入て盃を男雛にさしも草。よもぎのあものふくらかに。太りじゝにてひんなりと、下におかれぬ生れ付、つき〴〵端下の立居迄。皆気の毒のたねぞかし。小六郎思ふやう。京へ上て此かたずいぶん女中を見たれ共。是程のはつゐに見ず。どうおちかくで見たいもの。いかゞしてつり出さん。ヤア。思ひ付たりと、腰より横笛ぬき出し、歌口しめす柳の露花にきてなく鶯の巣籠りと云曲をしばしが程ぞふかれける。奥には笛を聞入て、皆縁先にこぼれ出、感に堪へつゝ姫君は、扨おもしろき笛の音や。恋する秋の小牡鹿は笛を好くと聞けるが、鹿でなけれど、すいた物。吹き手の顔が見たいまでと、耳をすましておはせしが。

（2）黒木勘蔵「『天鼓』と『丹州千年狐』との関係」（『近世日本芸能記』青磁社、一九四三年）。

『天鼓』

小六もとより好色者。うしろの小松のかげよりも、又吹き消してかゞみける。それあの松にと走り寄り、皆うろ〳〵と尋るを、塀のかげに立かくれ、吹き消して身をかくす。そりやこそあれにとかけ戻れば、遥かこなたで又一声。いや〳〵こゝよあそこよと、走り回るや、後の方。あなたこなたに手わけをし、尋れば、小六郎。今はかくるゝ所なし。やれ時鳥こそ来りたれ。手捕へにせよやよて各一度にばつと寄り（中略）姫君小六が袖をひかへ。つまなし鳥のねぐら近くを訪れ給ふをんどりさま。ほぞんかけたかの御声に、わらはゝめんとり思ひかけきたぞ。羽交いの下で一つかひ、比翼の鳥と成たやと。すはうの袖を我肩にかけてもたれて抱きつく。

『関東小六今様姿』

ほぞんかけたか〳〵と囀れば、小六聞き、「此大坂では時鳥は稀な物ぢやといふ。初に聞いた。是では一つ飲まずばなるまい。今一声こそ聞かまほしけれぢや」といふ所に啼く。腰元こやの走り出で「今のはどつちぢや」といへば、小六聞き「あつちぢや」といへば走り行く所へ、又腰元小芝駈出で「どつちぢやな」小六聞き「あつちぢや〳〵。是走れば息が切れるものぢや。酒一つ飲うでござれ」「私が飲んでも大事ござんせぬか」と側へ行き、（中略）小六其儘絵馬に掛けし笛を取り、ほぞんかけたかと吹けば、姫は「やい時鳥が啼いた」と立戻り給へば、小六見合い「鳥でない、笛でござります」（中略）「さればお前の事は関東小六様と申して、其身は東にござれども、美男の隠れがない。御名を聞くより恋となり、お前除けて外の男は持つまいと思ひ、此住吉様へ願を掛けました。（中略）此住吉へ笛を絵馬に掛けたも、高音といふ縁を取つて笛を掛けた。何と心底に偽りなく夫婦となるまいか」

（3）寛文二年［一六六二］生まれ。延宝八年［一六八〇］前後に若女方として活躍、貞享三年［一六八六］から立役。小柄で器量にすぐれ、立髪丹前をはじめ諸芸に通じ、濡れ事、やつし事などの和事を得意とした。元禄元年［一六八八］市村座上演の『初恋曾我四番続』の十郎役で大当たりをとる。荒事で演じられてきた十郎をはじめて和事で演じた。以来江戸の曾我狂言にあって、十郎役は和事の風で演じる決まりとなった。『傾城浅間嶽』の巴之丞が一代の当り役である（『歌舞伎事典』平凡社、一九八三年）。

（4）初段は、智略之介と武略之介が院の御所にて、初春の万歳を披露する。二段目は、桃の節句で夕ばえたちが雛遊びをしている。三段目は五月五日の日待ちの夜に、呉服の中将が昔の愛人陸奥の内侍の隠れ家に来合わせる。五段目は三笠山御殿にて七夕の御遊。

（5）あきれて立し垣越にとり〲ひゞく羽子板の音は娘のあつまりや。笑ひに春の色こもる祝義もこもる、伊達こもる。情も何もかもの羽。雉のかざ切思ひばや。思ひの数をひとつふたみいよふ。十二三迄、まだ君知らず。十五六からぬれさぎの羽のかず〲としの数。読む声聞けば姿迄。さこそと思ひやり羽子は正月めきし気色也。藤内二郎も曲者にて、扨も間のよい羽子板の音。姿見たしと思ふ所へ、しまふて戻る万歳殿。鼓を少かしこへよつて見物せよ。面白事して聞かせふと、恋もなり手の曲鼓、垣の内には本阿弥の一人娘の玉椿。腰元迄が拍子聞き、鼓に合せてつく羽根の、うち合せたるごとくにて、行き来も止まる計也。

（6）山田和人氏は『雪女五枚羽子板』の成立について」（『同志社国文学』一五、一九八〇年一月）で、二段目幕開けの六法風に仕組んだ大黒舞のやつし、続く万歳のやつしは二世三右衛門の芸を採り入れたものと指摘している。

（7）だんじりとは、上方の祭の影響を受けた歌舞伎の音楽、演技で、丹前と六方の一種を大阪ではだんじりという。宝永頃の嵐三右衛門の「だんじり六方」が名高く、『松の落葉』には彼が演じた「藤内壇尻」の歌詞が載っていて、『雪女五枚羽子板』はこれを採り入れたものである。浄瑠璃詞章の節付けにも「六方」と記されている。

（8）初世の実子。元禄三年［一六九〇］、三右衛門をつぐ。初世同様大坂で座本を勤め、やつし事、六方、舞、濡れ事を得意とした。

（9）松崎仁「人形浄瑠璃における風流の伝統」（『近松論集』一号、一九六二年九月、後に『元禄演劇研究』所収、東京大学出版会、一九七九年）。
(10)「劇的な趣向」（『国文学　解釈と鑑賞』一九六五年三月）。
(11) 相の山節は、伊勢相山で参宮の人々を相手に物乞いをした者たちが、ささらをすり、三味線を弾いて歌った俗謡である。人生の無常を歌う、哀調を帯びた歌謡。
(12) 松崎仁「元禄享保期の芸能」（『図説日本の古典16　近松門左衛門』集英社、一九七九年）、同氏「元禄・享保期の芸能と近松」（『歌舞伎・浄瑠璃・ことば』八木書店、一九九四年）。
(13) 初世。はじめ荻野。享保四年［一七一九］頃から萩野を多用。宝永二年［一七〇五］に江戸に下り、享保三年［一七一八］に上京。地芸、所作事ともにすぐれ、やつし、女武道を得意とし、正徳以降の上方の女芸をリードした役者である（『歌舞伎事典』、平凡社、一九八三年）。
(14) 永井啓夫「『嫗山姥』における「役」の構造」（『語文』五〇輯、一九八〇年六月）。
(15)『大近松全集』第九巻所収『嫗山姥』の木谷蓬吟解題。
『天鼓』三段目、陸奥の内侍の隠れ家に来合わせた呉服の中将が、互いにそれと名乗らぬまま、宮中を追われるにいたった内侍との恋の長咄を語る場面。『けいせい仏の原』では、阿呆払いになった文蔵が、ある大名の屋敷に迷い込み、腰元相手にかつて廓での傾城買いの様子を聞かせる長咄の場面。坂田藤十郎の当り芸の一つ。
(16) このことは真字本にはなく、流布本の章題であり、十行古活字本では「大磯の盃論の事」とある。
(17) 横山正氏は『浄瑠璃操芝居の研究』（風間書房、一九六三年）で、近松の道行文における歌謡の引用を、歌が聞こえてくる舞台的背景から主人公二人を見事に浮き上がらせた手法として指摘している。
(18) 語り出すのは禿であるが、山根為雄氏は四人が順に語っていただろうとする。同氏「「新町の段」雑考」（『日本演劇学会紀要』、一九八七年四月）。
(19) 是三浦、其方は若殿の屋敷へ行かうといつて、其際になり、行くまいとは詞が違ふ、侍の娘ならば、約束は違へまいが、流石傾城で誠がない、不心中な。とあれば、三浦聞き、此方様は利根様の母御か、彼方の親御なら偏意にて小面憎からうと思うたが、利根様と違うて愛くろしいお人ぢや。私が此屋敷へ来ぬが不心中なとの事か。真実誠のあるといふは、傾城ならで外にない。こんな事いうたと、此方様方の野暮なお衆は合点が行くまい。（中略）傾城の起請には嘘と誠の書き様があるか。三浦聞き、いや書き様には二つはない。誠の嘘嘘の誠といふ大事の秘密がある。心の捌きぢや。知らしやるまい（中略）誠の嘘嘘の誠といふ二つは如何。三浦聞き、さらば愚痴の野暮達に開いて聞さうか。先づ誠の嘘といふは、真実に深う言交したれど、其男が首尾がさけて、親の勘当を得るか、主の手前が損ね、廓へ来る事もならぬ様になり、会う事がならねば、始め言交した時は誠なれども、後に会はねば嘘になる、是を以て誠の嘘。またざはく\と悪口を言うて、いやらしい男ぢやと思へども、二十も会うて、先には誠の心で誓紙を取り、請出し女房にもすれば、始めは嘘なれども、女房になれば男を真実に思ふ。なれば是を嘘の誠といふ。兎角傾城は嘘もなし。誠もなし。誠なければ偽りもなし。只縁あるを誠といふ。

(20)　この事件は『駿府記』(慶長十九年六月の項)や『吉岡伝』に記述が見られ、実説に基づいたと思われる場面である。井上勝志「『傾城吉岡染』成立考」(『文学史研究』三二、一九九一年一二月)。

(21)　謡曲『舟弁慶』

知盛が沈みし、其有様に、又義経をも海に沈めんと、夕浪に浮かべる長刀取直し、巴波の紋、あたりを払ひ、潮を蹴立て、悪風を吹かけ、眼もくらみ、心も乱れて、前後を忘ずるばかりなり。其時義経少も騒がず、其時義経少も騒がず、打ち物抜き持ち、現の人に向かふがごとく、言葉を交はし。

(22)　謡曲と鼓の音が効果的に利用されているとの祐田善雄氏の指摘がある。同氏「『堀川波鼓』私見」(『浄瑠璃史論考』所収、中央公論社、一九七五年)。

(23)　松崎仁「『堀川波鼓』小考」(『歌舞伎浄瑠璃ことば』八木書店、一九九四年)。

(24)　広末保「世話悲劇の成立」(『増補近松序説』未来社、一九五七年)。

(25)　『月堂見聞集』二に「くら・ふう度々異見仕候へども、承引不仕候」とあり、『鸚鵡籠中記』に宝永三年［一七〇六］六月の条「鼓打、此妻ト通ズ。人多知之」とある。

(26)　『大近松全集』第九巻『井筒業平河内通』解題。

第二章　滑稽の趣向

一　はじめに――謡曲を利用した滑稽表現――

近松の浄瑠璃には、軽口や秀句などを用いた文辞上の可笑味のほか、方言や唐音、しゃべりなど聴覚的な可笑味、また、『傾城反魂香』（宝永五年〔一七〇八〕頃初演）で、雅楽之介の笠を持った立ち姿を武隈の松を見立てるような（図）、視覚的にも可笑味をさそう場面が多数設けられている。このような近松の浄瑠璃における滑稽の要素について、近石泰秋氏は古浄瑠璃時代には滑稽の要素は十分に発達しておらず、滑稽を著しく発展させたのは近松だったと指摘している。(1)

『難波土産』（元文三年〔一七三八〕）には、その優れた可笑味の表現方法について、

近松が世の常、人に語しは、をよそ落文句に笑ひを取事、又は軽口なんどを書には、少しも案じたる気色なく其場へふと出たるやうに書が秘密也。しかれ共是が下手のなりにくき事也とかや。近松の筆勢には思ひがけもない所で、時々ひよかすかおかしみある故、本を読みても読む人の気をつかさず。是近代作者の及ばぬ所なるべし。(2)

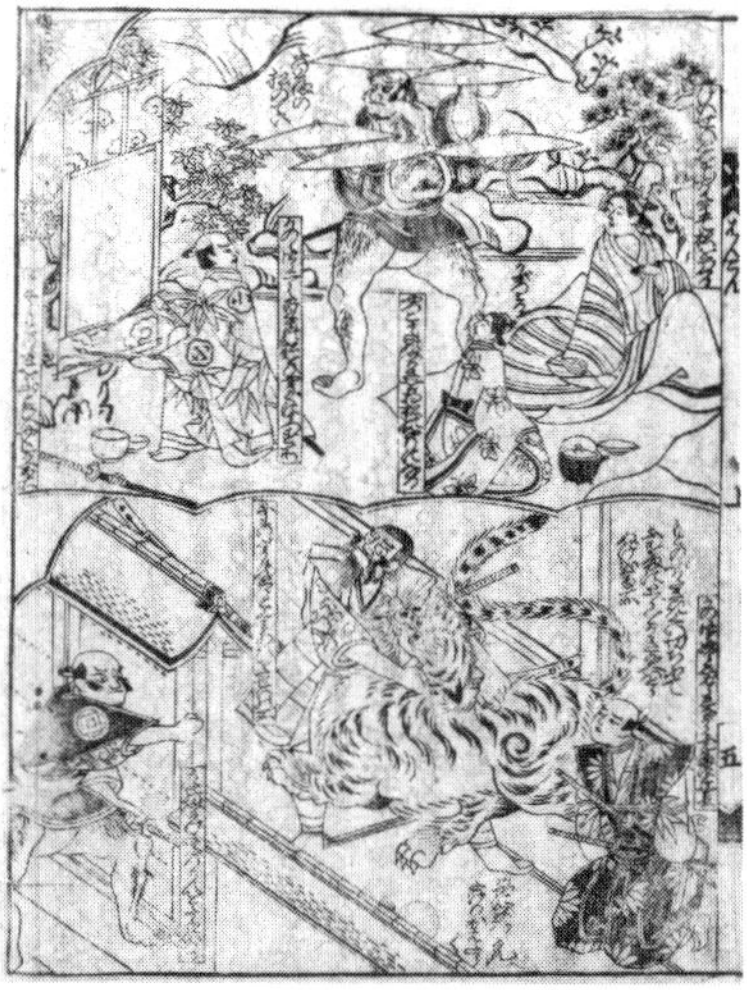

〈図〉　絵入本『傾城反魂香』

と、近松の見解を引きながら評されている。近松の「笑ひを取」る技法が窺える、興味深い一文である。

浄瑠璃評判記『儀多百晶屓』（安永五年〔一七七六〕刊）には、「古今浄瑠璃大評判惣目録附」と称して、近松以降の浄瑠璃の評判を記しており、近松に対する当時の評判が窺える。「惣巻軸」に「極上上吉」として『日本振袖始』（享保三年〔一七一八〕初演）をあげている。また、「浄瑠璃甲乙品定」の中に、目録にあげた作品の評が記されており、『日本振袖始』には「二の口のちゃり場は腹をかゝへ舛。三の中巨旦将来蘇民兄弟のたて面白事〳〵。末に手摩乳の娘稲田姫、大山祇に屏風ごしの見へ、素戔嗚尊の替りに詞をかわされる所おかしみ有て見物は嬉しがります」と、可笑味のある部分が評価されている。(3)

「ちゃり場」という用語は、笑劇の要素の多い段や場面をいい、並木宗輔の『和田合戦女舞鶴』（元文三年〔一七三八〕初演）の四段目口で、鶴ヶ岡の別当阿闍梨が手負いの真似をして、藤沢入道の家来を欺く場が、文章、曲調ともにおもしろく、河内太夫が語って、好評を得たことから、転化し、「チャリ場」となったと『摂陽奇観』に記されている。言葉の可笑味や音曲によるものがあるが、いずれも人形の超人間的な自由な動作、眉を八の字にしたり、滑稽・悪ふざけの振りのおどけた形が人間では表現できない特色を発揮するという。(4)

『日本振袖始』の二段目切は、素戔嗚尊が殯《もがり》山の悪鬼を退治し、疫神の首領三熊野大人《みつくまのうじ》が眷属ともども葦原国の人民に仇をなさぬ誓いの手形を押す場面である。忠臣天稚彦《あめわかひこ》の活躍が描かれる一方で、佞臣鰐香背《わにがせ》の高慢で臆病な行動が対照的に描かれ、また、疫神たちもはじめの態度を一変して、命乞いをするなど、悪鬼退治の場面全体が滑稽に描かれ、観客の笑いを誘ったのであろう。さらに四段目では、手摩乳長者の娘稲田姫は素戔嗚尊と恋仲になるが、姫が熱病に冒されると、尊が姫の衣服の両袖を明けて熱を冷ましたことで本復する。その祝いと尊と姫の婚礼の祝宴で賑わう長者の館に、蘇民が預かっていた手形を持って、大山祇《おおやまづみ》を伴ってやって来る。大山祇は尊がかねてから執心であった娘木花開姫を帝の后にと入内させたことから、尊の不興を買っていた。

次は、尊が大山祇が訪れても対面を拒んだため、屛風越しに稲田姫が代わりに尊の声で応対している場面である。

ナフ大山祇。まろは素戔嗚の尊じやそ。宝剣を取返す力にならんとてはる〴〵の下りか。人頼する程なれば流浪の身にはならぬ。（中略）殊に后にも立開耶姫に心をかけ、上への恐れ今での後悔。其開耶姫が親に会ふても、どふやら心が残る様で異なもの。其うへ開耶姫よりは、手近いに折よいつぼみの花が有て、寝ても起ても詠てゐる。此つぼみが悋気深ふて、外の花とは一つ瓶にも生させぬ。蘇民は情を受た者。其外は舅の長者ならでは、対面せうゆかりがなひ。早ういにや。（傍線筆者）

姫が素戔嗚尊の声を真似て語るところも可笑味があるが、この後、姫の父長者が大山祇に娘を尊の后とするには、自分たちには恐れ多いことなので、娘を大山祇の養子として尊の后に差し上げれば、「山祇様は舅君。是にましたるゆかりなし」と、対面が可能になるだろうと、持ちかける。傍線部分のように、「舅でもなければ対面する所縁もない」とわざと話を振り、姫は尊の后になる手立てを自ら講じたのである。この後、村人たちが姫を人身御供に引き立てにやってくるのであるが、その深刻な歎きの場面の前に、雰囲気を和らげる可笑味の場面を設けることで、次の場面がより一層深刻さ、悲しさを増すこととなる。

これらの場面のほかに、三段目の巨旦、蘇民の兄弟のたての場面も面白いと評されており、『儀多百贔屓』において、惣巻軸にあげられた『日本振袖始』は主に滑稽な可笑味のある場面が評価されていることが、注目される。また、大田南畝は『俗耳鼓吹』（天明八年）の中で「近松戯文評」と題して、近松の浄瑠璃についての評をいくつか掲げている。その中で、『淀鯉出世滝徳』（宝永五年〔一七〇八〕頃初演）上巻「新町橋の橋の上、橋弁慶が長刀のさや落したるごとくにて、うろ〳〵として立たりしが」の部分を「滑稽」と評している。(5)

この『淀鯉出世滝徳』の場面は、讒言によって解雇された元手代の新七が、かっての主人勝次郎に意見するため、新町橋の上で待ち伏せている様子を、謡曲『橋弁慶』を踏まえて表現したものである。(6)新七は意見しようにも、屋敷の敷居もまたがされず勝次郎に会うのを妨げられるために、密かに隠れて待っていた。この新町橋で「女郎買ふべき風にもあらず、さながら用なき体にもあらず」うろうろする様子を、五条橋で牛若に翻弄され呆然としている弁慶になぞらえたことを、滑稽と捉えているのであろう。近松は、このように登場人物の様子や心理状態などを、謡曲の一部分に重ね合わせて表現することが多く、それが可笑味を出すものとなっている。

『心中宵庚申』（享保七年〔一七二二〕初演）上巻。半兵衛は父の墓参りの帰り、弟小七郎が仕える坂部郷左衛門家で城主に料理を振舞う。その片付けをしているところへ、小七郎に思いを寄せる侍たちが、衆道の取り持ちを頼みに来る。

奉書代はおろかな事。君にかゝつて壱貫五百が外郎つんだ此甚蔵。弓矢八幡身にくれろ。イヤサ此逸平にくれろふと。耳ぎはにかみ付ごとく悪風吹かけ眼もくらみ前後忘ずる計也。

侍たちは各々小七郎への思いを語り、自分への取り持ちを頼む。甚蔵は口臭をなくすため、一貫五百匁する高価な外郎を買ったと、逸平よりお金を積んだと主張する。このこと自体も滑稽に映るのだが、侍たちが近寄り吹きかける息の臭さを、謡曲『舟弁慶』の詞章（「潮を蹴立て悪風吹かけ、眼もくらみ心も乱れて、前後を忘ずるばかりなり」）を踏まえ、知盛の亡霊が吹きかける悪風になぞらえ、滑稽に表現している。

同じく謡曲『舟弁慶』を用いては、『今宮の心中』（正徳元年〔一七一一〕頃初演）で、二郎兵衛と恋仲のおきさに横恋慕する由兵衛が悋気から立腹する様子を「知盛が沈みしその有様に、又由兵衛が心気を燃やし、舟端蹴立て杯踏み割り前後を忘ずる計也」と、滑稽に表現している。(7) 由兵衛は、独立した祝いに主人を招いて船遊びをしていたところで、地上で二郎兵衛とおきさがいっしょにいることに悋気する様子を知盛に重ね合わせたのである。

このような敵役の横恋慕は近松の浄瑠璃においてよく用いられる設定であり、滑稽に描かれることが多く、(8) ここでも敵役由兵衛の悋気の様子が軽い可笑味をもって描かれている。また、由兵衛は、船に石を投げる狼藉者を二郎兵衛だと見て捕らえるが、人違いでかえって散々踏みつけられ、さらに、下男にも愚痴を言われ、次のように独り言を言いながら引き返す。

そちはせめて振舞ひを食うたが、こちは物入振舞ふてあげくにしたゝか踏まれた。向後振舞ひいたすまい。ご馳走が身のひし屋。酒盛つて尻踏まれたと独言して帰りけり。

滑稽としては弱い場面ともいえるが、敵役の独白はその滑稽さをあらわす一手段とされており、世話物における敵役が滑稽な要素を担う例としては、早いものとして注目される。(9)

以上の例は、謡曲を利用して、登場人物の様子、心理を滑稽に表現したものであるが、『今宮の心中』の由兵衛のような敵役の造型にも、滑稽な要素が働いていることがわかる。本章では、このような近松の浄瑠璃における滑稽の要素が、劇中でどのような役割を持ち、劇の展開上どのような意味を持つのかを考察する。

二　敵役造型における滑稽の要素

時代物、世話物を問わず、敵役というべき人物が、はじめの居丈高な態度を即座に改め、弱音を吐いたり、臆病な行動を見せ、失笑を買う場面が多数設けられている。近松の浄瑠璃において、敵役が滑稽に造型される原型は『世継曾我』（天和三年［一六八三］初演）に見られる。

『世継曾我』は、それまでの七巻物の曾我物から脱し、曾我兄弟敵討ちの後日譚としての構想を持つ、新しい展開を見せた作品として評価されている。(10) 敵役は葛藤や対立抗争を描く上で必要な劇構成要素であり、『世継曾我』において敵は、本作品を曾我兄弟の敵討の後日譚として展開させるために、新たな対立を引き起こす役割を担っている。

初段。富士の裾野の狩場において、武士たちが狩で射止めた鳥獣を披露し、その記帳が行われる。その際、五郎丸（荒井藤太）が五郎を生け捕ったと申し出、それを新開荒四郎が記帳したことが事件の発端となる。

今日の帳面に五郎丸が時宗を留めたりと付からは曾我が敵は五郎丸。重て曾我のゆかりあらば此朝比奈が後ろ見し。必ねらひ討すべし新開とて危なしとはつたとにらんで罵れば。初は詞荒四郎後にはわぢ〳〵ふるひつゝ先へ心はいそげ共。あとも中〳〵気づかはしく見返り。〳〵退出す。

朝比奈は、五郎丸が曾我五郎を生け捕ったことを比類なき手柄として、新開荒四郎が、鳥獣同然に記帳したことに立腹し、二人を曾我の敵だとする。新開荒四郎が、朝比奈に曾我の敵と決め付けられることで、はじめの勢いを失い、恐る恐る退出する様子が滑稽に描かれる。

新開荒四郎は『曾我物語』において、十郎に追いかけられ「小柴垣をやぶりて高言ひにして逃げ」た人物である。また、五郎丸は大力の者として知られていたが、女になりすまして五郎を捕らえた点などから、近松は両者ともに無恥な行動を取る武士として捉えたのだろう。近松は、この二人を曾我の敵に仕立てた上に、さらに「笑われるべき」武士として描き出している。(11)

新開荒四郎が登場する『曾我物語』該当箇所は、『世継曾我』では三段目の、虎、少将の二人が、曾我兄弟に扮して、曾我の老母に夜討の様子を聞かせる「虎少将十番斬」に、次のように採り入れられる。

新開の荒四郎此よしを見るよりも。敵は二人で有けるにさもしや旁よ。いで某が討止めて娑婆の暇を取らせんと。小踊りして馳向ふ。彼奴が広言憎ければ、微塵になさんと兄弟は飛ぶがごとくに切つて出る。此勢ひに怖れをなし。太刀も刀もいらばこそ、小柴垣を押破り高言ひして逃けるを、笑はぬものこそなかりけれ。

新開荒四郎を、ただ怖れて逃げ出したものとせず、はじめは広言を吐いていたとして前後の態度を対照させ、臆病な行動を強調しているのは、『曾我物語』と同じである。ここで注目したいのは、「笑はぬものこそなかりけれ」という、語り手（作者）の感想、批判というべき古浄瑠璃風な文句を用いていることである。(12)前掲箇所以外にも、新開荒四郎、五郎丸の無様な様子を同様の文句を繰り返し用いて表現している。このような文句は近松の初期の浄瑠璃によく見られるもので、(13)特に『世継曾我』の新開荒四郎・五郎丸の行動に集中していることからも、近松が意図的にこの二人を不甲斐ない敵役として描き出していることがわかる。

また、周知のとおり、『世継曾我』は当代の遊里生活および、その情緒を曾我物に採り入れた最初の作としての意義を持つ。(14) この廓における虎と少将との応酬の中で、二人はさらに敵役として滑稽化が進んでいる。

虎少将は是を見て、頓て座敷を立たんとするを、藤太、少将が手を取れば。荒四郎は虎が手を取り。こは情けなし先しばらくと、よれつもたれるしけれ共、虎少将はにこともせず。はて先離させ。御用あらば重ねてと。又立上るを引留め。是女郎衆。惣じて遊君は全盛して、良き客の数多有を誉れとするとこそ聞てあれ。和御前達は一風変つて、世になき曾我の兄弟に心中立は何事ぞや。いらざる素浪人を不便がらずと我々に懇あれ。是なるは荒井の藤太と云人。某は聞も及給はん。新開の荒四郎と云者也。御身達の意気地次第。八幡根引きにする気ざしと、鬢かき撫でゝぞ申ける。

新開荒四郎と五郎丸は、曾我のゆかりを尋ね、その根を絶やそうと化粧坂の廓へやって来るが、虎、少将に全く相手にされない。曾我兄弟を蔑み濡れかかる二人に、虎は「我々は異な物好きにて、馬鞍見苦敷曾我殿がたんといとしく思はれて大名は嫌ひ也」と、十郎への誠を立てる。

この場面は、幸若舞曲『和田酒盛』に遊女評判記『難波鉦』（延宝八年〔一六八〇〕）の逸話を取り合わせた構想で、遊女高橋の意気地が虎に、そして、馴染みの町人客を蔑む野暮で強引な田舎侍の態度が新開と五郎丸に投影されているとの指摘がある。(15) この虎の意気地を強調した結果、新開と五郎丸は無恥な侍としてだけではなく、遊里における言動さえも野暮な人物として描かれる。

結局、朝比奈の力添えで、虎と少将が廓において敵討ちを果たす。しかし、新開は生け捕られ「鎌倉中の物笑ひ」にと、鎌倉御所へ引っ立てられるが、虎の「殿中にて恥を与へ給ふ上は討たるよりは勝りなん」という言葉で赦免される。朝比奈の「是程恥をかく上にもいまだ命が惜しきか」との問いに、新開が返事もせず逃げ出す様子は、「さっても惜しきは命かはと、一度にどっとぞ笑はるゝ」と、徹底して嘲笑の対象とされる。「討たるよりは勝りなん」という虎の言葉にもあるように、「恥」(繰り返し語られるが)は武士にとって致命的なものである。しかし、新開は命惜しさに恥をかえりみない武士として、強調され描かれているのである。

化粧坂において、新開、五郎丸二人が、虎、少将にむりやり濡れかかり、曾我兄弟を蔑む様子は、『曾根崎心中』における敵役九平次に通じるところがある。[16] 先述した、世話浄瑠璃における敵役のように、近松は敵役を滑稽に形象することが多く、敵役の造型という面からも注目される部分である。

三　機知に富む饒舌な兄弟の造型

「滑稽」とは、『日本国語大辞典』には、「ことばが滑らかで知恵がよくまわること。機知に富んだ行動をすること。巧みに言いなすこと」と定義されている。この定義によると、『大職冠』(正徳元年〔一七一一〕頃初演)の次のような場面が滑稽という語に当てはまるだろう。

四段目。三笠山麓に、在天法師と鎌足の嫡子淡海が姿を変えて奈良茶店を開き、入鹿を狙っている。そこへ鎌足の一味を捕らえようとする坂熊兄弟が偶然訪れ、幕の内側に案内される。二人を坂熊兄弟だと見た淡海と在天が小声になって話していると、坂熊兄弟はそれを聞きとがめる。

ヤア〱鎌足が嫡子淡海公とは誰がことぞ。在天はつと驚き、ア、悪い聞様。綺麗にせよとのお望み故、釜も杓子も清めるが、厄介也と申たと間に合すれば打笑ひ。ヲ、聞違へた尤々随分何も綺麗にと顔引入れば在天扨もいかいたわけ者。去ながら仕損じては大職冠の御為いかゞと云声に、又顔をぬつと出し。何と〳〵大職冠とは何ごとじや。ア、皆様は耳が横に付いたか。大職冠とは申さぬ。お二人ながら柄はよし。大食そふなと申こと。ハア又聞違へた許せ〳〵。目利きは違はぬ一人前に五人あて。追炊きすなとて入にけり。（中略）最前より詞の端心得難く思ひしに。こゝな毛唐人奴が娘の海人が命を捨て、玉を再び取り返し、其悦びとは。異国の万戸が竜宮へ取られし、面向不背の玉よな。鎌足が所縁に極ったり。有様に吐出せと、取て伏せたる其勢ひ。淡海公も浦人も、震ひ恐れて返答なく。在天もとより機転利き。ちつ共臆せず。いやはやいづれもの耳はどこに付た。竜宮ではない。琉球と申た。玉といふは嬶が名。生国は薩摩の国、琉球問屋に玉と申て、年季奉公致した時より、我らと夫婦の契約。所にかの親方博打打ち。よみとかうとに屋財家財負け耄け。挙句に年季の此玉を只三百の形に張つて。既に胴へ取らるゝ所を、我ら仕掛けてわやを言ひ、玉を二度取返したと云咄、聞外して胸倉取。むさいこと召さるな。

坂熊兄弟は、二人を鎌足のゆかりの者と疑い、問いただす。在天はとっさに、「淡海」を「厄介」、「大職冠」を「大食」の聞き違いといいつくろう。そこへ、鎌足の使者がやってきて志度での出来事を報告していると、再び坂熊兄弟が飛び出し、在天と淡海の二人を曲者だとして捕らえる。在天はそれを、奉公先で博打の形に取られた女房の玉を取り戻したものと、滑稽に言訳し、その次第を謡曲『海士』を踏まえ、博打尽しにもじって語り聞かせる。[17]この四段目切全体は、この在天の機知に富んだ坂熊兄弟との滑稽な応酬が聞かせ所となっている。坂熊兄弟に問われ、奈良茶の由来を奈良尽くしで滑稽に語ったり、二段目においても、唐人の通辞になりすまし、出任せの唐人詞で入鹿の執権石丸黒主らをあざむくなど、在天の弁舌ぶりを見せる場面が設けられている。

ここで、この滑稽な要素を持つ在天の造型について考えてみる。この在天は、以前の大職冠物には登場しなかった人物で、山上則風の弟として登場する。作中「もとより機転利き」、「心賢しくて弁舌は達した」、「当話の利いたる」者として評され、機知に富み、その場に応じて巧みに言いなす「滑稽」な人物として造型されている。近松の時代浄瑠璃には善の側に従属し、善の秩序を回復するための主要勢力を兄弟とする設定がよく用いられる[18]『用明天王職人鑑』（宝永二年［一七〇五］初演）における勝舟・諸岩、『百合若大臣野守鏡』（正徳元年頃初演）における秀景・秀虎、『持統天皇歌軍法』（正徳四年［一七一四］頃）における勝虎・照房などがその例といえる。さらに、『大職冠』の在天や、『用明天王職人鑑』の勝舟、『百合若大臣野守鏡』の秀虎には、好色のため主や親の勘当を受け、身をやつしている人物を兄弟に持つという、共通の設定がされている。この点について見てみよう。

『百合若大臣野守鏡』二段目。秀景は色に溺れ父に勘当を受け、今は駕籠舁きとなり角兵衛と名乗り、妻松が枝は有馬の湯女となっている。角兵衛は、主君百合若を助けるために本国に帰る談合をしに、松が枝のところへやってくる。常ならぬ顔つきに湯女たちが驚くので、秀景は感づかれまいと、おどけていいつくろう。

ヲ、金銀がなければ田村丸御機嫌悪しく。大将厳に腰をかけ、急に借るべき金もなし。質種をだに持たざれば。何を工面何を見込みに借り出さん。身代こゝに洗ふたり。せめて五両か十両か、小判の顔を見る迄は角兵衛が屍を湯の山に晒さんず。かゝたちいかにとの給へば、大湯女小湯女打笑ひ、病ひなしの剽軽と皆〳〵宿へぞ帰りける。

秀景は、百合若を助けるため、刀を求める金が必要として妻を尋ねてきたのであるが、そのことを、近松の『酒呑童子枕言葉』（宝永七年［一七一〇］五月以前初演）をもじって[19]、鈴鹿山の鬼退治に田村丸にお供するため刀を買う金が必要とごまかしたのである。秀景は、湯女たちに「剽軽」と評されるように、朗らかで可笑味を備え持つ、饒舌な人物として描かれている。

なお、『大職冠』の則風は読売に身をやつし、その商いぶりや話しぶりが秀景同様に可笑味をもって描かれ、『用明天王職人鑑』の諸岩も、賤職にこそやつしてはいないが、流人として落ちぶれた格好で登場する。「色道の虚名」による島流しとされるが、流れ着く舟を見ては、「色気に飢ゑしこの島なれば、お若衆でも女郎でも、我らもちつとさらば便船さうか」と、乗り込もうとするなど、いささかその好色性が明るく描かれる。彼らは様々な賤職にやつした姿で登場するのだが、この当時の諸職を写してみせるやつしは、「物いひ身ぶり共におかしうして、見物衆をようわらはすを本とする役目[20]」と、可笑味を伴うものとされていた。このやつし的構想は、歌舞伎の先行作の人物・場面を採り入れたものもあるが、近松独自の構想として、時代浄瑠璃の中に多数用いられている[21]。そして、彼らに共通する滑稽な要素は、可笑味を持つ饒舌ぶりをもって特徴的に描かれている。

一方、好色ゆえに勘当された兄、弟がいる反面、片方の兄弟は法師や検非違使など、対照的に物堅い身分にある人物として登場する。前述したように『大職冠』で在天法師は、機知に富んだ弁舌に達した人物として造型されていたが、その他の作品における兄弟にも共通する点が見られる。

『用明天王職人鑑』四段目。勝舟は、親王が真野長者の館で奉公していることを聞いてやってくる。そこへ、伊駒の宿禰が物々しい格好で入って行くので、不審に思い後をつけて内に入る。宿禰が検非違使勝舟と名乗り、玉世姫を花人親王の后に迎えに来たと偽るのを聞いた勝舟は、とっさに鹿島の事触に変装する。

　時にお鹿島大明神、氏子を不便と思し召して御託宣がござやり申す。（中略）こゝに一つの大事がある、娘をもつたお方は御用心なされ。むくりこくりが以ての外、精が強うなつてこの界へ渡つて、ある時は美しい稚児若衆となつてたぶらかし、ある時は貴人高人の執権御使ひなんどと偽つて女御に上げい、后に立てよなどと申しておやおつかない偽り（中略）あつたら娘も身代もむくりこくりに取られんこと不便なりとの御託宣。

勝舟は鹿島大明神の御託宣に託して、宿禰の偽りを長者にそれとなく知らせる。ここでも、『大職冠』の在天と同様、機転を利かし、弁舌でその場を救っている。近松は、物堅い身分の兄弟たちを機知に富んだ人物として描き、その弁舌ぶりを聞かせることで、明るく可笑味のある滑稽を狙った場を設けている。

以上のように、やつしの人物だけでなく、その兄弟も滑稽な要素をもって造型されている。好色のため勘当され、身をやつした人物は、頼りなく不甲斐ないが愛嬌ある明るい饒舌が、一方、その兄弟は機知に富んだ弁舌が、笑いをさそう。そして、そのいずれもが、主君の難を救うための頓知を利かせた饒舌という趣向となっている。

四　阿呆役の造型

近松の世話浄瑠璃では、下男、下女が阿呆役として登場し、滑稽な場面を繰り広げる場面が多数見られる。阿呆役は、その役柄からして、その容姿、身振り、言葉などすべての面で滑稽味を持つ。その登場自体が笑いを狙っているものであるが、近松は笑いを取るためだけに彼らを登場させているわけではない。

『曾根崎心中』（元禄十六年〔一七〇三〕初演）で、お初・徳兵衛が天満屋を逃げ出す場面に登場する下女は、行灯を消そうとしたお初に踏まれたり、また、丸裸で起き上がり、暗闇の中、火打箱を探して這い回るなど、言葉こそ発しないが、姿、行動が可笑味を催す。しかし、この場での下女の役割は、観客を笑わせるだけではなく、火打石を打ったことで、お初を脱出させる機会を与えてしまうことにある。この笑劇的な一場面は、後に控える心中へと向かう重苦しい雰囲気を緩和する効果をも持つ。

ここで注目したいのは、この『曾根崎心中』における天満屋の下女が、『心中二枚絵草子』（宝永三年［一七〇六］頃初演）にも、再び登場するという点である。『心中二枚絵草子』は、絵入本の題簽に「そねさき三ねんきてんまやにまた見るゆめ」とあるように、天満屋の遊女お島と市郎右衛門の心中事件を扱ったものである。下之巻。天満屋では、市郎右衛門が勘当されたことを聞きつけた主人があわてて島を呼び戻させる。

譜代の下女は門より入り、市様はお馴染故、遣るはわしが遣りましたが、勘当とも分銅とも知ったならなんの遣りませう。（中略）おはつ様のかの夜さり。二階の梯子を踏みはづし、おれが胴骨踏まんした。形見の痛さがやう〳〵のこのごろ止んだに、勿体なや。また踏まれてはならぬぞと、駆け出してこそ走りけれ。

『曾根崎心中』の天満屋の下女が、長年奉公する「譜代の下女」として登場し、彼女の口から、お初の「夜さり」の経緯が語られる。『曾根崎心中』の場面を踏まえた語りに、観客が喜び、笑ったことが予想される。島を連れ戻してからは、「有明の消えぬように油もたんと注いでたも。消えてもこちは火は打たぬ。おれには火打が禁物ぢや」と、再度、『曾根崎心中』を当て込んだ言葉が発せられる。

この心中は、『心中二枚絵草子』絵入り十三行本の本文末に記されてる、「右上るりの儀は酉の霜月十六日夜大坂しゞみ川天満やお島ながら村市郎右門わかれ〳〵に心中致し男はながらの堤女は天まやにかいざしきにて相果たことが実説と捕らえられている。[22]このわかれわかれに心中したことを描くため、また、お初と同じく天満屋の遊女であったことからも、この下女を登場させたのであろう。お初、徳兵衛の天満屋からの無事な脱出は、心中の成否を決定付ける要件である。この脱出が心中直前の緊迫感を際立たせるものとして工夫され、後の心中物に様々な趣向が試みられるようになるのである。(23)

『心中二枚絵草子』では、天満屋主人の警戒もあったが、やはりこの下女がお初の時の二の舞を踏むまいと用心したことから、お島が天満屋の外に出られないものとされている。その結果、わかれわかれの心中を成功させてしまう。この下女は、『曾根崎心中』では、心中を成功させるために、そして、『心中二枚絵草子』では、実説とおりに死ねるように手助けする役割を担っているといえよう。

『心中二枚絵草子』に相前後して、この事件を素材とした、錦文流の浄瑠璃『心中抱合河』、また、『天満屋心中』が上演されたが、お初・徳兵衛の心中については、『天満屋心中』で、天満屋の主人が「お初徳兵衛に手をくてゆだんせず」と触れているに過ぎない。近松は、『心中二枚絵草子』に自作『曾根崎心中』をただ先行作品として当て込んでいるのではなく、同じ人物を異なる作品に再び登場させる奇抜な方法を取って、実際の心中を巧みに再現させたのである。

五　落差による滑稽味

近松の浄瑠璃には、『浄瑠璃物語』における、浄瑠璃姫の館内から聞こえる管弦の音に合わせて、牛若が笛を取り出して吹く「笛の段」や、また、夜更けて姫の寝所に忍び入る「忍びの段」をもじった場面が多く設けられている。

『孕常盤』（宝永七年［一七一〇］頃初演）においては、冷泉と十五夜が浄瑠璃姫と牛若の態度をじれったく思い、二人の声色を真似て言葉を交わすなど、古典的情趣の失われた滑稽な場面に仕立てられている。(24) 浄瑠璃では、濡場を滑稽な場面にすることが多く、その滑稽なおもしろみが「忍びの段」の古典的な趣から離れ、多様な趣向化を可能にしたと指摘されている。(25)

『源義経将棊経』（正徳元年［一七一一］頃初演）初段には、牛若の代わりに鈴木三郎を登場させた、『浄瑠璃物語』をもじった場面が展開する。鈴木三郎は高館に下向中、矢矧に宿を借りようと長者の門に佇むと、内から管弦の音が聞こえ、思わず一節切を取り出し吹く。覗きに出た十五夜は「顔の色は四十計で年比真かい分別髭。本妻のけてよの女子顔も見まひといふそふな」、冷泉は「いや〳〵笑ふ男でなし。あれこそ本のものゝふなれ。面体に威をもつて色浅黒く骨太に。どこやら鰭有骨柄の太刀刀のさしこなし、下に置れぬ見所有源氏額の月代は、判官殿の方様の奥へ忍びて行人」と、覗き見た、冷泉と十五夜の鈴木に対する評も可笑味を催すが、鈴木三郎のような無骨な人物が、牛若のような風雅な振る舞いをすることにも可笑味がある。

この出会いによって鈴木は鎌倉御所に同行することになり、その場で二人は人形浄瑠璃に事寄せて、義経の異心なきことを頼朝に訴える展開となる。これは、静御前が御所で舞を舞う「鶴岡舞楽伝説」に、鈴木が奥州への下向中に捕縛され頼朝に直訴する、謡曲『語鈴木』、狂言『生捕鈴木』を結合させたものである。ここでは、軽い可笑味を持つ出会いの場面に、このような義経伝説の周知の逸話を踏まえた、後の展開の伏線が敷かれているのである。

『孕常盤』二段目では、亀井六郎が田楽の行商に身をやつしたことで、志している源氏再興のきっかけをつかむ設定としている。亀井は田楽を売るため、出任せに念仏まじりの口上を述べる。

一挺を廿四に切。二挺で四十八串弥陀の誓願。ア、どこぞに阿弥陀の光りはせぬかい。売てのけたいな。ム、南無阿弥豆腐なまいだ。あゝなむあいだ。

そこへ、その念仏を合図に屋敷内から出てきた女に、笛や直垂の入った袋を投げ渡される。実はこの念仏が常盤が喜三太に牛若への形見を渡す合図であった。形見の品を取り返そうとする喜三太と、亀井との応酬が滑稽に繰り広げられ、その言葉から喜三太が牛若側の人物ということを知り、牛若への忠誠を約する機会へと繋がる。賎職にやつした人物の滑稽な「物いひ」が、志を遂げるきっかけとなったものである。

また、劇の導入部である端場では、登場人物たちの性格や立場・状況などが描かれる。『百合若大臣野守鏡』初段では、蒙古征討の途次、百合若が居眠りしているところへ、立花が訪れ添寝をする様子が夢の中として描かれる。

摩って目を覚ましましよ。具足とやらいふ物を手に触れたは今が初。堅い冷たい強ばつたどこから肌へ手を入れふ。背中かくにも掻かれまい寝返り遊ばす時、灸が摺るれふなふ〳〵と、起せど〳〵目が覚めず。ア、辛気擽つて起しても、具足越しは応へまい。いつそ抱いて寝て起そふと、衣引上げしが、いや〳〵具足揃ふた侍と若い女子と二人寝て。脇から人が笑はふがァ、まゝよ。もしも咎むる人あらば、祭の練衆の女房と言ふて退けふと引被く。此声をや聞付けん。別府兄弟うなづき合ひ。（中略）いざ一討にしまふてのけ。

立花は、百合若が蒙古征伐の凱陣後に妻にすることが約束されていた。禁中一の美人とされる立花と具足姿の百合若が寝ている不釣り合いな姿を人に見とがめられたら、立花は練衆が寝ているものと言訳しようとしている。しかし、この立花の声を聞きつけた別府兄弟に忍び寄るきっかけを与えてしまう。夢の中で立花に会うこの場面は、歌舞伎『今用ゆりわか』で百合若が夢中で御台に会う、歌舞伎の趣向を採り入れたものである。(26) 初段の導入部に、百合若の夢としてではあるが、立花の性格、百合若への思い、そして、別府兄弟の謀反心が描かれるなど、滑稽の場のなかに、状況設定が描かれている。

以上、近松の浄瑠璃における滑稽の場面について考察してきた。近松の浄瑠璃に設けられた滑稽な場面は、深刻な愁嘆場の前に雰囲気を和らげるだけでなく、後に展開する事件の伏線となる役割を果たしている。また、滑稽な要素は、阿呆役ばかりではなく、敵役や、立役（やつし）の人物造型においても重要な役割を果たしていた。これらが近松の詞章の卓越した滑稽表現の上に成り立っていることはいうまでもない。

近松の世話浄瑠璃においては、後期の作品に滑稽な場面が急増すると言われているが、時代浄瑠璃ではどうであったか、執筆時期によってどのような傾向があらわれるのか、今後の課題としたい。また、加賀掾正本には、滑稽の要素が少ないといわれ、『孕常盤』を改題省略した加賀掾正本『冬牡丹女夫獅子』には、弁慶が取り上げ婆に扮する滑稽な場面が省略されている。[27] 加賀掾正本における、滑稽の要素についても今後の課題とする。

注

（1）『操浄瑠璃の研究』続編（風間書房、一九六五年）。近松の浄瑠璃における滑稽の様相を①恋慕の場面②卑俗に下がかった言葉③敵役の横恋慕④軽口・秀句⑤落ち文句⑥謎々⑦節事⑧物づくし⑨しゃべり⑩方言・唐音⑪パロディーに分類している。

（2）『浄瑠璃研究文献集成』（北光書房、一九四四年）所収。

（3）享保三年二月廿三日是を語られました。先むつかし時代をよふとり組れました。[軍]さやふ〳〵時代とい丶、狂言の趣向かんしん〳〵。[杢]第一大序の詞六か敷事をしれました。先私共には知れ兼ねます。[東]成程〳〵。あれにはちとむつかしい講釈は御座る。一通りではわかりますまい。[軍]左様々々。近松のは五段目迄の趣向をかへ、大序詞で分ります。[東]只今出来ます る浄瑠璃は皆大序は出来ませぬかして、始りから人の詞で書き出し舛。[わる口]イヤ〳〵其替りに近松の作は趣向が浅い。[軍]夫は御尤とござりますれ共、近松丈のはさつぱりとして面白事〳〵。二の口のちやり場は腹をかゝへ舛。三の中巨旦将来蘇民兄弟のたて、面白事〳〵。末に手なつちの娘いなだ姫、大山ずみに屛屛屛風こしの見へ、素戔嗚尊の替りに詞をかわされる所、おかしみ有て見物は嬉しかります。山うつなが立て人見御供にとらるゝ所、見物が泣ます。切に八雲猩々の節事よふなれました。取持、近松先生の作でなければ、惣巻軸はとれぬ。残りの浄瑠璃はあまた御座る。追而考評いたしませふ。先は惣巻軸頭。目出度々々々。

(4)『演劇百科大事典』など。

(5) 本文引用は『日本随筆大成』新版三期第四巻による。近松の本文の該当箇所は「長刀のさや拾うたるごとくにて」。

(6) 長刀柄長くおつ取りのべて。走りかかつてちやうと切ればそむけて右に飛びちがふ。取り直して裾を薙ぎ払へば躍り上がつて足もためず。宙を払へば頭を地につけ、千々に戦ふ大長刀。うち落とされて力なく、組まんと寄れば払ふ縋らんとするも便りなし。せん方なくて弁慶は、希代なる少人かなとて呆れ果ててぞ立つたりける（謡曲『橋弁慶』）。

(7) 知盛が沈みし、其有様に、又義経をも海に沈めんと、夕浪に浮かべる長刀取直し、巴波の紋、あたりを払ひ、潮を蹴立て、悪風を吹きかけ、眼もくらみ、心も乱れて、前後を忘ずるばかりなり（謡曲『舟弁慶』）。

(8) 阪口弘之「近松の時代浄瑠璃の翻案方法――場面形象を中心にして――」（『谷山茂教授退官記念国語国文学論集』一九七二年一二月）。

(9) 阪口弘之「近松世話浄瑠璃に於ける笑いについて――享保期を中心として――」（『金沢大学国語国文』一九六七年三月）近松世話浄瑠璃の滑稽な場面を登場人物、役柄、笑いの性質、劇葛藤への係りの度合いなどを記した表によると、『今宮の心中』以前では、『堀川波鼓』一作のみであるが、正徳五年の『大経師昔暦』以後の作品のほとんどに敵役が駄弁・独白の面白さを持つ場面が設けられている。

(10) 森山重雄「劇の成立と劇の思想――曾我物について――」（『文学』一九六四年七月）、和辻哲郎『日本芸術史研究』（岩波書店、一九五五年）。

(11) 森山重雄氏は、前掲書で、『世継曾我』は、五郎丸や新開荒四郎らの非英雄的な卑劣さをうちこらすところにテーマがあるとし、彼らは英雄的な者と対照的な矮小で劣等的な人物、笑いの対象として描かれていると指摘している。また、この新開荒四郎は先行文芸に比べて敵役化が進んでいるとも指摘している。

(12) 化粧坂で新開と荒四郎が虎少将に無理やり濡れかかっているところ、現れた鬼王を見て怖れて逃げ出す場面の「いや是お侍。無法者は相手にならぬか。それは引けて見ゆる。是さ。〳〵と、喚け共聞入もせず、呟きて足早に帰りしを笑はぬ者こそなかりけれ」、鬼王・団三郎に捕らえられた場面の「よい侍の成れの果て。知るも知らぬも矢声をかけ、手を打叩き、身を縒ぢもだへて笑はぬ人こそなかれけれ」、捕えられた新開が殿中で恥をかくが助命され逃げ出す場面の「さつても惜しきは命かはと、一度にどつとぞ笑はるゝ。」。

(13)「人々は、天晴れ武士の風上にももつたいなや忌々しと笑ひのゝめくばかり也」（貞享三年七月初演『佐々木先陣』）など。

(14) 高野正巳「近松曾我物考」（『近世演劇の研究』東京堂、一九四一年）和辻哲郎前掲書。

(15) 正木ゆみ「『世継曾我』廓場考」（『女子大国文』一九九九年六月）

(16) 信多純一氏は「切上るり『曾根崎心中』の成立について」（『近松の世界』平凡社、一九九一年）で、『世継曾我』のこの場面が『曾根崎心中』に投影されており、滑稽さはないが敵役九平次の造型は新開・五郎丸らの造型の線上にあると指摘。

ヤア娼様たち、淋しさうにござる。なにと客になつてやらうかい。なんと亭主久しいのと、のさばり上がれば（中略）なんお徳兵衛が死ぬるものぞ。もしまた死んだら、その後はおれがねんごろしてやらう。そなたも俺に惚れてぢやげなと言へば。こりや忝かろわいの。わしとねんごろさあんすとこなたも殺すが合点か。徳様に離れて片時も生きてゐようか。そこな九平次のどうずりめ。阿呆口たゝいて、人が聞いても不審が立つ。どうで徳様一所に死ぬる、わしも一所に死ぬるぞやいのと。（中略）九平次も気味悪く。相場が悪い。おぢやいの。こゝな娼衆は異なことで、おれらがやうに銀遣ふ大尽は嫌ひさうな。あさ屋へ寄つて一杯して、ぐわら〳〵一分を撒き散らし、そして往んだら寝よからう。ア、懐が重たうて歩きにくいと、悪口だらけ言ひ散らし、わめいてこそは帰りけれ。（『曾根崎心中』）

(17) 謡曲『海士』

扨は我子ゆへに捨てん命、露程も惜しからじと、千尋の縄を腰につけ、もし此玉を取得たらば、此縄を動かすべし、その時人々力を添、引上給へと約束し、ひとつの利剣を抜き持て。彼海底に飛入ば、空はひとつに雲の波、煙の波を凌ぎつゝ。海漫々と分入て、直下と見れ共底もなく、辺も知らぬ海底に、そも神変はいざ知らず、取得ん事は不定なり。かくて竜宮に到りて、宮中を見れば其高き、三十丈の玉塔に、彼玉を籠め置き、香華を供へ、守護神に、八龍並み居たり。其外悪魚鰐の口。逃れがたしや我命。さすが恩愛の故郷のかたぞ恋しき。あの波のあなたにぞ、我子はあるらん、父大臣もおはすらん。去にても、此儘に別れ果てなん悲しさよと、涙ぐみて立ちしが、又思ひ切りて手を合わせ。南無や志度寺の観音薩埵の力を合はせてたび給へとて、大悲の利剣を額に当て、龍宮の中に飛入れば、左右ばつとぞ退いたりける。其隙に宝珠を盗み取つて、逃げんとすれば、守護神追つかく、かねて企みし事なれば、持たる剣を取直し、乳の下をかき切り、玉を押しこめ、剣を捨てぞ伏したりける。龍宮の慣ひに死人を忌めば、あたりに近づく悪龍なし。約束の縄を動かせば、人々喜び引き上げたり。珠は知らず、海士人は海上に浮かび出でたり。

浄瑠璃『大職冠』
何が扨語つて聞かせん、よつく聞け、我は歌留多は知らね共。負けて命を捨つる共。女房故に捨てん命、露程も惜しからずと。友達共を語らひ、三百の銭を腰に付け。もしもあの玉を取得たらば、此銭を投出すべし。其時人々力を添へくすね給へと約束し。一枚捻つて額に当てかの博亭に飛入れば。そろを脇から二くずしの、三馬あざがけ凌ぎつゝ、火をくはつ〳〵と掻立て。加番見れ共、青もなく、上りも知らぬひらよみに。そも三枚はいざ知らず。取得んことはけなし也。かくてかうの場に至りて、座中を見れば銭高は、三百文のごくどうが、此玉を起して夜食を炊かせ、付け目には、八むし並みゐたり。其外なかめ二めおり逃れ難しや我命。さすが恩愛の手みその癖ぞ悲しき。あの親の札にこそ、二三四やあるらん。七二大名やおはすらん。去にても此まゝに、ぶたで果てなん無念さよと、涙ぐみて立しが。又思ひ切て手を合わせ。南無や四と五に観音釈迦様三枚坊主の苦患を助けてたび給へとて、大悲の利剣を親に打ちて、うんすんを二め飛おれば、跡先しやんと押したりける。其隙にお玉を盗み取つて、逃げんとすれば膈人追掛く予て巧みしことなれば。又ひらよみに蒔直し。五したに打切りつんばねあざばね、握りのそろでぞ勝たりけり。負腹の習ひに勝ち逃げ忌めば。辺りに近付く下ぬみなし。約束の銭緡動かせば、てらを読み立繋がれたりけり、余の玉は知らず此嶋が玉の段とぞ、語りける。

(18) 松井静夫「勝舟諸岩兄弟の系譜——近松時代浄瑠璃の方法——」(『語文』一九七四年三月)、原道生「やつしの浄瑠璃化——煙草売り源七の明と暗——」(『文学』一九七五年六月、のち『近松浄瑠璃の作劇法』所収、八木書店、二〇一三年)。

(19) 「頼光いわほに腰をかけ、是より末は道もなし。東西をだにわかざれば、何をしるしに討つべきぞ。しんたいこゝに極まったり。たとへ五年が十年も。鬼神のおもてを見るまでは、頼光がかばねを此山にさらさんず。かた〴〵いかにとの給へば」。

(20) 『役者口三味線』元禄十二［一六九九］年三月、杉山勘左衛門、(『歌舞伎評判記集成』第二巻)。

(21) 原道生氏、前掲論文参照。

(22) 鳥越文蔵『虚実の慰み近松門左衛門』(新典社、一九八九年)。

(23) 原道生「通れぬ戸口」『近世文学論叢』(明治書院、一九九六年)。

(24) 万事のこなしは此十五夜に任させ給へと、押しやれば力なくふるひ〳〵牛若は局々を打過て、浄瑠璃御前の寝屋の戸や几帳のかげにぞ忍ばるゝ。(中略)エヽもどかしい。わらはに任せてをき給へと。若衆声にて十五夜は。枕屏風をほと〳〵と。数ならぬ、峰の松風琴の音に、通ひ迷へる笛竹の、一夜の情をかけ給へ。東の伽羅とぞ申ける。おそばに伏したる冷泉、それかの様が〳〵、少しきしまして見さんせと申せば、姫君どう成共よい様にしてたもと、お声も震ひひつたりと玉ぬく汗もいとしらし。冷泉は姫君の声をうつしてほそ〴〵と、たそやたそ。枕屏風に音するは。

(25) 阪口弘之氏、前掲論文参照。

(26) 『元禄文化の開花Ⅲ――近松と元禄の演劇』(「講座元禄の文学」第四巻、勉誠社、一九九三年)。

(27) 背高く色まつ黒なる老女。大綿帽子の額より、皿の様なる目を見出し。私は花の都でかくれもなき、くろがね媼と申大名人の取上ばゝ。産一通りのことならば、二子三ッ子は申に及ず。逆子袋子とつくり子。跡先ふくれて中でつまった瓢簞子でも、ひつさらへて掻きだす故、熊手ばゝ共申ます。(中略)色の黒いが弁慶なら、鍋やちやん茶釜は皆弁慶か。平産有てもばゝが祝ふが式作法と、幕の内へ手をさし入れ赤子引出し抱き上て。(中略)いで産祝ひ申べし。先御果報は御父清盛、底意地悪いど根性。諸人の憎みそねむ迄引まつべてあやかり給へ。(中略)あらめでたやと怪我の貌してしめ殺さんと。隙間をうかゞひ捻ぢ殺さんと、眼は四方へ付ながら、ちやうち〳〵あはゝ。ねん〳〵ころゝとすかしけり。

第三章　心底の趣向

一　はじめに

近松没後の合作による浄瑠璃は、全体の劇構成が複雑化し、特に並木宗輔の作品には推理小説的な手法が好んで用いられた。近松の浄瑠璃は後の浄瑠璃や歌舞伎などに多くの影響を与えているが、宗輔には近松の作品から詞章や趣向、筋などを採り入れた作品が多い。その中でも近松晩年の作品である『弘徽殿鵜羽産屋』（正徳四年［一七一四］初演）や『津国女夫池』（享保六年［一七二一］初演）に見られる推理小説的趣向のある場面を、『北条時頼記』（享保十一年［一七二六］初演、豊竹座、西沢一風・並木宗輔・安田蛙文）『南都十三鐘』（享保十三年［一七二八］初演、豊竹座、並木宗輔・安田蛙文）『狭夜衣鴛鴦剣翅』（元文四年［一七三九］初演、豊竹座、並木宗輔）や『粟島譜嫁入雛形』（寛延二年［一七四九］初演）などに繰り返し採り入れている。それらの作品には、「心底」の趣向、首無し死体の趣向、死んだと思っていた人物が実は生きているなど、観客の意表をつくような趣向を、さらに複雑に発展させている。謎が謎を生む意外な展開を好んだ宗輔が、その趣向を近松の浄瑠璃から採り入れていることが注目される。(1)

推理小説的趣向は、人物関係や行動、事件に関する秘密・謎が論理的に解明されてゆく過程に興味の中心が置かれており、話の展開や結末における奇抜さを考えさせることで、観客を劇中に引き込む効果が期待できる。宗輔のような入り込んだ複雑な趣向とはなってはいないが、近松の浄瑠璃においても、このような効果を念頭に置いて作劇していたことが、『忠臣蔵岡目評判』（享和二年〔一八〇二〕）の記述の中に見られる。

十返舎一九の『忠臣蔵岡目評判』では、『仮名手本忠臣蔵』十一段目について、近松の作劇法を取り上げ、比較している。

近松の流は一幕の内、狂言の筋を段々に並べて其内には見物に彼を思ひやらせ、是を疑はしめ、段切前に至て大に物の転ずる事をなし、見物の目を覚さするなり。故に初より中頃には見るに倦む事もあるべけれども、はてはいかがなり行くやと、其落着を俟つ様に書きたるものなり。竹田の流ははじめより、物の転ずるかと思へば合し。合するかと思へば転ずる事をなして、始終虚実をたがひちがひに書たるものなり。此忠臣蔵は竹田流なれば一日の骨とする場、九段目の狂言、お石、戸無瀬の出逢、詞の転合、人形出入しげくして、これも見物の倦ざることを栓となせり。近松流はたとへば悪人の計略、初段より善と見せて、二段目又は、三段目にて計略現はれ始めて悪人と知れる類多し。竹田の流は一幕のうちに、善となり悪となる。由良之助の七段目に、はじめは放埒ものと見せて。段切に九太夫を害して本心を顕し、又九段目にもとの放埒の体となり。祇園町のもの帰ると、又本心にかへる文句。大事をかゝへし身分なれば、虚となり実となり、臨機応変の行跡あるべき事勿論なり。近松の作意ならば、由良之助七段目は、放埒のまゝにしてしまひ。九段目にいたりて、本心をあかすよふに書とるべき歟。（傍線筆者）

十返舎一九は、浄瑠璃作者部屋に出入りし、近松余七の名で浄瑠璃『木下陰狭間合戦』（寛政元年〔一七八九〕初演・豊竹此吉座・若竹笛躬・並木千柳）を書いたことがあった。そうした経緯から書かれた『忠臣蔵岡目評判』は、

『仮名手本忠臣蔵』についての批評ではなく、作者の苦心や演出における当事者の考えなどの聞き書きを記したものであるという点で注目される。(2)

近松の浄瑠璃は、「彼を思ひやらせ、是を疑はしめ、段切前に至て大に物の転ずる事をなし、見物の目を覚さすなり」と、「心底」の趣向を用いたり、登場人物の謎の行動が思いがけない展開を見せたりすることで観客の意表をつき、「はてはいかがなり行くやと、其落着を俟つ様に書きたるものなり」と、その謎の解明過程を、観客を劇中に引き込む事を念頭に置きながら描いていたことがわかる。『仮名手本忠臣蔵』においても同様であるが、それは一段の中で変化に富むものであった点で、近松との違いがあったとする。(3)

いずれにせよ、「見物の目を覚ます」「見るに倦む事」「見物の倦まざるを栓となせり」と繰り返し書かれているように、作者は観客に退屈させない奇抜な展開を描くことを工夫していたことがわかる。

本章では、心底の趣向を、(4)観客をひきつけるための手段としての意外性の追求や、緊張感の高揚、推理小説的興味による複雑な仕組みと意外な解決への技巧的発展という面から考察する。

二　近松の心底劇

1. 劇的緊張感の高揚

心底とは「心を二重にして表面には心にもないことを言ったり行ったりして、本心を心の奥底に押し隠し相手に知られないようにする」ことである。「心底」の趣向は多くは善の側の秩序回復のための犠牲死に関わるものであり、そしてそれに伴う周りの人物の愁嘆の場、所謂「三段目の悲劇」が設けられている。(5)近石泰秋氏は、「三・四段目の心底劇の普通の形式は心底の現れることや心底の計画の実行の為に引き起こされる悲劇的事件の愁嘆場を目的とするのであるが、多数の心底劇の中には徹頭徹尾欺す心底の巧妙さそれ自身に含まれている面白さを目的としているものもある。作者の目的は事件を出来るだけ深く迷宮に陥らせしめ、その不意の意外なる解決によって見物は勿論登場人物にすら意外の感を抱かせるところにある」とする。(6)「心底」の趣向において作者は、この意外性を重要視し、登場人物だけでなく観客が想像するものとは異なる方向へと劇を展開させる工夫をしている。また、身替り劇においても、その構想がマンネリになるのを避けるため、意外な結末、複雑な展開を見せるようになり、推理小説的興味が強くなったといわれる。(7)

身替りは危機的状況に置かれた人物の代わりに犠牲となるもので、身替り劇の山場には、さらに登場人物を追い詰めるために時間的制約が設けられるなど、劇的頂点の緊張感を高める工夫が凝らされてゆく。また、意外な人物が犠牲になる結末には人物関係などが複雑化していることも関係している。次に身替りの場面における心底の趣向を見てみよう。

○『用明天王職人鑑』（宝永二年［一七〇五］初演）

『用明天王職人鑑』において、佐用姫は花人親王方の諸岩に思いを寄せているが、兄兵藤太が山彦皇子方に付いたことから敵対関係となり、諸岩に兄を殺せば夫婦になるといわれる。これを立ち聞きした母尼公は「兄を討たせて思ふ男に添はせてやらう」と、佐用姫に兄を討つように勧め、兄の部屋で自分が合図をしたら、障子越しに長刀で突くようにと、その手引きまでする。しかし、障子越しに長刀で突かれたのは、兵藤太ではなく尼公で、実は自らが討たれるため仕組んだことであった。この尼公の犠牲死によって、兵藤太は出家し、兄弟の対立が回避される結果となる。娘に諸岩を添わせてやりたいという気持ちと兄を討たせたくない気持ち、敵同士にさせまいとする親の子を思う情愛が、「心底」の趣向を用いた身替り劇として描かれたもので、(8)近松が以後繰り返し描いた、親の情愛による身替りの犠牲死である。

この場面において、意外性というのは、尼公は「子におろかはなけれども、わけて御身は血の余り、たつた一人の娘なれば兄には思ひかへぬぞ。やれ、気遣いするな」「わらはは兄が寝屋に行き、よく寝入らせて合図には襖を鳴らさん」「高いも低いも女の身は、この道ばかりは気を強う思ひつめたる男なら添ひ通さいでは訳立たず」といい、完全に佐用姫に自分を信頼させ、兄を討たせると、だましていたことによる。尼公の心底は、観客にも明かされていないので、同時に観客も尼公の言葉をそのまま信じていただろう。

佐用姫が兄を討つ場面にいたるまでは、いくつかの緊迫感を与える要素が付け加えられている。一つは、諸岩が佐用姫に月が出るまでに兄を討てと、時間的制限を与えていたことで、もう一つは、兵藤太が集めた武士たちが、今宵屋敷に集まり未明に出陣することになっていたことである。その緊迫した状況は次のように描かれている。

東の山に茜さし、早月代ぞ上がりける。姫は見るより心急き、南無三宝、月は出しほに契約の、時や過ぎんと気を遣ふ。月は次第にさしのぼる。いかゞはせんと行きては戻り、戻りては行き、足もさながら地につかず。かゝつし折から門外に物の具音騒がしく大音上げて兵藤太やおはする。かう申す我々は一味の武士（中略）姫はなほしも気も狂ひ、たゞあい〳〵とばかりにて、見を震はしておはします。空には月かげ清々たり。庭に諸岩のびあがり。時分過ぐるといふ気色。門外には軍兵共。こゝ明けよとのゝしる声。思ひは四方。身は一身。心配りに目もくらみ、火を飲み氷を踏む心。危ふしとも、恐ろしとも喩へていはんかたぞなき。

佐用姫は母尼公の合図を待っていたが、月が出るのを見ては、焦り落ち着かない様子を見せている。そこへ武士たちがものものしい様子でやってくるので、さらに気が動転し、震えているばかりであった。そこへ今度はさらに、庭に諸岩が顔を覗かせる。月ものぼり、庭には諸岩が立ち上がって約束の時間が過ぎたとばかりに急かす様子が見え、門外には軍兵も押し寄せる。このように佐用姫が追い詰められ、緊迫感が最高潮にいたった時、やっと母の合図が出されるのである。佐用姫は無我夢中で長刀を突き刺し、兄を討ったと諸岩を呼ばわったが、討たれたのは母尼公であった。そして、尼公が深手を負った状態で心底を明かす愁嘆場となる。

原道生氏は、このような山場における劇的緊張感の高揚の工夫について、人形浄瑠璃が観客を劇中の世界に引き入れるべく、その劇的展開の頂点に緊迫感を生み出すために様々な工夫を凝らすことは当然であるとし、「浄瑠璃史の流れの中でそうした劇的緊張感を高揚させるためにとられている手法と精密化の度合いを大きく増してゆくようになるにあたっては、やはり近松の存在というものを無視することはできない」(9)と、述べている。

『用明天王職人鑑』の二段目においては、諸岩が様子を窺い、期限はせまり、軍兵も押し寄せることで、佐用姫を追い詰め、緊迫感を高める状況を作り出しているのである。時間的制限が設定されることで、諸岩や佐用姫だけではなく、期限がせまる不安を観客にも同時に感じさせることで、劇中の世界へと引き入れる効果があった。時間的限定は、『井筒業平河内通』（享保五年［一七二〇］初演）『日本武尊吾妻鑑』（享保五年［一七二〇］初演）『唐船噺今国性爺』（享保七年［一七二二］）『浦島年代記』（享保七年［一七二二］）『関八州繋馬』（享保九年［一七二四］初演）など、近松最晩年の時代物の中に多く見られ、原道生氏は、『国性爺後日合戦』が新しく試みた要素とするが(10)、すでに宝永期の作である『用明天王職人鑑』において、まだ単純な形ではあるが試されていたものといえる。

○『関八州繋馬』（享保九年［一七二四］初演）

『用明天王職人鑑』における身替りの趣向をもうひとひねりしたのが、『関八州繋馬』における箕田二郎纜の身替りである。洛中を忍び出た頼平と詠歌姫は盗賊に襲われ、その首領である平良門から謀反の一味になることを強要される。頼平は詠歌姫が人質になっていることから謀反に加わったが、頼信らに捕えられてしまう。頼平は斬罪と定まるが、纜の母でもある、乳母が頼光に直訴したため、改心する七日間の猶予を与えられる。江文宰相は、継子である詠歌姫が朝敵頼平と縁を結んだため追放となっていた。詠歌姫の母萩の対は、夫の勅勘が解けるよう、詠歌姫に頼平を討たせてくれるよう頼む。頼平の命は「此暁の鳥限り」であるため、討手の訪れる前にとやってきたのであった。それが叶わなければ母は自害するという。詠歌姫は「いかに死身なればとて、母の手にかけ夫の命取らせては、女の道は皆あだごと、背けば不孝」と思い、一番鳥の鳴くのを合図に手引きの約束をする。この時姫は母に「燈消すを合図に忍び入り、暗がりの印には頼平さまのお頭。長々の慎み長髪の月代」を目当てにして討つようにという。萩の対は姫の合図を待つが、討手がやってくるので気が急き、

塀の上には萩の対。背を伏せ内外考みて。扨すさまじや此体にては、頼平の首よも我手には入るまじ。一番鳥はねほれて鳴ぬか。よし仕損ぜばそれ迄と。堀の上にさしおほふ、松の茂みに顔さし入れ、息の限りに張り上げ、鳥の鳴く音を二声三声。家慶幸〳〵と空音をはかる人の声。四境に聞へて誠の鳥もばら〳〵。はなやかにこそうたひけれ。

と、自ら鳥の鳴き声を真似て討ち入る。萩の対は頼平を斬りつけたと呼ばわるが、実は討たれたのは詠歌姫と萩の対の話を立ち聞きしてしまった纜であった。

この場面には、『用明天王職人鑑』の二段目における佐用姫と尼公の立場を逆転させた形が取られている。自分が討たれる覚悟で手引きをしているばかりでなく、時間的限定があり、合図を待つところに討手がやってくる設定まで同様に設けられている。

頼平の討手としてやってきたのは公時で、頼平が改心し兄弟が和睦することを願って一番鳥が鳴く前に訪れた

のであった。『用明天王職人鑑』においては、月ののぼるまでと人の力ではどうしようもない条件であったのに対し、『関八州繋馬』においては、鳥の声としたため、焦った萩の対が鳥の声を真似ることで時間を動かすことができた。(11) どうにも出来ない状況を自らが願うように動かしてしまうことによって、萩の対の切実さが効果的に描き出されているものといえる。

「いかに死に身なればとて、母の手にかけ夫の命取らせては、女の道は皆徒事。背けば不孝」と、孝行と貞節の二つに追い詰められた詠歌姫が、母に頼平を討つ手引きをすると言い出したとき、詠歌姫が頼平の身替りになろうとしていることは、容易に予想された。しかし、意外にも斬りつけられたのは詠歌姫ではなく纜であった。切腹した纜に頼平は「身替りなどを頼まぬ。誰が恩に着ぬむだ腹」と怒ると、纜は「今纜が切る腹を御身替りと御覧ずる、御眼力こそ小さけれ」と身替りの死ではないと語る。萩の対に斬られた纜は浅傷であり、この後、切腹し頼平に改心をせまるので、所謂身替りの死ではないが、頼平は翻意せずに討たれるつもりでいたため、纜が「頼平の名代」となって斬られていることを身替りと言ったのである。しかし、纜の心底は頼平が改心すること願うための諫死であった。この場は「禅尼も是はと動転してあきれて詞もなかりしが」「母じや人も御上使も合点参らぬ其筈〱」「更に合点ゆかず。さすがの公時きよろ〱顔」とあるように、居合わせたすべての人に合点がゆかぬものであった。意外性は詠歌姫ではなく、纜が斬りつけられたところにあったが、さらに切腹する纜の真意が謎であった。実は纜は、源家家督定めの日（初段）に、暗闇の中小蝶の色香に迷って抱きつき烏帽子の緒を切り取られてしまうが、頼平がその場全員の烏帽子の緒を切らせたため、難儀を逃れていた。武士として恥辱をうけるよりその場で自害する覚悟でいた纜は、この頼平の恩に報いる日を待ち望んでいたのである。

この場面は『用明天王職人鑑』における「心底」の趣向を複雑にしたもので、報恩のための纜の自害の理由付けとなる事件が伏線として初段に描かれる構想を持つことが注目される。身替りの場だけが独立しないよう工夫されているのである。

○『国性爺合戦』（正徳五年〔一七一五〕初演）

身替り劇ではないが、『国性爺合戦』における錦祥女も、『用明天王職人鑑』における尼公のように、身内同士が敵になるのをさけるため、自らが犠牲になる。三段目。和藤内、父一官と母は明朝復興のため甘輝を味方に頼もうと獅子が城に向かう。甘輝が留守のため入城が許されず、母だけが捕縛された状態で入城する。錦祥女は甘輝が味方となる頼みが聞き入れられたら白粉を、そうでなければ紅粉を鑓水に流し、城外にいる和藤内らに知らせることにする。帰館した甘輝に和藤内の母が味方になることを頼むと、甘輝は明のために立つことを承知するが、韃靼王から和藤内を討つことを命じられた身をして、妻の縁で和藤内の味方になったとあれば恥辱を受けることになると、錦祥女を刺し殺そうとする。母は継子である錦祥女を見殺しにしては日本の恥になると錦祥女をかばい、甘輝は仕方なく和藤内と敵対することになる。錦祥女は望みが叶わなかったことを紅粉を溶いて流して知らす。それを見た和藤内は母を連れ戻すため城に入り甘輝と対決するが、錦祥女は、実は紅色の水は自分の胸を突いて流した血だと告白する。

この錦祥女の自害によって甘輝は和藤内の味方となる。錦祥女は夫甘輝の心を理解し進んで殺される覚悟をするが、継母が自分を見殺しにさせまいとするため、死ぬことが叶わない。そのため、この二人の前では和藤内たちの頼みは聞き入れてもらえなかった印として紅粉を流したが、錦祥女は本心を隠しながら、紅粉を溶きに奥に入ったと見せ、自害したのであった。

和藤内親子が訪れたのは、折しも甘輝が韃靼王に和藤内討伐の大将に任命され、和藤内を討つことを誓って退出してきた直後であった。甘輝ももともとは先祖が明の臣下であったため、明朝復興のための加勢となることは、望むところであった。しかし、和藤内が他ならぬ妻錦祥女の異母弟であるために、「五常軍甘輝が日本の武勇に聞きおぢする者でなし。女にほだされ縁にひかれ腰が抜けて弓矢の義を忘れしと。韃靼人の雑口にかけられんは必定。しかれば子孫末孫の恥辱逃れがたし」と、女故の裏切りといわれることはさけたく、「恩愛不便の妻を害し、女の縁に引かれざる、義信の二字を額に当て、さつぱりと味方せんため」と、錦祥女を殺害しなければならない状況に追いやられてしまう。甘輝は妻の縁に引かれて、和藤内の味方になるのではないということを世間に誤解されないよう明示しようとしたために、[12]それを慮った妻錦祥女が進んで殺されようとし、結局は自害する、夫婦二人の悲劇的行為が生み出されてくることになる。

原道生氏は「当該人物たちが遭遇することになった際どいタイミングのずれないしは合致という要因が（中略）突如窮地に追い込まれることになった彼らの立場の切実さをも強く印象づけるものとしてきわめて効果的な役割を果たしている」[13]し、そのような設定が劇的緊張感を高めているとする。『用明天王職人鑑』において、兵藤太が山彦王子に与する前に、諸岩が親王方の者ということを明かしてさえいれば、身内同士で敵味方になることはさけられていた。その設定を『国性爺合戦』においては、和藤内が訪れるまさにその時に甘輝が韃靼王に召されるとし、和藤内と甘輝が敵同士になるということを、より明確にしたものといえる。

2．実は善人

ここでは、先述した『忠臣蔵岡目評判』の記述にある「近松流はたとへば悪人の計略、初段より善と見せて、二段目又は、三段目にて計略現はれ始めて悪人と知れる類多し」や「近松の作意ならば、由良之助七段目は、放埒のまゝにしてしまひ。九段目にいたりて、本心をあかすよふに書とるべき歟。」という作劇法について見ることにする。

○『平家女護島』（享保四年〔一七一九〕初演）

『平家女護島』三段目において、常盤は朱雀の御所に男をつぎつぎと誘い込んでいる。この「朱雀の御所の場」の前の場である「重盛館の場」には、病に伏す重盛を慰めるため「田植え」が催され、早乙女に扮した女たちが、常盤御前の乱行を訴えるという場面があった。観客はこれを聞いて、常盤について先行文芸や先行芸能などからかけはなれた印象をもって次の場を見る。「朱雀の御所の場」の冒頭部分には、「常盤御前の起き臥しの一人で足らぬ御身持。お腰元の笛竹、お髪上げの雛鶴が男見立ての仰せを請け」、または「なう笛竹殿、いつぞは〳〵と思ひしが、幸ひ外に人もない。常盤様はお気合ひが悪いとて、床も離れず、薬もんぢやく、いつ浮き〳〵ともなされぬに、来る日も〳〵二人か三人か往来の男呼び入れて、お精のつよい上々には何がなるものぞ。あれではお煩ひも治らぬ筈。清盛様へ聞こへてはお身の大事。わしらやこなたもよいとはあるまい。怖うてならぬと震ひ声」とある。この雛鶴と笛竹の会話にすっかり、観客は常盤の乱行を信じ込んでしまう。実際は笛竹は牛若が女装したもので、常盤の乱行と見せたのも源氏再興の挙兵のためであったことが明らかになる。このような常盤の見せかけの乱行は『孕常盤』(宝永七年〔一七一〇〕初演)二段目に、すでに用いられていた設定であった。

『孕常盤』では、田楽の行商をしていた亀井六郎が、清盛の妾らが住むといわれる屋敷を通りがかったところ、中から出てきた女に突然「大事のお形見」という袋を渡される。亀井ははじめ、妾たちが男を引き込んでいるものであり、渡されたものも盗難品と誤解していた。すぐにそれが人違いであり、喜三太に渡すはずの、常盤から牛若への形見の品であることも明らかになる単純な展開ではあるが、この常盤が謎の行動をとるという構想が、『平家女護島』にも用いられる。平家方にいることから表立って源氏方として行動できない常盤は、源氏再興を目的として密かにある行動をとるために、その心底を隠して、わざと放埒な様子をみせているのである。

『平家女護島』においても、すぐに偽りの行動だということが明らかになるが、この場のはじめに笛竹(牛若)と雛鶴の二人の会話を置くことで意外感を与えている。宗清も、かつて源氏の旧臣であったが、今は平家に仕える身として、あえて常盤を打擲して難を逃してやろうとするなど「心底」をもった人物として描かれる。常盤も宗清も先行文芸や芸能においてのイメージが固定されていることから、「心底」の趣向が用いられることによって、意外性を与えるものとなっているのである。

近松以降の浄瑠璃では、宗輔の『狭夜衣鴛鴦剣翅』（元文四年［一七三九］初演、豊竹座）において、高師直が塩冶判官の妻に横恋慕するのは、実は主君直義への忠義を貫くためという「心底」ある人物として造型されていたり、『粟島譜嫁入雛形』（寛延二年［一七四九］初演、竹本座、竹田出雲、三好松洛、並木千柳）において、浅間が富士を討ったのは実は偽りで、朝廷方に鎌倉調伏の疑いがかからないためのものであったというように、浅間が心底ある人物として造型されている例などがある。

○『源氏れいぜいぶし』（宝永七年［一七一〇］初演）

『源氏れいぜいぶし』上之巻。伊豆に流された頼朝は伊藤祐親のところに身をよせている。近国の若侍たちが頼朝をなぐさめるために野駆けに石橋山へ誘い、折から現れた非人体の男を、狩の獲物に手討ちにしようとするのを、頼朝は大楠の空に隠して助ける。祐親の娘藤の前は頼朝の子を懐妊するが、平家の咎めを恐れる祐親は姫を合医者春楽に預けて出産させ、子を松川に沈めさせていた。その上祐親は姫を兼高へ縁組させようとする。ある日春楽は弟子春甫に、藤の前の継母から頼まれたと、姫に毒を盛ることを命じる。実はこの春甫は頼朝に助けられ難を逃れた男で、その後春楽に助けられて弟子となっていた。その恩から拒みきれず毒を盛った春甫は、頼朝と春楽との恩の板ばさみになって苦しみ自害を図るが、意外にも春楽までもが自害を図る。

春楽は財宝に目がくらみ姫を毒害する非道で胴欲な人物として描かれるが、源氏方であることから本心を隠して、春甫を「欺す心底」のある人物として登場している。春甫が楠の空木に隠れて助かる出来事は、空木に頼朝が身を隠す史実を喚起するためのものだけではなく、下之巻の伏線ともなっていたのである。春楽は上之巻において、遅参したことに怒り不機嫌な伊藤に「なぐさみに医者はいたさぬぞ。春楽が匕一本で、照ても降ても十二人口過ねばならぬ。伊藤殿にわが家内養ふてはもらはず。薬代取れると見付けたら琉球へも渡らひでは」と、権力者にも媚びない、一徹者として描かれる。また、伊藤が娘藤の前が頼朝の子を懐妊したという噂を確認するため脈を取らせると、春楽は藤の前を気遣い、実のことを話せずにいるような情けある人物として登場していた。しかし、下之巻において春楽は一変して「慈悲心なき」「無得心」な人物として描かれる。毒薬を春甫に調合させるのも、「天罰当たらば匙を取たるをのれにこそ当たるべけれ。伊藤の咎め有とてもをのれを取て落さんため」と、頼んだのは継母であることから、万が一、後に伊藤に知れて咎めがあることを恐れ、その罪を春甫になすりつけるためだとするなど、上之巻とは全く異なる非道で不人情な様子を見せ、心底を秘めて春甫をだましていた。

春楽ははじめは善人と見えたが、次の段に到って悪人となる。そして、本心を明かす。時代浄瑠璃の五段組織が整う前の二巻形式のものであり、一九のいう「近松流」と一致するものではないものの、近松の作劇法の一端が宝永七年［一七一〇］のこの作品に見られるのである。近松はこの宝永七年をさかいに再び時代浄瑠璃に力を入れはじめたとされる。次に取上げる『碁盤太平記』（宝永七年［一七一〇］初演）など、この時期に書かれた作に、近松の作劇法の特色とされる手法が多く見られるようになるのである。

○『碁盤太平記』(14)（宝永七年［一七一〇］初演）

『碁盤太平記』では、京に仮住まいしている塩冶判官の旧臣大星由良之介邸に岡平という男が下男奉公している。無筆のはずが、自分宛の手紙を読み、その受け取りを書くのを見た大石の倅力弥は、岡平を間者と疑い斬りつける。しかし、瀕死の岡平は実は塩冶家足軽寺岡平蔵の子であり、師直を討つため師直に奉公したが、間者として送り込まれたため師直を油断させるようと偽りの通報をしていたことを明かす。死に際に連判状に加えられた岡平は、碁石で師直館の案内を教える。

力弥が岡平を斬りつけると、由良之介があらわれ、岡平を間者と知った上で召し抱えていたこと、またわざと自分たちの放埒を敵に知らせ油断させるために、そうしていたことを明かす。しかし、実は岡平はすでに由良之介の謀り事に気付いており、わざと放埒ぶりを報告していた。その点において岡平の心底は、由良之介たちに誤解されながらも、塩冶方を油断させるということでは無意味ではなかった。しかし、手負いとなった岡平は「真実敵の内通と思召れん恥づかしや。とくに名乗らん〳〵とは存ぜしかど、一日も師直が扶持を受くれば、主従の道にあらずと延引し、此仕儀に罷成（中略）本望遂げん時節もなく、我身の運の拙さ」また、「忠義は人に負けね共、誠の時にはづるゝは是も起請の罰」と、本心を語ることもままならず、敵討ちの場にも居合わせることのできない運の拙い、我が身の上を歎く。「心底」を相手に理解されることなく、逆に受け止められてしまい無残にも裏切られてしまう不本意な悲劇が、この「実は」という作劇法によって描き出されているのである。(15)

『碁盤太平記』における岡平という人物は、『忠臣金短冊』（享保十七年［一七三二］初演、豊竹座、並木宗輔・小川丈助・安田蛙文）二段目中・四段目切における勘平、『仮名手本忠臣蔵』（寛延元年［一七四八］初演、竹本座、並木千柳・三好松洛・竹田出雲）六段目切における勘平の人物造型へと影響を与えている。

『忠臣金短冊』では、勘平は主人小栗の敵を討つため、妻歌木を横山の屋敷に女中奉公させ、自らは魚売りとなって屋敷に出入りし横山を討つ機会を狙っている。酒宴の場で討死を覚悟で斬り入ろうとしたのを、寺沢七右衛門に止められ、大岸由良之助、原郷右衛門らの動静を見定めて時を待つように説かれる。しかし、勘平は酔い伏した横山に斬りかかり、かえって横山の策にかかってしまうが、寺沢の助けで抜け出す。原郷右衛門より聾唖の下男が大岸へ使いとして送られる。男は背中に書かれた原からの文を鏡に写し声を出して読んでは、奥へ斬り入ろうとするが、男の様子に不審を抱き窺っていた力弥に敵の間者と見られ斬られる。この下男は、実は大岸の敵討ちの意志を確かめるため、原宅へ奉公した勘平であり、背中の文面から大岸たちに敵討ちの意志がないと早合点し、その憤りから大岸を斬ろうとしたことを打ち明ける。大岸は文面の意味を明かし、勘平に連判状に血判させ、死に際に本望を遂げさせる。

『碁盤太平記』と『忠臣金短冊』において、岡平や勘平が味方であること、由良之介は彼らが敵の内通者と知っていること、力弥は早合点して斬りつけてしまっている共通点がある。しかし、『忠臣金短冊』における勘平は、二段目に登場し、すでに主君の敵を討とうと働く側の人物ということがわかっているが、『碁盤太平記』では、岡平は死の直前でやっと味方であるとことがわかるという違いがある。『忠臣金短冊』では、勘平は由良之介の動静を窺うために聾唖を装っていただけであり、悪人と見えて実は善人だったという「心底」を用いた構想が取られていないのである。心底を隠して行動することは、思慮分別による行為であり、「心底」の趣向も本来はその人物の理知深慮を表現し、強調するためのものだとされる。[16]『忠臣金短冊』における勘平は、『碁盤太平記』の岡平を踏まえながら、二段目に登場させ、血気に逸る性格を描き、一度目の失敗を教訓にすることが出来ず、再び早合点して、行動してしまう人物とする。岡平と違い、思慮分別のある人物としては描かれていないのである。自らも「人を疑ひ身の上をわきまへざるも運のつき」と歎いているように、敵討ちへのひたむきな様子が、逆に皮肉な運命というものを浮き彫りにしているといえる。作者は勘平の死を「心の功はあつけれど薄き運命力なく終にはかなく成にけり」と結んでいる。目的をやり遂げようとする強い意志と行動力を持ちながら、不運なめぐり合わせに落ちていく、この勘平の姿は『仮名手本忠臣蔵』の勘平として再び造型される。『碁盤太平記』における岡平の運の拙さを歎く部分を強調した、宗輔の特色といわれる悲観主義的な面が窺える部分でもある。[17]

3．どう解決されるか、その過程に興味

『忠臣蔵岡目評判』に「はてはいかがなり行くやと、其落着を俟つ様に書きたるものなり」とあるように、近松の浄瑠璃において、事件の解決過程にどう観客を引き込む工夫がされているのかを見てみよう。

『用明天王職人鑑』二段目において、諸岩が佐用姫に兄を討てというのは、「難題のかなはぬことを言はんと思」ってのことで、さらに「今宵月出るまで」との期限付きの無理を申し付けていた。興味深いのは、諸岩はその成り行きを、次のように半信半疑で窺っていることである。

よも討たんとは思はねども、もしやと裏の小柴垣妻戸の陰に立ち忍べば、東の山に茜さし、早月代ぞ上がりける。姫は見るより心急き、南無三宝、月は出しほに契約の、時や過ぎんと気を遣ふ。月は次第にさしのぼる。（中略）庭に諸岩のびあがり、時分過るといふ気色。

諸岩が隠れて姫の様子を窺っている様子は、観客も諸岩に同化して、この難題がどう解決されるのかを見ていたものともいえる。期限のせまる緊迫感とともに、観客を劇中に引き込む効果があったものと思われる。

○『吉野都女楠』（宝永七年［一七一〇］初演）

『吉野都女楠』では、小山田高春が、敵将新田義貞の身替りとして討たれた我が子高家の真意を確かめるため、その首の検使となるという、すでに観客には知らされている事実（すでに身替りとなる過程が描かれている）について、劇中人物がその真意を確かめる過程を描いているという点において注目される。

二段目。小山田高家の妻は、戦で功名を上げ親の勘当を許されようと願うが、貧しさゆえに出陣もかなわぬ身の上を嘆く夫のため、義貞の領内にて馬の飼料の青麦を盗み、さらに物の具も盗もうとして捕えられる。事情を知った義貞は自分の具足を与え、明日の合戦に攻め入り手柄をたてよと帰す。家に戻った妻からそのことを聞いた高家は、敵の大将に情けをかけられては敵対することはできないが、出陣しなければ妻が騙り者になるため、その具足を身に着けて戦場へ向かう。高家は義貞を見つけ勝負を挑むが簡単に組み敷かれる。義貞は高家が身に着けている鎧から、高家が意図的に討たれようとしていることを知り助ける。しかし、義貞が去った後、大森彦七が駆けつけ、着けていた具足から高家を義貞と見誤り矢を射る。高家は義貞への恩に報じようと義貞と名乗って討たれる。高氏が功名帳を開かせ褒賞を行っているところへ、彦七は義貞の首を持ち込むが義貞の顔を知る者が誰もいないため、義貞の首と断言されずにいる。それを見て、高春はかねて勘当した我が子の首と知り驚くが、真意を測りかね自ら検使の役についたのである。

『吉野都女楠』における高家の死は、『太平記』において、義貞が敗色濃い味方の軍勢を落ち延びさせるために後陣にさがって戦ううち、敵に馬を射られて倒れたところ、小山田高家がやってきて、自分の馬に義貞を乗せて逃がし、自分は義貞の身替りになって討たれるという話を踏まえたものであった。原話である『太平記』においては、主君の身替りに討たれる「忠義」によるものであったのを敵味方に変更した上で、義貞への義理、恩によるものとしている。

向井芳樹氏は、この高家の身替りについて、「身替りはまだ太平記によるもので、趣向としてそう重要な役割を果たしていない」とするが[18]、高家を主君ではない敵将の身替りとしたこと、また高家は妻にも心底を隠して出陣していたことが、後の愁嘆を一層深くする効果を出しているといえる。

高春が高家の真意を確かめるために取った方法は、その首を一条大路の獄門に掛け、世人の口から義貞の首かどうかを明らかにするものであった。案の定、義貞の妻勾当内侍と名乗る狂女が二人現れ、首が義貞の首ではなく高家の首ということが明らかになる。高春は高家の首だと確認すると、敵義貞に降参して討たれた息子は親子ながら敵であると、高家の首に太刀を打とうとするが、高家の妻に引きとめられる。ここで高家の死の意味を知った高家の妻が、高家が義貞の具足を着け出陣した経緯を語る。妻も、夫高家が義貞の身替りに討たれるとは思ってもいなかったのである。高春が高家の真意を確認する過程は、結局、妻さえも知らなかった高家の死の意味が明らかにされ、その身替りによって引き起こった周辺人物の愁嘆の場が展開されるのである。

白方勝氏は『吉野都女楠』から『傾城掛物揃』、さらに『関八州繋馬』へつながる時代物は、最も正統な時代物の性格を示す作品群であるとし、その方法は「情けと義理」であると指摘する。[19]この高家の死については作中に、「誠の情の死」、または「義理と情に命を捨て」、「情にもせよ義理にもせよ」と、繰り返し評されている。この場面において、その方法が強調されたものといえる。高家は、義貞から受けた情けに報いる義理を果たすために身替りとなる。さらに、父高春は、敵将への義理に討たれた子ゆえに、主君高氏への義理として自害する。高春は、自害する前に「情にもせよ、義理にもせよ。義貞を助けし子の親は、主君高氏へは不忠の者。奉公すべき理屈なし。御前にて此首が義貞にてなき時は、獄門の木の下にて、腹切て伏すべきと、発言はなつて申せしは、か様のため。高氏の御手にかゝつると思ひ、我首手づから掻き落し」と、語っている。高家の情け・義理による身替りを描こうとしただけはなく、その死を高春がどう理解し、主君への義理を果たすのかという解決方法に重きが置かれているのである。

この首実検の場は、『菅原伝授手習鑑』（延享三年［一七四六］初演、竹本座、並木千柳、竹田出雲、三好松洛）の寺子屋の段に詞章が採り入れられている。[20]首実検の場において、小山田前司がわが子の首を見て「近々と立寄り右へ廻り左へ向き、ためつすがめつ見れば見る程、疑もなき我が子の高家」と、我が子であるとも言えず戸惑う様子をあらわす詞章は、寺子屋の段で松王が首桶を引寄せて「眼力光らす松王が、たがつすがめつ窺ひ見て」という部分に採り入れられている。それだけではなく、「生顔と死顔は相好が変るなどと身代りの贋首、それもたべぬ、古手な事して後悔すな」という松王のせりふも、『吉野都女楠』の「これ前司殿、生き顔と死に顔とは相好の変るもの」という大森彦七のせりふを踏まえているなど、影響が見られる。

この場では、松王は菅丞相への忠義心を秘め、我が子の首と知りつつ首実検を行う。我が子の死への悲しみと、菅丞相と主君への義理に挟まれ、心底を秘めた心境や様子を『吉野都女楠』の高春から踏襲したのである。

○『娥歌かるた』（正徳四年〔一七一四〕初演）三段目。

重盛館の場と中宮御所の場における、重盛と中宮の横笛、義次の裁きが見せ場である。

原作『滝口横笛紅葉之遊覧』（延宝四年〔一六七六〕初演・角太夫正本）は、重盛の家臣滝口と中宮の侍女横笛、同じく義次と刈藻の二組の恋人が、不義の罪に追われ、お互いの相手をつれての放浪の末、めでたく本来の恋人同士が結ばれる物語であった。近松はこの恋愛と友情に、重盛と中宮がそれぞれの家臣、侍女への愛情から不義者の命を救おうとする苦心を描き加えた。[21] 近松が正徳期において、古浄瑠璃を改作しただけの珍しい作品、また絵島事件を当て込んだ際物的作品という評価もあるが、[22] やはり書き加えられたところにこの時期における作劇法というものが窺えるのである。以下、やや長くなるが、あらすじを記しておく。

(一段目) 重盛の家臣左京之進義次と中宮侍女かるるも、同じく横笛と滝口は忍び合う中である。かるるもが懐妊したため、義次の兄盛次が義次を病気と偽り押し込め、一方、滝口の行いを耳にした父勝頼は還俗して滝口の代わりに再び出仕する。滝口は父の後生菩提を妨げた罪から発心し、出家する。かるるもが幽閉されている御所の局に、彼女に横恋慕する師高がやってくるが、自分に従わないので、家臣源吾に舟岡山でかるるもを処刑するように命じる。舟岡山に連れて来られたかるるもは、偶然来合わせた滝口によって助けられる。

(三段目) 滝口の父勝頼と、義次の兄盛次が当番のため、ともに出仕する。二人は着座の争いから互いにあてこすりをいい、一座の武士たちも二つに分かれ、あわや喧嘩となるところへ、中宮御所から使者師高が来る。師高は、舟岡山でかるるもを処刑しようとしたところ、源吾が切り殺され、かるるもが逃げたのは義次の仕業であり、不義者の相手義次の首を討つよう、また、横笛も追っ付け中宮御所にて討つと、使者の旨を伝える。

重盛は中宮が仕置する例のないことをあげ、武家の作法ならば罪人を奪い取られた家臣の主人は切腹させると師高をおどす。しかし、師高は中宮の仰せは勅諚同然と、盛次に義次を差し出すように命じる。出仕した義次は御白州へ回されて、自分の罪が極まったことを知り覚悟を決める。そして、主人重盛の手にかかることの果報を述べ、奥庭へ向かう。やがて、勝頼、盛次のもとに封をつけた首桶が運ばれ、重盛の命にて、二人にこの首桶を中宮御所に持参し、勝頼が中宮にご覧に入れ、それから横笛の太刀取りをして、その首をこの桶に入れ、封をして持ち帰り、盛次はそれを検使せよと伝えられる。中宮御所に戻った師高は、重盛の使者として勝頼、盛次が義次の首を持参して、横笛の首を渡すよう求めていることを伝える。中宮は重盛に似合わぬ仕置を悲しみ歎くが、横笛の首は自らの手で討つといい、横笛を連れ殿上の櫛形に入る。重盛と中宮の様子から誰かが讒言するものがいると察した勝頼と盛次は和睦する。となせの局が中宮が封をした横笛の首桶を持ってくる。勝頼が義次の首桶を開けると、首はなく義次の髻と重石が入れられており、横笛の首桶にも二つに切り折られた笛竹と重しの土が入れられていた。三人は重盛と中宮の心を推し量り、その符合を合わせたような仁心に感涙する。

白方勝氏が述べておられるように、全体としての構想は原作『滝口横笛紅葉之遊覧』（角太夫正本）と大きな違いは見られない。しかし、原作には登場しない、師高という人物の策略によって、重盛と中宮がそれぞれの家臣、侍女の首を討つことを要求されることが、この劇の山場を作り出している。三段目は重盛館の場と中宮御所の場の二つの場で構成されており、二人の裁断、処置が対照的に描き出されている。中宮の使者としての師高の言葉に、重盛は「珍しき中宮の御仕置、古今其例を聞ず。むかしの和泉式部は宮仕への身にて保昌へ通ひ、又橘の道貞に馴れて小式部の内侍を産む。赤染の衛門は中の関白に契り、紫式部は西の宮の左大臣に密通せしも、皆奉公の時なれども、其時の女院上東門院いさゝか咎め給わず、かへって末代に名を残せり。穏やかならぬ御政道（中略）武家にもあらず、公家にもあらず、律令に背きし掟重盛は心得ず。され共中宮の仰せは勅諚同然、左京之進は今日中に首をはね申すべし」と、不審を抱きながらも中宮の命令に従うと語る。一方、中宮も、「在原の業平は二条の后に忍びあひ、斎宮の女御に通ひ給ひしも、歌の情にゆるされし、其例あれば、公家の仕置共云がたし。和泉式部小式部紫式部赤染衛門。思ひ〳〵に忍び男の有しか共、其時の武将頼光頼信など、是を制し給はねば、武家の法共言ひがたし（中略）女なれ共自らも弓矢の家に生れて、大相国清盛の娘。人切る様はならはね共、討つに討たれぬこと有まじ」と、横笛を自ら討つと語る。両者ともに、義次、横笛を討つことは、公家の仕置きでも、武家の仕置きでもないとし、「穏やかならぬ御政道」、また「末代に名を残せり」と語られているように、この事件の解決方法が重要な問題として描かれていることがわかる。『滝口横笛紅葉之遊覧』を改作するにあたって、重盛の館と中宮御所という別々の場で、中宮と重盛がお互いの意志を確認することもできない状況で、どのようにこの難題を解決してゆくのかを描くことに、重点が置かれたものと思われるのである。(23) 観客は、中宮や重盛が師高の策略に巻き込まれていることに気をもみながら、首桶の中をあらためるまでの展開を楽しんだのであろう。その検使の場面を三段目の山場としたのである。三段目末尾には「礼儀乱れぬ白糸の滝口横笛よゝに聞へし御政道。太刀取恨みず、縄取も恨みなき世ぞ有がたき」と、源氏の御世としてではないが、政道正しきことを讃えて結ばれる。近松の政道信頼の姿勢があらわれているのである。(24)

○『井筒業平河内通』（享保五年［一七二〇］初演）

『井筒業平河内通』では、紀有常の北の方が、どう二条の后の身替りを立てるのかという過程が注目される。紀有常は、惟高親王の横恋慕を避けるべく、ひそかに二条の后を泊瀬寺に匿っている。紀有常が急に惟高親王から京に召されて留守の館に、惟高の使者丹内兵衛が有常の手紙を持って訪れ、今夜中の返答と、明日早朝までに、書中で依頼されているものを手渡すことを要求して帰る。折から執権たちは他出中のため、留守居の北の方と執権桂金吾の妻紅梅の二人が、再び訪れた兵衛に急かされて状箱を開けると、中には今夜中に后の首を討ち、その首を明日早朝に帰郷する兵衛に持参させよという、有常の書状と杜若の花が入れてあった。それを見た北の方は直ちに身替りを暗示する謎と知り、催促に来た兵衛に明朝后の首を渡すことを約束する。しかし、北の方が有常の先妻の子である井筒姫を身替りに立てようとしていることを知った井筒姫の乳姉妹である紅梅は、北の方の継母根性と罵倒し、自分は后を討つと言い出して、二人は先を争い泊瀬寺に向かう。先に来ていた北の方はやってきた紅梅を木に縛りつけ、兄民部と中に入り、やがて民部は首桶を抱えて出てくる。紅梅の夫桂金吾がかけつけ死闘となるが、その太刀音に驚いた二条の后と井筒姫が出てきたので、紅梅と金吾は、后と姫二人とも無事だと知り驚く。実は、北の方が心底を明かさずに、兄民部の手に掛かり、二条の后の身替りとなったのである。さらに、紅梅も心底では自分が身替りになるため、わざと二条の后を討つと言い張っていたのである。

この場においては、書状を持参した兵衛から伝えられる今夜中の返答と、明朝までのあるものの提出が期限付きとして要求される。折から執権たちは留守であり、兵衛が何度も催促に来る、緊迫した状況が繰り広げられる。いささか長くなるが、兵衛と北の方と紅梅のやりとりの部分を引用する。

有常自筆の一通此状箱に有。披見して今夜中に急度返事いたされ。其上にて此方へ請取物も有筈。明十八日の早天に違ひなく渡さるべし。（中略）門前の町屋に旅宿して待申す。追付返事〳〵。宣旨を請たる大納言の使、勅使同然。粗相に思はゞ有常身の破滅。（中略）とやかう言ひ延べ家老衆の帰りをお待ちなされぬか。いや〳〵今の使者の言ひ分家老の外に人はなきか。返事遅くば有常破滅と、詞に釘をさいたぞや。（中略）往生ずくめにいか成難題書ゝせしもしれず。（中略）底の知れぬ状箱。開かぬ先が御思案〳〵。ヲ、言へばさうかと引よせて、二人が中の玉手箱。明て悔か悔ぬか。案じ乱れし黒髪に年を寄らする計也。時に広間の侍騒がしげに、丹内兵衛が旅宿よりお返事聞に参らんか。おそし〳〵と使重り候と申上れば、北の方、あれを聞や。もはや思案所でない。何とせう。ハテ是非に叶ぬ。地獄へ落るか極楽か、二つに一つに封お切なされませ。ヲ、運次第と御厨子の鋏切ほどく封の印。（中略）少し心も休まる所に取次の侍声々に。都の使おたする。返事に是へ〳〵といふ中に。丹内兵衛首桶持、案内もなく次の間に踏み込うなり声。返事はなんといつ迄待たする。（中略）紅梅俄に心せき、サア〳〵北の方様、事急に迫りしが此返事は何とかな。ハテ后の首討て渡さうと返事しや。

傍線部分のように、兵衛は二人が思案する間もなく何度も訪れ、返事を催促する。男たちの留守中、大事を決めかね不安にかられている二人に対し、兵衛から続けて三度催促がくる。北の方と紅梅は、仕方なく書状を開けるが、有常によって課せられた謎のことも絡まって、二人が置かれている状況に対する強い危機感が、非常に効果的に生み出されているといえる。時間的な制約に、さらに異常な切迫感を助長する催促の設定が加えられているのである。書状の謎を身替りと解いた二人は、兵衛への返事の催促からは解放されたが、早朝までに后の身替りの首を差し出さなければいけない難題が残されていた。このことがこの上さらに二人を緊迫した状況に追い込む。(25) 紅梅は井筒姫を討たせないため、北の方は二条の后を討たせないため、一時でも早く相手より泊瀬寺へ到着しなければならなくなるのである。

北の方と兄民部が、紅梅を木に縛りつけてまで、二条の后を討たせまいと井筒姫を身替りにしようとしていたことから、当然紅梅夫婦だけでなく観客までも、民部が持って出てきた首桶の中には井筒姫の首が入っているものと思わされていた。身替りは「心底」の趣向と絡み、身替りになろうとしている人がまわりの人々にそれに気付かせない、さらには騙してこそ、成り立つものである。この場面においては、北の方と紅梅が激しく言い争い、葛藤が深いものと見せられてしまっていただけに、井筒姫が討たれるものと疑う余地もなかった。原道生氏は、「観客に対しても嘘をつき始めた、いい換えれば、観客たちを皆、わざと作中人物と同じレベルの誤解へと周到に誘導し、最後の決定的な時点に至るまで、その真意に気付かないようにするという方法をとり始めるようになっている」と、指摘し、さらに、そのような意味でこの身替りの構想は「謎解きのミステリーとしての性格を顕著に具えた」としている。(26)この身替り劇は、意表をつく設定で観客の思惑の裏をかき、同時に当事者の苦悩を余すことなく描いて、深い愁嘆の場面を描きあげた、「心底」の趣向として技巧の凝った作品だといえる。

4．謎・判じ物

○『娥歌かるた』

先述した『娥歌かるた』三段目の検使の場は、次のような意外な展開を見せていた。

左衛門小刀ぬいて首桶の封ふつつと切り。蓋をひらけばこはいかに、首にはあらで義次が髻を切ておもりに石を入れたれたり。各はつと驚けば、となせの局も刺刀をもつて、封を押し切り、蓋を取れば是もまた、首にはあらぬ笛竹を歌口かけて二つに切り折、おもりに土を盛られたり。(中略)髻を切て其身を落し給ひしこと、出家は生死の世間を離れ、法名つけば死人なり。おもりの石は印の石、手にかけ給ふ理は同じく。命助かる事はすぐれ、理同事勝の法門にかなはせ給ふ御心。中宮も其御心。横笛を討給はゞ滝口ながらへ有べきか。笛竹に十二律五行五音の理をそなへ、笛に声あり魂あり。名は体をよぶ此横笛。御手にかけて討給ひ、おもりの土の苔の下。今は此世になき人と言はんに誰が非を打たん。

首桶の中身は両方とも首ではなかった。髻と石、笛竹と土。これをどう解するべきか。髻を切ったのは出家を意味し、墓石としての石を入れこの世になき者を暗示し、また、横笛の名にちなんで笛を折って土を盛り、「苔の下」として同じくこの世になき者を表した。おもりとしての石、土にまで意味が託されていたのである。この謎を解くによって、事態が解決へと向かう展開としたものではないが、中宮、重盛の心底が明らかになる。「心底」の趣向によって登場人物の理知深慮が強調されたものである。

近石泰秋氏によると、上方においては享保年間に謎々や判じ物がもっとも流行し、浄瑠璃にも謎・判じ物が採り入れられ始めたとする。[27] 近松の浄瑠璃においては『嵯峨天皇甘露雨』（正徳四年［一七一四］初演）、『国性爺合戦』（正徳五年［一七一五］初演）に用いられるなど、正徳後期以降の作に多く見られる。

○『嵯峨天皇甘露雨』

『嵯峨天皇甘露雨』初段では、加茂の社に打ち付けてあった「無悪善」の三字の額について、大海原王子は「無悪善の文字に点を付くれば悪なふして善と読む」、または、「御代政正しくあしきことなく善なりと、帝を褒め参らせる判じ物」と判じる。一方、空海は「世俗に文字謎判じ物など申せ共。隠語共痩語とも申。文字にて謎を作ること、史記の滑稽伝左伝漢書を始め（中略）然るに悪の字をさがと読む訓あり。是にて読めば、さがなくばよからんとの隠し詞。扨無の字に十二画・悪の字に十一画。善の字に又十二画。三字合せて三十五画。三十五本の大釘にて打ったる体。当年聖寿三十五歳にならせ給ふ。御年の数引き結んで嵯峨の天皇なくはよからんと、加茂の社に祈誓し、玉体に釘打つて、御命を失ふ調伏の隠語」と、天皇調伏の額と判じ、大海原王子の謀反の前兆があることを奏上する。初段にこのような判じ物を取り入れることによって、時代浄瑠璃の初段の構想である、劇全体の対立というものが明確にされるのである。

○『国性爺合戦』

同じく『国性爺合戦』初段においても、李蹈天が韃靼王の使者に左目を抉り差し出したことを、呉三桂は南殿の額の「大明」の字をもって判じる場面が設けられている。「大明とは大きに明らかなりといふ字訓にて、月日を並べ書きたる文字。この大明は南陽国にして日の国なり。韃靼は北陰国にして月の国。陽に属して日に譬へし左の眼を刳ったるは、この大明の日の国を韃靼の手に入れん一味のしるし」と、皇帝に諫言する。この場面においても、判じ物の趣向が、李蹈天が一味となった韃靼国と大明国との対立という構図を明らかにする役割を果たしているのである。

その他、『津国女夫池』（享保六年［一七二一］初演）の初段においても、頭の二つある亀の出現の吉凶を占う場面などがある。

正徳期の浄瑠璃における謎の趣向は、享保期においては、心底の趣向と絡み、三段目の「心底愁嘆劇」を構成する重要な役割を果たしている。

○『聖徳太子絵伝記』（享保二年［一七一七］初演）

『聖徳太子絵伝記』において、川勝は地縁の関係で心ならずも物部守屋の被官となり、武士としての義理を守るため敢えて謀反の連判に加わるが、島主には将来必ず聖徳太子方に帰参することを固く誓っている。やがて守屋方が内裏を襲い御台や北の方たちが人質に捕らえられる。その監視役を務めることとなった川勝は、時をみて人質を連れ帰参することを心底に秘めつついる。しかし、その川勝に、他でもない島主の妻月益御前から艶文が渡される。これは、月益御前が子供たちの無謀をいましめるため、万が一発覚しても浮気者として自分だけが咎められるように、回文として書いた手紙であった。

この回文の趣向については、三段目の冒頭の詞章においてあらかじめ暗示されていた。

若蘭が織し錦の歌、百花散乱すといへ共、夫を思ふ心思き事山のごとし。此日の本の仮字づかひ。千言玉をつらぬるも、心を顕すこと読なす文字のてにはに有。

「若蘭が織し錦の歌」とは、若蘭は夫が竇滔の妻蘇氏で、聡明文をよくしたが、夫が流沙に流されたとき、錦を織り回文施図の詩を作って夫に送ったことから、その回文の詩歌をいう[28]。また、『毛吹草』に、「頃廻文之俳諧とて人のいひつづけらるるを見るに、一きは興ある物にぞなる。（中略）昔を聞に大和にも限らず唐詩にも廻文の例多し。殊に若蘭錦字詩之二百首を作りて夫の方へつかはしけるに、是も其徳なきにしあらず。」と記載されている。

近松がこの場にこの若蘭の故事を踏まえ回文の趣向を用いたのは、月益御前の子供たちを思う心を表すためではあるが、一方で浄瑠璃の趣向としては成功していないため、知的遊戯のようなものに過ぎないと評される[29]。この回文は川勝に艶文として誤解され、折しも母を助けに来た政若、都賀若にも誤解されてしまう。さらに、怒った兄弟が母を刀背打ちしようとしたものの、誤って深手を負わせてしまう。やがて月益御前は手紙を逆さに読めば真意がわかるように書いたものと明かす。その手紙は

よどみたか、川はこひ我がこひしとい。乗りなし船とはいとゞ思ふ。なれまとうに訪ひなびけ。見ぬ袂に死にたき。情け遠く恋やみか。どれなひずむなせつひは子や。男かりたふ伝へも伝へ。主は疎むか、われらしんぞ起き伏し、ひこそ女子のちゞのよろこび。たゞ下紐をとくとくかしく。返〱一首の歌。恥かしや、身はさかさまの恋衣。打かへしては哀しれかし。かはかつさままいる。（傍線筆者）

始めると、
とある。書かれた歌の「さかさま」から、「かはかつさま（川勝様）」を「政都賀若」と、傍線部分を逆さに読み

たゞ日ごろよの、父の子、なをぞ恋し。不義を存じられば勘当はしぬ。隔つも隔つ二人がこと。親子は一世な結びなれど、神や異国の仏。さなきだにしともたぬみ、げびな人に疎まれな。父母をとゝいは、ねふしなりの、いとしい子、かはひ子、母が形見とよ。

と、親の子を思う慈愛の込められた文だということがわかるというものであった。しかし、その回文の真意は誰にも伝わらず、月益御前の死による愁嘆場となる。

島主に太子方に味方するように要望されたとき、川勝はすでに守屋に被官していることから、今、太子方の味方になっては「義も道」も立たないと、断っていた。しかし、川勝は守屋が譜代相伝の主でもなく、また、川勝の父は仏道に帰依していたことから、孝行のために、太子方につく心底ではあった。しかし、島主の妻から艶文を受け取ったとあっては、「大丈夫の義は欠けて後家と密通の好色」のために、太子方についたと評されることが、「弓矢の瑕瑾」となり、悔しかったのである。この川勝の人物造型は、先にとりあげた『国性爺合戦』における甘輝を踏まえたものということがわかる。

聖徳太子物は、古浄瑠璃においては太子が常に主人公として登場し、太子一代の事跡が物部守屋討伐ということに焦点があわせられて描かれていた。しかし、紀海音の『仏法舎利都』（正徳五年［一七一五］初演）や、『聖徳太子絵伝記』にいたって、太子ではなく家臣をめぐる物語が中心となり、「義をめぐるドラマ」が導入されたことによって、聖徳太子物は新しく近世における現代劇としての要素を備えたものとなったとされる。(30)『仏法舎利都』

において は、家臣たちの忠義のための犠牲死が仕組まれているが、『聖徳太子絵伝記』においては、川勝がいかにして、太子方の味方へとなるかという、「義」をめぐるドラマとなっていて、謎の回文がそのきっかけとなっているのである。

○『井筒業平河内通』

『聖徳太子絵伝記』においては、謎の回文が読み解かれなかったために起こった愁嘆の場に重きが置かれていたが、『井筒業平河内通』においては、同じく心底愁嘆劇であっても、謎の解き様に興味の重点が置かれている。謎として登場するのは、有常から送られてきた書状と杜若である。

ヲ、運次第と御厨子の鋏切ほどく封の印。（中略）御心の通し様も有べきに余り一途の御文体。ま一度読まんと取あげる文箱の底。杜若の花一輪押入て置かれたり。扨こそ〳〵。是御覧なされませ。ヤア誠にの。アこれにはどうぞ心が有ふぞや。（中略）北の方、文繰り返し横手を打て。ア、聞えた〳〵。是なふ紅梅。此文の日付と杜若の花を隠語にして解いてみれば。似せ首をして后のお命助けよと解くわいの。エ、。して其心は。ヲ、解いて聞せん。つくと聞ゝや。是此御状の日付。男の文には五月とこそ書くべきに、あやめ月とあそばし箱に入しは杜若。似たりや似たり杜若花あやめとて沢辺に咲し盛にも、いづれあやめと引まがふ。ましていはんや切れば萎めるかほよ花。誰かそれぞと見しるべき二条の后の花あやめに、似せて切れとの杜若。其名所は三河の沢。三河といふに、身替りの理はおのづからこもるを

和歌に造詣の深い北の方は、書状の日付の「あやめ月」、杜若はあやめと似ていること（「似たりや似たり杜若花菖蒲」は謡曲『杜若』）、名所は三河ということから、二条の后の顔に似せて身替りを立てろという有常の謎の指示を解明

した。しかし、謎がここですべて解けたのではない。北の方のいう「謎の解様」が大事なのである。継子ではあるが后と年格好が似ていることから井筒姫を身替りに立てるという北の方を、紅梅は成り上がりの継母根性と蔑み、后を討つと言い張る。北の方は「賢女よ貞女よ」といわれるため后を殺しては、有常は不忠の臣となり、「万劫末代家の氏をけがす」ことになると反駁する。さらに、「殿のお心くだかれし隠謎《なぞ》く。さすが有常の北の方といはるゝ女が、家の名をあぐる謎の解様見ておけ」と語る。単に、杜若の謎の解明だけではなく、それをいかに夫の望む「家の名をあぐる」方法で解くかという、解き様が重要となっているのである。

以上のように、心底の趣向も型にはまり新鮮味が失われ始めると、謎や判じ物などに奇抜さを求めるようになったが、奇抜さ、意外さという面はあっても、単に劇を愁嘆の場へと運ぶ役割としてしか働いていないことが多く、享保期には、無理の多い「心底」の趣向が用いられているとされる。(31)しかし、『井筒業平河内通』における身替りは、複雑な意表をつく設定によって、観客の想像の裏をかき、危機的状況を打開しなければならない当事者たちの苦悩が巧みに描きこまれている。それは、「心底」の趣向が、善悪の対立構想上に用いられるのでなく、味方同士における内的葛藤の苦悩を表現するために用いられたことによるものであり、重要な役割を果たしているのである。

以上のように、宝永期の『用明天王職人鑑』と享保期の『井筒業平河内通』とでは、当然ではあるが同じ心底劇であっても、後者の方が意外性に富んだ展開となっており大きな劇的効果をもたらしていた。これは劇構成が緻密になってきたことに関連するものといえる。

5．推理小説的手法

以上で見てきたように、心底劇において、劇中人物だけではなく、観客もだまされ誤解へと導かれる手法はたびたび用いられていた。『井筒業平河内通』の身替り劇においても、北の方も紅梅も心底を隠し互いに嘘をついていて、同時にその嘘に観客もだまされるのであるが、これは意図的に最後の結末まで彼女たちの本心に気付かせないためのものである。身替りの構想がこの部分から「本格的な謎解きのミステリーとしての性格を顕著に具えたもの」といえる。(32)

心底の趣向において、もっとも意表をつくことに巧みであった作者は並木宗輔だったと言われる。(33)宗輔の浄瑠璃については、筋が複雑で推理小説的な謎の多く仕組まれた構想が特徴とされている。(34)宗輔作の浄瑠璃中、最も複雑な推理小説的構成を有するとされる、『南都十三鐘』（享保十三年［一七二八］初演、豊竹座、並木宗輔・安田蛙文）『莠伶人吾妻雛形』（享保十八年［一七三三］初演、豊竹座、並木宗輔・並木丈輔）『粟島譜嫁入雛形』（寛延二年［一七四九］初演、竹本座、並木宗輔・竹田出雲・三好松洛）、『狭夜衣鴛鴦剣翅』（元文四年［一七三九］初演、豊竹座、並木宗輔）がともに『弘徽殿鵜羽産屋』（正徳四年［一七一四］初演）の影響が認められ、また宗輔の初作である『北条時頼記』（享保十一年［一七二六］初演、豊竹座、西沢一風・並木宗輔・安田蛙文）や『和田合戦女舞鶴』（元文三年［一七三八］初演、豊竹座、並木宗輔）には、『津国女夫池』（享保六年［一七二一］初演）の影響が認められる。

宗輔の作に影響を与えた、『弘徽殿鵜羽産屋』『津国女夫池』は、これまでの近松の浄瑠璃とは作風の異なるものとして注目される。これらは心底劇ではないが、作中のミステリー的要素を、意外性を追求した手法の一つとしてとりあげることにする。

○『弘徽殿鵜羽産屋』

『弘徽殿鵜羽産屋』初段。弘徽殿と藤壺は同時に懐妊し、加茂の河原での変成男子の祈禱が行われるが、その際、女房たちが車争いをなし、弘徽殿の腰元因幡が死んでしまう。弘徽殿の伯父早岑は藤壺の腰元清滝を絡め取ろうとするが、渡辺綱は清滝を藤壺の乳母で清滝の母でもある治部卿に預け詮議すること、また、早岑は藤壺も御子誕生まで治部卿に預け置くことを命じる。藤壺は、庭に縛られている清滝の縄を解こうとしたところ、その声を聞きつけた公家方の番人平次兵衛がやってきて、清滝に猿轡をかませる。武家方の番人小余綾はそれを咎めるが、大内の作法と聞いて仕方なく従う。深更に曲者が忍び込み、藤壺と治部卿が殺害され、その場に残された刀が小余綾のものであったことから、小余綾は武名のために覚えのない罪を認めて、頼光の館へ引っ立てられる。

三段目。藤壺を殺害した咎で小余綾の首をはねたのは、頼光の不詮議な仕置きとする風評が立っていた。四天王は成り上がりの北面の武士伊賀の介を怪しいと見て詮索する。下女として伊賀の介邸に奉公していた小余綾の妻竹は、伊賀の介の本妻として迎えられることとなる。祝言の日、国元を追われた竹の子小文五が訪れるが、二人の会話を立ち聞きし、二人が小余綾の妻子であることを知った伊賀の介は大病の老母のために藤壺を殺害したことを打ち明け、親子に討たれようとする。しかし、そこへ忍び入っていた四天王によって捕えられる。頼光が吟味する場へ、小余綾の妻子がやってきて夫を返せと頼光を責める。頼光の詰問に、伊賀の介は藤壺の刃よけの守り袋を証拠の品として差し出す。嘆く親子の前に運ばれてきた酒瓶から小余綾が現れる。

藤壺の殺害に自分の刀が使われた小余綾が、武名のため覚えのない罪を認め、処刑されたが、実は生存していたという部分が、後の宗輔の作に謎が謎を生む複雑さを増した形で繰り返し用いられる。清滝は、庭で縛られている上、声を発することも出来ない状態で、犯人の影しか見ることができなかったが、その殺害する犯人を障子越しに見ている者がいるという構図も、『狭夜衣鴛鴦剣翅』において採り入れられている。松崎仁氏は、障子越しに犯人が映るという演出は、江戸中期において手引き書の刊行が相次ぐなど、流行していた影絵遊びから歌舞伎や浄瑠璃に採り入れられたものとする。(35) 近松の浄瑠璃においては『弘徽殿鵜羽産屋』のほか、『本領曾我』（宝永三年三月初演推定）、『傾城反魂香』（宝永五年［一七〇八］初演）『傾城掛物揃』（正徳二年［一七一二］初演）、『鑓の権三重帷子』（享保二年［一七一七］初演）、『津国女夫池』（享保六年［一七二一］初演）などに、影絵の趣向が用いられていた。これらは、敵を欺き難を逃れる場面に用いられたり、からくりを利用した見せ場の演出として用いられたりするものが多いが、その中で『弘徽殿鵜羽産屋』や『鑓の権三重帷子』においては、障子の中で行われた出来事、事件が誤解や謎を生み出し、サスペンスの要素となり、劇の展開における重要なきっかけとなっている。

正徳期に入り、時代浄瑠璃の五段組織というものが確立しはじめ、三段目には「愁嘆」の場が設けられるが、この場が劇全体から遊離しがちになってくる。『弘徽殿鵜羽産屋』の三段目においても、国元を追われた小金吾が母竹を訪ねてきての愁嘆場や、竹と小金吾が、伊賀の介が夫の敵だと知ったことによって引き起こる愁嘆場は、謀反という劇全体の構想とは全く関係なく遊離している。しかし、他の段と全く関わりのない段とはしておらず、初段において藤壺を殺害した犯人が実は伊賀の介であったということを、この三段目に明かしているのである。白方勝氏はこれを、三段目の悲劇が孤立しないように近松が工夫した推理小説的手法であるとする。(36)

藤壺が殺害され真犯人が伊賀の介だと解明される前に、すでに四天王たちは伊賀の介を怪しみ、火消しの姿に変装して証拠をつかもうとしていることから、この時点で犯人像が見えていた。真犯人を推理するという性格は薄くなり、一方、頼光と四天王がいかに証拠をあげ伊賀の介を捕えるかに関心が移っているのである。

『弘徽殿鵜羽産屋』について、内山美樹子氏は、「幕府評定所の出先機関として京都所司代と町奉行が入った正徳五年の時点で、公正な裁判への期待を込めて書卸」されたとする。(37)

小余綾の裁断について頼光の不詮議な仕置きとする風評が立っていたことから、四天王があらためて詮索し、真犯人を捕える結末となる。結局、小余綾は処刑されておらず、頼光の、所謂大岡裁きともいえる公正で人情味のある巧みな裁定が描かれる、裁判物語（比事）のような性格を帯びているのである。すでに宝永七年の『酒呑童子枕言葉』においても、誘拐、人買いという犯罪に頼光と四天王がいかに対処してゆくかが描かれている。『弘徽殿鵜羽産屋』が裁判劇に転じてゆくのは、宝永頃からの浮世草子における比事物裁判物の影響を受けた上方戯曲の裁判劇志向のあらわれた早い例と見なされている。[38]残された刀から犯人の目星をつけることも、『棠陰比事』巻中や『棠陰比事物語』巻五の二によるものであろう。五段目末尾は「治る国の名将の民をあはれむ源氏の元祖。文にさかへ、上に道有下礼あり。有がたき君が代の御子繁昌国繁昌。五穀豊かの時にあふ流れの末社たのしけれ」と、源家により正しい政治が行われることを賛美する詞章で終わる。このように『弘徽殿鵜羽産屋』は、全体として、頼光、四天王による裁判劇という構想となっているのである。

同じような趣向は、宗輔・出雲・松洛合作の『粟島譜嫁入雛形』（寛延二年〔一七四九〕初演・竹本座）に見られる。[39]この作品については、第三部第三章において述べているので、詳細は省略するが、『莠伶人吾妻雛形』『粟島譜嫁入雛形』においても、富士を殺害した真犯人が明らかではなく、無実の罪を着せられた者が処刑されるが、実は生きていたという設定が用いられている。敵討ちをめぐって親子の恩愛を描いた劇となっているが、意外性が重なる複雑な仕組みとなった趣向中心の場となってしまっている。

『弘徽殿鵜羽産屋』において、小余綾の妻竹は、直接殺害したのではないが、夫を死に追いやった伊賀の介と夫婦となる。この敵と夫婦になるという趣向を近松は『津国女夫池』に再度用いた。また、人物の出生にまつわる複雑な人間関係や、殺人などの行為に関する謎解き的興味を用いた推理小説的手法もさらに採り入れている。

○『津国女夫池』

『津国女夫池』は、『後太平記』の世界を扱った作品で、将軍足利義輝の遊蕩を幸いに謀反を起こした松永弾正、三好長慶を、義輝の弟義昭を擁した浅川藤孝、海上太郎、冷泉造酒之進が滅ぼし、足利家を再興する内容である。『津国女夫池』の三段目も『弘徽殿鵜羽産屋』と同じく「三段目の悲劇」が劇全体と遊離しており、三段目における登場人物の死は秩序の回復には何ら影響を及ぼしていない。[40]

二段目。足利義輝の御台所は、傾城大淀が御所に入ったことから堪らず抜け出し、行方不明となる。やがて、顔の面が剝がれた死体が発見され、着物や錦の腹帯から御台所ということになる。その後、科人が引き立てられ、義輝に頼まれたものと白状するが、死んだと思われた御台所があらわれたため、白状は偽りだということが明らかになる。すると、三好長慶は御台所に不義の噂があったため、科人をしたてて御台所を捜そうとしたものと語る。

首無し死体を用いて御台所の身替りとする趣向は、『弘徽殿鵜羽産屋』に続き再び『棠陰比事』巻下「従事函首」（『棠陰比事物語』巻第五）から採り入れたものである。[41] 藤孝と造酒之進は長慶の企みを暴こうとして、逆に御台所を不義者とされ、義輝の不興を買う結果となってしまう。

造酒之進と清滝は御台所を匿ってもらおうと、造酒之進の父文次兵衛を訪ねたが、思わぬことがきっかけとなって、実は造酒之進と清滝が兄弟であると知る。二人は兄弟夫婦となったことに苦悩し心中しようとするところ、二人が入水したと思った文次兵衛がかけつけ、二人が異腹の兄弟であることを語り死なせてしまったことを悔やむ。造酒之進は朋輩一学の先妻の子で、後妻を迎えて何者かに殺されたため、一学の子に敵討ちをさせる契約で妻子とも迎えて、その後に清滝が生まれたことを語る。その契約が果たせなくなったと自らも入水しようとしたところ、隠れていた造酒之進たちが走り出て止める。しかし、造酒之進が実父の敵を討つ覚悟を語ると、文次兵衛は自分こそその敵であると告白する。一学の妻を慕っていたことから起こったことであった。すると、妻が夫に斬りかかり池に身を投げると、文次兵衛も後を追い入水する。

『津国女夫池』において、造酒之進は次から次へと状況が悪い方へと追い込まれている。首無し死体を使って長慶の悪事を暴こうとしたが、逆に御台所が不義の名を着せられたり、親を頼ってきたところ、敵側の人物であることから清滝を討てと命じられる。また、造酒之進は清滝が妹であることが分り殺さなくてもよくなるが、今度は兄弟夫婦ということで死に追い込まれてしまう。さらに、異腹の兄弟ということが明かされ、安堵するが、実父の敵が文次兵衛であることが明かされるというように、状況が二転三転することで、造酒之進だけでなく、妻までも追い込んでいく。

兄弟が夫婦になる趣向は、近松の歌舞伎『今源氏六十帖』（元禄八年［一六九五］初演）、敵と夫婦になる趣向は歌舞伎『けいせい石山寺』（宝永四年［一七〇七］初演・京亀屋座）をもとにしている。近松はこの二つの話を並列するのではなく、兄弟夫婦となった二人が心中を図ったことによって、追い詰められた文次兵衛が過去の罪を告白する展開としている。はじめは第三者として他人事のように語り出し、造酒之進たちが生きていることを知って、すべてを語る。文次兵衛が一気に語らなかったことで、状況が二転三転するのであるが、それは文次兵衛が一気にはすべてを語れなかった葛藤を表しているといえる。造酒之進たちが死に、文次兵衛が彼に敵討ちを果たせてやることが出来なかったことを悔い入水していたら、実のことを語らずに済んでいたし、妻も真実を知ることで苦しむことはなかった。しかし、近松はあえてそう設定することで、文次兵衛の悪を強調したものと思われる。近松は享保期、人間の犯す悪に関心を持っており、悪を描くことに力を入れていた。[42] 近松は文次兵衛の悪というもの、そして、その罪に苦しむ様子を、描き出そうとしていたのである。

『けいせい石山寺』の勘介には、敵討ちをさせる約束という設定が設けられず、文次兵衛のような苦悩も語られず、告白した勘介を妻子は許している。『津国女夫池』においては、この契約があったばかりに文次兵衛の悪は我が身に報うだけでなく、否応なく妻をも絶対的状況へつきつめていくのである。

所謂「三段目の悲劇」が、三段目だけでその悲劇を完結しなければならないとすると、趣向重視となり、趣向によって一気に悲劇へと持ち込む傾向があるとされる。急速に葛藤をつくり、破滅へと導き終結させ、「懺悔によって一気にどんでん返しをくわせる」という手法が、近松の晩年には多用されていた。[43]『弘徽殿鵜羽産屋』、『津国女夫池』には、両方とも懺悔の場面が設けられており、『弘徽殿鵜羽産屋』においては、伊賀の介は竹が小余綾の妻と知ってすぐに懺悔しており、唐突な感を与えていた。まさに懺悔によって、事態が一変する手法がとられているのである。

『弘徽殿鵜羽産屋』と『津国女夫池』における懺悔の場面は次のように描かれている。

『弘徽殿鵜羽産屋』三段目

我母計の命をおしみ、人の命をかえりみぬ。愚痴邪の天罰にや。母は漏れ聞き、はつと計に気を失ひ薬一口飲もせず。すぐに終り給ひし御臨終のあへなさよ。道に違ふ孝行はかへつて不孝の罪と成。いはんや我手に藤壺を殺し、我因果にて母を殺す。此重罪一百三十六地獄万劫めぐつても、悪業つくる期有べきかと、又さめ〴〵と泣けるが。所詮我本人と名乗て出（中略）頼光不詮議にて、小余綾新左衛門非法の成敗せられしと（中略）古今の名将とよばるゝ頼光源氏に疵を付、末代に御名を下さんこと天下の鏡を打わる道理。勿体なし、恐れ有と過ぐる月日に立身し、正北面の武士と成、今の栄華極れ共。心に忘れぬ身の罪業。今日や報ふ明日や報ふと、浮かべる雲に乗るがごとし、剰小余綾が後家とも知らず夫婦と成。罰とや言はん恥とやせん。（中略）夫の敵を討といふ是に上越す望みはあらじ。母からでも子からでもサア寄て討て。やれ討てと腰刀投出し、思ひ切たる黙座のかんばせ。

『津国女夫池』三段目

今に及んで無用の詞数なれ共。一学を討たるは喧嘩でもなく、遺恨でもなく。もとの起こりはあの女房。一家中に沙汰有、若盛りの艶色。我も廿三、妻はなし。あはれ、かりかねの翼もがんと、こがれても言ひ寄らん便なく。幸い一学あの女房にしるべ有。ひたすらに頼んと文をしたゝめ懐中し会へば、かへつて一学がヱ、我に本妻なきならば、かの娘をめとらんものをと（中略）一学先妻産後に死し、忌みの中より呼び取り婚礼。無念にもねたましく堪忍ならず、手もなく討て思ひのまゝに夫婦とはなつたれ共。思へば剣と剣を抱き合せたるめうと合。それ共知らず我を頼みになれなじむいた〳〵しさ。始の恋に百倍したる苦しみ。胸につゝんで廿年来時かな来れ。造酒之進に討れて蒙霧を散ぜんと、待おふせたる今月今日。一生の懺悔是まで。サア討て造酒之進。

近松の晩年の傑作には、「誠実な人間の生き難さとそれゆえの暗さ」が描かれているとされる。(44)人間の本質的に持つ弱さゆえに悪を犯してしまう。義理堅くあろうとすることで人間的に誠実であろうとするが、そのために肉親や愛する者への愛情を貫くことが出来ずに苦悩し、破局に陥るという暗さが描かれている。『弘徽殿鵜羽産屋』は正徳期の作ではあるが、近松が悪へ関心を持ち描き始めた時期のもので、伊賀の介は、人の命をかえりみず孝行のため悪に手を染めたことを悔やみ続け、さらに、頼光の名を傷つけないために名乗り出ることも出来ずに苦悩する人物として描かれている。『津国女夫池』における文次兵衛同様に、「今日や報ふ明日や報ふ」と常に罪悪感にさいなまれていたところに、竹親子があらわれたことで罪を報う時が来たと懺悔するのである。

『津国女夫池』の影響が見られる、宗輔・蛙文の『南都十三鐘』においても、夫の敵と夫婦となる趣向が用いられているが、自ら懺悔をするのではなく、悪事がばれて攻め立てられたため、仕方なく脇腹に差し添を付きたて、積み重ねてきた数々の悪事を語り出すというものとなっている。また、夫の敵として自分を討てと言われた妻も斬りつけることが出来ずにいるなど、夫の敵を討たせるという約束が、二人を追い詰めるものとはなっていない。『弘徽殿鵜羽産屋』や『津国女夫池』において、小余綾、文次兵衛が犯した悪は、悪心より起こった悪ではなく、肉親や愛する者への愛情を貫くためのものであること、また、彼らが罪を悔やみ続けていたところに、他の作者との違いが見られるのである。

近松の時代浄瑠璃において、ミステリー的要素は、段と段とを結びつける劇の展開のための繋ぎのような役割をしており、劇中起こった犯罪を悪として追及してはいるが、誠実な人間を描いているため、謎の解決が懺悔によるものとなっている特徴があるものと思われる。推理小説的な展開を特徴とする、宗輔の浄瑠璃においては、例えば、謎解き劇が特徴的に描かれた蛙文との合作期の作（宗輔の初作でもある）『北条時頼記』では、初段において、大介はあやまって将軍の鷹を射殺した咎で切腹を命じられるが、前司泰村は大介を謀反の味方につける下心で助け解き放ち、二段目において、六郎は泰村が大介を助けたのは情けからではなく下心があるからで、自分が介錯するので武士らしく腹を切れと勧めるなど、大介と六郎が対立していることが描かれる。そして、三段目に首無し死体が発見され、着物の紋から六郎と判明し、これまでの経緯から犯人は大介であるとされる。しかし、大介は不義に加わったことを悔いて自害し、六郎は錦の御旗を詮議するため、三浦家に入りこんでいたことを明かす。このように、首無し死体の趣向においても、犯人が大介であろうということが、二段目にあらかじめ二人の対立する様子を描いて伏線とし、その対立する原因が初段において劇全体の対立構造と関わっているなど、絡み合っていることがわかる。『南都十三鐘』や『狭夜衣鴛鴦剣翅』についても同様といえる。宗輔が筋立てが巧みであったということもあり、複雑ではあるが、謎解き的要素がその場だけのものとして遊離することなく、推理小説的展開に伏線を敷いて脈絡をつける、劇全体の構成として絡んでいた。近松の浄瑠璃においては、ただ要素としてとどまってしまった感があるのである。それは、近松は『弘徽殿鵜羽産屋』や『津国女夫池』において、心底の趣向を用いていないが、宗輔は「心底」の趣向を巧みに用いていることも一つの要因であろう。

三　おわりに

以上、心底劇における様々な手法を、意外性の追求という側面から見てきた。『孕常盤』『源氏れいぜいぶし』『碁盤太平記』などにおいては、観客にも劇中人物の心底が明かされておらず、『吉野都女楠』においては、観客には心底が明かされているという違いはあるが、宝永七年に初演された作に次々と「心底」や謎めいた行動をとる人物が登場しはじめていることがわかる。この宝永七年というのは、白方勝氏が語るように境に再び時代浄瑠璃に力を入れ始めた年である。[45] 時代浄瑠璃がたくさん書かれたという数的なものだけではなく、内容形式もともに備わってきているのである。宝永期以前の作品は善の側の人物の機知に富んだ行動によって、悪人が滅ぶという予定調和的な展開が多い。宝永期の後半、正徳期になると、時代浄瑠璃の五段組織も整いはじめ、三段目に所謂「三段目の悲劇」という、善側の人物の自害、犠牲死によって状況が打開されてゆく展開が繰り広げられるのであるが、宝永期以前の作に比べ、劇の緊迫感というものが強くなっていることがわかる。

心底という趣向のマンネリ化を避けて趣向を複雑にしたというだけでなく、劇中人物を一層危機的状況へと追い込み、さらに心底を謎に包むミステリー的要素を用いて、緊張感、緊迫感をもたせることで劇を盛り上げようとしたのである。

原道生氏は「近松の個性的な人物造型というものは、その独特なドラマツルギーの確立、深化、そういうものときわめて有機的な絡み合いを持ちながら果たされていった」と指摘する。[46] 近松の心底劇において、時期を追うごとに増してゆく、深刻な状況の設定や、謎の複雑化、意外性の深化が、『用明天王職人鑑』における尼公、『碁盤太平記』における岡平、『国性爺合戦』における錦祥女、『関八州繋馬』における纜など、個性的な人物を生み出す結果となったのである。

注

（1）高野正巳「近松の時代物」（『近世演劇の研究』東京堂、一九四一年）近松没後の浄瑠璃において身替り・諫死・骨肉相争・因果譚など技巧本位の悲劇的場面が必ずというほど描かれるが、近松の晩年の作にそのような傾向が見られることから、その「技巧派の元祖」は近松であるとする。
（2）吉永孝雄「十返舎一九の「忠臣蔵岡目評判」評釈」（『羽衣学園短期大学研究紀要』一九七九年一月）。
（3）「悪人の計略、初段より善と見せて、二段目又は、三段目にて計略現はれ始めて悪人と知れる類多し」とある例に、『津国女夫池』における長慶や大淀をあげることができる。長慶は嫡子国長が両頭の亀の出現を兄弟が天下を争う前兆であるとし、義輝の弟義昭の謀反のしるしだと非難したことに立腹し、彼の首を刎ねて忠誠を示しているが、実は長慶自身が謀反を企んでいた。また、逆に傾城大淀は妲妃を連想させる悪女として登場しているが、実は長慶らの謀反を知らせるためにわざとそう振舞っていたものとして描かれる。
（4）「心底」を浄瑠璃の作・趣向における一つの術語としたのは近石泰秋氏であり、『操浄瑠璃の研究』の正編と続編において詳述されている。近松の時代浄瑠璃に見られる類型的様式においては「心底愁嘆劇」とも称している。
（5）高野正巳『近世演劇の研究』（東京堂、一九四一年）。
（6）例えば、『一谷嫩軍記』三段目の須磨浦から陣屋に到る段、『粟島譜嫁入雛形』粟島姫館の段。
（7）向井芳樹「近松時代浄瑠璃の思想と方法」（『日本文学』一九六六年三月、後『近松の方法』所収、桜楓社、一九七六年）。
（8）近石泰秋氏前掲書参照。
（9）原道生「浄瑠璃劇の完成」（岩波講座『日本文学史』八巻、岩波書店、一九九六年）。
（10）『国性爺後日合戦』において、国性爺は叛徒の首領として父一官を逮捕したが、すぐには死罪に出来ず、その決定を三日後に延期した。そのことにより、国性爺夫婦は父を救う方法を三日以内に見つけ出さなければいけないことになる。この設定が、制限時間が近付く不安を観客にも感じさせながら、作品世界へと同化させる、効果的な役割を果たす。
（11）原道生氏前掲書。この時期までに近松の中で確立されてきた時間的制約の技法そのものがさらに趣向化されたものとなっているとする。その結果従来人間の力ではどうすることも出来ない時間の流れを思い通りに動かして見せるという奇抜な構想が展開されるようになったと指摘。

(12)『聖徳太子絵伝記』においても、川勝は女の縁にほだされて、寝返るという誤解をさけようとする。

(13) 原道生氏前掲書参照。

(14) 一巻形式。『兼好法師物見車』(宝永七年初演推定) の表紙見返しに「兼好法師跡追 (中略) 碁盤太平記 (中略) 右之正本近日出来仕候兼好法師あとをひ一段物に而御座候跡より出し候」という広告がある。『兼好法師物見車』は上之巻、中之巻で終り、下之巻を欠く。現存正本の出版時には「兼好法師あとをひ一段物」として『碁盤太平記』の出版が予定されていた。それに対応するために、下之巻を削除して出版したものが現存正本である。

(15) 原道生「「実は」の作劇法 (下) ――『義経千本桜』の場合――」(『文学』一九七八年一〇月)。また、内山美樹子氏は「並木宗輔の世話浄瑠璃」(『浄瑠璃史の十八世紀』勉誠社、一九九九年) の中で、「「心底」の趣向が浄瑠璃特有の劇作法として、その性格を際立たせてくるのは、「隠す心底」「欺す心底」が明確に、かつ複雑な様相をもって描かれる近松没後の時代浄瑠璃においてである。秘められた「誠の心」としての「心底」を相手に理解されることを望んだにも関わらず、無残に裏切られるところに作者は劇的葛藤の焦点を据えた。」と述べている。

(16) 北村伸明「近松の「心底劇」と到達点」(『文学史研究』一九八三年一二月)。

(17) さらに、『忠臣金短冊』においては、勘平は由良之介への使いに裸人形を持たされていたり、また、勘平の背中には「今宵いづれも傾国へ思ひ立の由。我々親子も忍びたちゆき、かの地にて御参会申すべく候」と書かれていた。裸人形は勘平を裸にして見よとのこと、背中の文面は「連判の面々関東へうったつ」との意味であり、一種の謎を取り入れた場面である。

(18)「身替りの論理」(『近松の方法』桜楓社、一九七六年)。

(19)「近松時代浄瑠璃の特色」(「講座元禄の文学」四『元禄文学の開花』Ⅲ、勉誠社、一九九三年)。私見としては、時代浄瑠璃として有機的な構想を整えているのは、『源義経将棋経』(正徳元年［一七一一］正月以前) であると思う。『吉野都女楠』における高家の身替りの死は、善の秩序の回復に役立つといえないからである。このことについては第三部第二章「『源義経将棋経』の構想」に詳述。

また、「情けと義理」の方法については、白方勝氏の「なさけと義理」(『国文学研究会報』(愛媛大学教育学部国語国文学研究会) 三〇号、一九六八年六月、後『近松浄瑠璃の研究』所収) によると、宝永七年以降の近松の時代浄瑠璃における悲劇の方法は、「なさけと義理」に要約できるとする。義理による悲劇的葛藤を明確化していく過程で、なさけが重要な要因をなしているとし、「情と義理」という方法を近松のドラマトゥルギーとして提案している。情 (じょう) は人物を内面的に造型して、人形を生きて働かせるドラマトゥルギーの根本的方法であり、義理は悲劇の方法を表すものであると指摘し、近松は義理の悲劇をつきつめていく過程で、このなさけを巧みに葛藤要因として設定しているとする。

(20) 黒木勘蔵『近松門左衛門』(大東出版社、一九四二年)。『菅原伝授手習鑑』の作者の担当箇所については、森修氏も内山美樹子氏も三段目切は宗輔、四段目切は出雲の担当と見なしていながらも、内山氏は四段目を疑問ありとする。内山美樹子「『菅原伝授手習鑑』などの合作者問題」(『演劇学』一九八四年三月、後に『浄瑠璃の十八世紀』所収、勉誠社、一九八九年)。

(21) 原作が対当者間の愛情であるのに対して、近松の構えた副筋は上下者間の愛情であって、そこに時代の問題性の差と、近松の思想的立場とが見られる。(角田一郎執筆『娥歌かるた』『演劇百科大事典』平凡社)。

(22) 白方勝『娥歌かるた』(『日本古典文学大辞典』岩波書店)、同氏「正徳期の近松」(『近松全集』第八巻月報8、岩波書店)。四段目の道行の詞章をほぼそのまま『滝口横笛紅葉之遊覧』から流用していることから、角太夫正本も近松作とする説もあるが、近松と角太夫の結びつきがみられないことから、否定的な見解も強い。

(23) 離れた二箇所で、意志の確認もできないまま、ある人物の謀略による難題の解決を描いたという点では、後の文耕堂他合作『新うすゆき物語』や近松半二作『妹背山婦女庭訓』に似通っているともいえる。

(24) 内山美樹子「『弘徽殿鵜羽産屋』の背景、いわゆる「正徳の治」」(前掲書所収)、不祥事件であるため、源氏の御世としては描かれず、平家の重盛、中宮の正しき政道として扱っているが、近松の政道信頼の姿勢は一貫しているとする。

(25) 渡辺保「『伊勢物語』三美人――『井筒業平河内通』」(『新潮』二〇〇二年一〇月、後に『近松物語』所収、新潮社、二〇〇四年)。このことにより、その後に繰り広げられてゆく、四人のさまざまな激情が生々しく交錯するほとんど狂気の葛藤が優れた説得力を持つものと成りえたのではないかと思われる。文箱が到着してからの北の方と紅梅の二人のやりとりは、テンポよく非常に緊迫感がある。

(26) 原道生「怪奇と謎解き――『井筒業平河内通』の場合――」(『日本文学』二〇〇五年一〇月)

(27) 『操浄瑠璃の研究』(風間書房、一九六一年)。

(28) 『大近松全集』十六巻「注釈辞典」木谷蓬吟。

(29) 森山重雄『近松の天皇劇』(三一書房、一九八〇年)。

(30) 原道生「「義」をめぐるドラマへの変貌――『仏法舎利都』(海音)と『聖徳太子絵伝記』(近松)――」(『国文学』解釈と鑑賞、一九八九年一〇月)。

(31) 内山美樹子氏前掲論文、「近松にとって正徳末は、一つの転換期であって、享保に入ると、時代物『聖徳太子絵伝記』三ノ切、『曾我会稽山』三ノ切、『平家女護島』三ノ切、『井筒業平河内通』三ノ切などに、無理の多い「心底の趣向」が用いられ、世話物でも『山崎与次兵衛寿の門松』『心中天網島』『女殺油地獄』など、心底の趣向が常套的手法となるのも、正徳期と異なり、複雑な劇行為を畳み込む方法が模索されながら、時代物の場合、必ずしも成功を収めていない段階にあることを示すものであろう」。

(32) 注26。原道生氏前掲論文。

(33) 近石泰秋氏前掲書参照。

(34) 長谷川強「並木宗輔考」(『近世文学　作家と作品』中央公論社、一九七三年)。

(35) 『本領曾我』では、熊野御前の局に河津祐重が忍び来たが、工藤祐経が見回りに来て怪しむので、平家一門の集まっているさまを雛人形の影で見せると、祐経は恐れて逃げ出す。『傾城反魂香』では、みやの様子を怪しんだ雅楽之介が部屋の灯火をつけて、みやの影がうつるのかを試す。障子にうつったのは五輪の塔の影だったのでみやはすでに死者であることがわかる。松崎仁「障子にうつる影――影絵演出の諸相」(『歌舞伎研究と批評』5号・6号・8号、一九九〇年六月、一二月、一九九二年一月、後に『舞台の光と影――近世演劇新攷』所収、森話社、二〇〇四年)、初演年次が宝永三年という推定ではあるが、『本領曾我』における影絵の演出を浄瑠璃における最も早い例ではないかとする。

(36) 「近松正徳期時代浄瑠璃の段構成について」(『近世文芸稿』一九六九年二月)。

(37) 内山美樹子「「弘徽殿鵜羽産屋」の背景、いわゆる「正徳の治」」。

(38) 長谷川強氏前掲書参照。

(39) 『粟島譜嫁入雛形』は、宗輔・丈輔合作の『莠伶人吾妻雛形』(享保十八年・豊竹座)の改作である。謡曲『富士太鼓』をもとにした、所謂「富士浅間」物で楽人富士の敵討ち譚として展開されてきた。浮世草子『富士浅間裾野桜』や浄瑠璃『莠伶人吾妻雛形』『粟島譜嫁入雛形』においては、富士を殺害した犯人が誰なのかがわからないという共通点がある。浮世草子『富士浅間裾野桜』では、継母は家督横領の邪魔になる俊徳丸側の忠臣、仲光を排除するために、富士殺害の犯人に仕立て上げていた。一方、『莠伶人吾妻雛形』では、乙姫の家臣頼母は、秘伝の巻物を握り締めた富士の片腕を持った曲者を見逃したが、かえって自分が犯人とされてしまう。『粟島譜嫁入雛形』では、浅間が富士を殺害し、首を切って立ち去ったものと見られており、富士の妻子は浅間を敵と狙うが、四段目切になって、実は富士は生きているということが明かされる。「富士浅間」物において、富士が殺害されるということが大前提であるので、富士が生きているということは観客の意表をつく設定であった。そして、富士が太鼓の中から出てくるというところも、『弘徽殿鵜羽産屋』において、小余綾が酒瓶から出てきた趣向と似ている。『粟島譜嫁入雛形』においては、富士が殺害されたという大前提のほかに、富士と浅間の反目関係が、かえって「心底」の趣向として用いられている。すでに固定したイメージをもっていた事柄を真逆にすることで、意外性を与えたものである。

(40) 鎌倉恵子『津国女夫池』解説（『元禄文化の開花――近松と元禄の演劇』「講座元禄の文学」第四巻、勉誠社、一九九三年）。この場の切の詞章は「暫しの敵も来世の女夫。暫しの兄弟此世の女夫。名は永き世の女夫池。池の玉藻を亡き魂の形見に。茂る芦真菰語伝へて言の葉の寄るべの水とぞなりにける」と終り、これ以前の時代浄瑠璃のような、忠孝や秩序の回復を謳ったり、作品世界を象徴する人物を称えるものではなくなっている。世話浄瑠璃的なものにしようとした意図があったといえる。久堀裕朗氏も「特集・近松――人形浄瑠璃と歌舞伎の劇場空間『津国女夫池』――時代悲劇と世話悲劇の接点」（『国文学』解釈と教材の研究、學燈社、二〇〇二年五月）において三段目を世話浄瑠璃的な悲劇とする。

(41) 長谷川氏前掲書、首のない死体と誤認による冤罪、死んだと思われた人物の生存判明による雪冤という筋。西鶴の『懐硯』第五の二「明て悔しき養子か銀箱」や『智恵鑑』巻第三の十三にも用いられる。『北条時頼記』において、乞食を身代わりにするは「従事函首」の話に付載の役人が被害者の首を求めかねて乞食の首をそれに当てる話、『私可多咄』巻之五に『棠陰比事』によるとしながら乞食の中を探索し乞食女の首を得たとすることなどと関係があろうとするが、『津国女夫池』においても乞食女の死体を用いている。

(42) 白方勝「『津国女夫池』における悪の悲劇」（『国語国文』一九六六年一一月、後に『近松浄瑠璃の研究』所収、風間書房、一九九三年）。

(43) 注42。白方勝氏前掲論文。

(44) 新日本古典文学大系『近松浄瑠璃集』上（岩波書店、一九九三年）松崎仁解説。

(45) 「近松正徳期時代浄瑠璃の段構成について」（『近世文芸稿』、一九六九年二月）。

(46) 「近松の人物造型」（『近松研究の今日』和泉書院、一九九五年）。

第二部　近松の時代浄瑠璃の展開

第一章　近松の時代浄瑠璃に描かれた「執着」「執念」

一　初期作品における「執着」

近松の初期（延宝・貞享・元禄初期）の浄瑠璃には、次のような作品がある。

延宝五年［一六七七］『てんぐのだいり』
天和三年［一六八三］『世継曾我』
貞享二年［一六八五］『出世景清』
貞享三年［一六八六］『三世相』『佐々木先陣』『薩摩守忠度』（加賀掾正本は『千載集』）
『主馬判官盛久』（加賀掾正本は『盛久』）
貞享四年［一六八七］『今川了俊』
元禄二年［一六八九］『津戸三郎』

九作中、『三世相』を除く八作が、主に源平の武士を題材にしている。(1) しかし、これらは金平浄瑠璃のように超人的で空想的な武勇譚ではなく、源平武将の生き方の問題を描いているとされる。(2) 中でも、『出世景清』においては、景清の執念深い復讐心を、『薩摩守忠度』においては、忠度の「千載集」への入集の執着を描くなど、武勇の面ばかりではなく、登場人物の執念や執着に着目している。
平家の侍悪七兵衛景清は、頼朝を執拗に付けねらう執念深い復讐心を持つ人物として知られる。幸若舞曲と古浄瑠璃において、頼朝に赦免され所領を得た景清は、敵対心を捨てるべく両眼を抉り頼朝に差し出す。その止み難い復讐心を断つ行為が「めくり（目抉り）」である。[3]
まず、両作品における両眼を刳り貫く場面を比べてみる。

幸若舞曲『景清』

命を助け給ふのみならず、剰御恩を添へて賜ぶ君は、世にありつべしとも存ぜず。さりながら立居につけ、君を見申さん度ごとに、あれこそ主君の敵よ。あつぱれ、一刀恨み申さでと思ふ所存は露塵とも失せ候まじ。それ恩を見て、恩を知らざるは、植木の鳥が己が住む枝を枯らすに異ならずと、秩父殿の小刀を請ひ取つて、両眼を刳り出し、薄折敷に並べ、頼朝の御目に懸くる。

『出世景清』五段目

かくて我が君御座を立ゝせ給ひければ、大名小名続いて座をぞ立ち給ふ。景清君の御後姿をつく〴〵と見て、腰の刀するりと抜き、一文字に飛びかゝる。各々これはと気色を変へ、太刀の柄に手をかくれば、景清しさつて刀を捨て、五体を投げうち、涙を流し、ハツア南無三宝、あさましや。いづれも聞て給はれ。かくありがたき御恩賞を受けながら、凡夫心の悲しさは昔にかへる恨みの一念。御姿を見申せば、主君の敵なるものをと、当座の御恩はや忘れ、尾籠の振舞ひ、面目なや。まつぴら御免を蒙らん。まことに人の習ひにて心にまかせぬ人心。今より後も我と我が身をいさむるとも、君を拝む度毎に、よもこの所存は止み申さず。かへつて仇とやなり申さん。とかくこの両眼のある故なれば、今より君を見ぬやうにと、言ひもあへず差し添へ抜き、両の目玉をくり出し、御前に差し上げて、頭をうなだれゐたりけり。

近松の『出世景清』においては、先行作と同様に両眼を抉る行為が描かれるが、その前に景清が重忠に促されて八島での功名話（「錣引き」）を語る場面があり、頼朝に斬りかかる場面が挿入される。所謂「錣引き」を語り終えた景清は、突如頼朝に斬りかかるが、自らそれを制し、この期に及んでも復讐への執念を断ち切れない身の上を嘆く場面が新しく付け足されている。敵の面前で全盛の過去を語ることが、自身に生々しい記憶を蘇らせ、抑えていた復讐心が一瞬に行動として出てしまう結果を招いたのである。

幸若舞曲『景清』においては、赦免され領地を与えられたその場ですぐ両眼を抉り出すが、『出世景清』では、その間に「錣引き」、そして、実際に斬りかかる場面を挿入することで、動揺と葛藤を経た上での行為としている。「人の習ひにて心にまかせぬ人心」と、復讐心を抑えようとする理性的な働きとは別に、目の前の頼朝は「かつて」ではなく、今もなお敵として映り、復讐心は断ち切れない。その激しい執念を、言葉だけでなく行為としても描くことで表したものである。斬りかかる行為が付け加えられたことで、一層「めくり」の意味が際立つものとなった。(4)

この「錣引き」の挿入にはもう一つの意味があると思われる。謡曲『景清』において、盲目で流人である自分の衰残の姿から、娘に父親とも名乗らなかった景清は、語り終えて娘に死後の弔いを頼み、永遠の別れを告げる。この末尾における、景清の恩愛の情を断ち切って煩悩から解脱し世俗を超越しようとする印象が、『出世景清』において、景清が目を抉る行為に重ねられているものと思われる。(5)謡曲『景清』から「錣引き」を挿入したことは、単に、武士としての景清のイメージを明確にするだけではなく、動揺と葛藤を頼朝を斬りつけるという行動として描き出し、その後に目を抉らせることで、復讐への執着という煩悩から逃れる印象をより深めているところに意味がある。謡曲を巧みに利用した近松の独特な人物造型であり、その俗世の煩悩から解脱するという意味を、外題の「出世」に込めたものと考えられる。(6)

『薩摩守忠度』においては、都落ちした忠度が「千載集」への入集を頼むため俊成の館へと向かう途中で六弥太に組み敷かれるが、都へ立ち帰る訳を話し、一の谷で討たれることを約束して別れる。これは『平家物語』巻第七の、都落ちした忠度が俊成の館を再び訪れること（「忠度都落」）と、巻第九の六弥太に討たれること（「忠度最期」）を結び付けたものである。忠度は俊成の館を訪れるにあたって、馬取にやつして従者と二人だけで向かうなど（「大勢にてはあしかりなん。御供の兵は先へつかはし、君と某たゞ二人、源氏方の馬取男に出立つ、山崎越に都へ入らせ給ふべし」）、『平家物語』の「侍五騎童一人」(7)、あるいは『源平盛衰記』の「郎等六騎相具し」た様子に比べて、より注意を払っているが、途中で忠度は六弥太に遭遇してしまう。近松は、忠度が都へと戻ることが容易ではないという状況を描くことで歌道への望みを叶えることの厳しさを表し、また一方で、忠度が六弥太に組み敷かれても歌のために命乞いするという、武士としてあるまじき行為を描くことによって、歌道への執念を強調している。

『薩摩守忠度』は義太夫の語った正本であるが、ほぼ同じ詞章を持つ加賀掾の正本に『千載集』がある。(8) 加賀掾の正本の特徴として、謡曲からの曲節や詞章、あるいは趣向などの多様な摂取をあげることができ、加賀掾の意向によるものとは断定できないが、『千載集』においても『薩摩守忠度』との大きな違いがその謡曲摂取の部分に見られる。『千載集』には、忠度の霊が現れ「よみ人しらずと書ゝれしこと妄執の中の第一也」と嘆き、さらに六弥太に討たれる最期を語るなど、謡曲『忠度』の詞章をそのまま採り入れた場面が加えられている。(9) 一方、謡曲をそのままの形では採り入れず、やや手を加えた『薩摩守忠度』の方に、近松らしさがより現れていると考えられる。

『薩摩守忠度』においては「某詠み置く歌は多けれども、つゐに一首も撰集に載せられず。是妄執の第一也」と、俊成の娘菊の前に入集への悲願を語っている。「是妄執の第一也」の部分が『千載集』では「本意なさに」と弱くなっていて、よみ人知らずとされたことを「妄執の第一」とするなど、両作において妄執の捉え方が違うことがわかる。(10)『千載集』における忠度は、名へのこだわりがあったのである。歌道への執着を、よみ人知らずとして入集された恨みを語ることで表す謡曲『忠度』に基づいて、忠度が造型されているところに『薩摩守忠度』との違いがあるのである。

内山美樹子氏は、文耕堂・長谷川千四作『須磨都源平躑躅』（享保十五年〔一七三〇〕初演）と並木宗輔他合作『一谷嫩軍記』（宝暦元年〔一七五一〕初演）を比較して、後者における忠度の造型が優れているとする。(11)それは、前者においては、名への執着がある様子が描かれるが（「今忠度が一つの願ひ聞いてたべ六弥太。俊成卿に深く歎き。何中〳〵の千載集の歌の品には入りぬれども。勅勘の身の悲しさは詠人知らずと書かれんこと。此世の残念、迷ひの一つ。未来の妄執思ひやる。御身は源氏の武士なれば、御咎めはよもあるまじ。忠度に成り代り、然るべくは作者を付けて給はれ」）、後者においては「千載集」に入集しただけで満足し、名へのこだわりがない点であるとし（六弥太が義経の厳命として持ってきた、「さゞ波や」の歌が詠み人知らずとして入集した印の短冊を見せると、忠度は「につこと打笑み給ひ、我が詠歌を我筆の願ひも仇花ならぬ印。御芳志の山桜。ハア、忝しと押戴き、敵味方と隔つれば、打捨置かるべかつしを、思ひ寄らざる義経の仁心にて、歌人の数に加わり、和歌の誉れを残す事、生涯の本望。死しても忘れぬ悦びぞや」と喜ぶ）、作者が謡曲『忠度』の情趣を生かしつつ、先行作と違う人間像を描き出したと指摘している。

『千載集』では、入集しても名が記されない恨みから忠度が霊として登場することで、歌道への執念の強さが表現されているが、『薩摩守忠度』では『一谷嫩軍記』同様、名への執着を描かず入集への執着に焦点を絞っている。『千載集』は、謡曲『忠度』における忠度の人物像をそのまま受け継いだ感があり、武士としてよりは歌人であることを優先としている。『薩摩守忠度』は、そうしたことで、俊成に歌を託した忠度が悲願を達成したことに満足して、約束通りに六弥太に「はなぐしく」「いさましく討死」する、武士としても歌人としても優れた忠度の人物像が描き出される結果となった。(12)

さらにいえば、『須磨都源平躑躅』や『一谷嫩軍記』においては、忠度の周辺人物が歌の入集のため奔走する様子など、忠度を囲む人物の情が中心的に描かれているため、忠度自身の歌道への執着から焦点が移ってしまっている。

『難波土産』（元文三年［一七三八］）には、

地文句せりふ事はいふに及ばず、道行なんどの風景をのぶる文句も、情をこむるを肝要とせざれば、かならず感心のうすきもの也。（中略）あはれをあはれ也といふ時は、含蓄の意なふして其情けつくうすし。あはれ也といはずして、ひとりあはれなるが肝要也。たとへば松島なんどの風景にてもよき景かなと誉たる時は、一口にて其景象が皆いひ尽くされて何の詮なし。その景をほめんと思はゞ、其景のもやう等をよそながら数〲云立れば、よき景といはずして、その景のおもしろさがおのづから知るゝ事也。此類万事にわたる事なるべし。

と、地、文句、せりふ、すべての詞章において、情を込めることが重要であるとし、何事も一言で言い尽くしては、心に深く感じさせる効果が小さいとしている。このことは道行の風景の描写に限らず、登場人物の心理である執念を表す場合にも同様である。ある事柄が執念であると直接言い表すのではなく、「よそながら数々云立」て、様々な状況からそれを伝える。景清や忠度はすでに『平家物語』などにおいて激しい執念を抱く人物として登場していたが、『出世景清』『薩摩守忠度』においては、その景清、忠度の執念を、以上のように強調する形で描き出したのである。

この『難波土産』における「数々云立」てる方法は、歌舞伎においても同様に用いられている。古浄瑠璃『一心二河白道』は、清玄の執愛恋慕を主軸とした聖僧堕獄譚・子安地蔵縁起譚である。清玄の一念が桜姫のもとへ通い来て、婿入りを妨げるだけでなく、死後も蛇身となって恨みを晴らそうと追いかけるなど、清玄の凄まじい桜姫への執着が描かれている。近松の歌舞伎『一心二河白道』（元禄十一年［一六九八］初演）では、子安地蔵縁起譚が削られ、清玄の執愛の話が中心となったものへと改変されている。この歌舞伎において、清玄は桜姫の恋人が衆道の契りを交わした三木之丞と知っていさぎよく断念してしまう展開となってはいるが、前半においては清玄の桜姫への激しい執心と、それを断ち切ろうとする心的葛藤が描写されている。

古浄瑠璃『一心二河白道』では、

都広しと申せ共、かゝる上郎よもあらじと、思ふ心も乱れつゝ、はや恋草と也。見るに愈々憧れ、明日は何共ならばなれ、思ひの末は石に立、矢猛心と勇め共、我はかゝる姿にて、人の見る目も恥づかしやと、思ひ乱れていたりしが、

と、清玄が桜姫を見初めた瞬間から心を奪われる様子が描かれている。一方、歌舞伎の方では、

ないく桜姫に心をかけしが、此有様を舞台の上より見、扨々あさまし、出家の身で女に心をかくるはもったいないと、桜の蜘蛛の巣を取しが、いやく取まいは。思ふ人にあふ時は必ず蜘蛛が軒に巣をかくると有。

桜姫にあふためじや。是は又思ふた。忘れふとすれ共心が忘れぬ。よしない恋に取ついたと、涙を流す。おれは思ひ切共心が切ぬ。自問自答せふと胸押しあけ、出家の身で女に心をうつさば、八万奈落へ沈まんが何と心。それは知ってゐれ共思ひ切れぬ。（中略）されば出家の身なれば、心に思ふて計ゐるゆへじや。姫に会ふて思ひのたけを言はゞ思ひ切であらふ

古浄瑠璃に比べて、歌舞伎の方では、すでに心をかけていた桜姫への思いを何度も断ち切ろうと苦悩する、執着の様子が丁寧に描かれている。古浄瑠璃同様、歌舞伎においても清玄の一念が生霊となり桜姫のもとへ通うことをからくりなどの演出を用いて執心の深さを表しているが、歌舞伎の方では、出家の身として何度思いを断ち切ろうとしても、無意識中に再び桜姫を思いおこし、恋に苦しむ心情の描写に重点を置いて執心を捉えている。(13) 近松は執心を表現する際、からくりなどの演出に頼るのではなく、文章の上から登場人物の情念の強さを表すことに努めているのである。

二　やつしの構想と女性の執着

元禄期以降、登場人物の執念や怨念は、浄瑠璃・歌舞伎において頻繁に取り上げられ、からくりや、怨霊事・軽業事として演出され、観客からもてはやされるようになっていた。

竹本座において竹田出雲が座本となり、からくりの演出にも力を入れるようになったのは『用明天王職人鑑』（宝永二年［一七〇五］初演）からである。この作品は、三段目において、からくりや手妻利用という部分からだけではなく、謡曲『道成寺』以来の女の執念の恐ろしさというテーマに、「やつし」の構想を絡めて展開させてい

ることが注目される。

近松は『曾根崎心中』(元禄十六年［一七〇三］初演)の頃から、女性に注目して浄瑠璃を構成する方法を模索したとされる。(14) ここでは、女性を中心とした作劇がなされていたこの時期の「やつし」の構想と執念という点について、「やつし」の主人公を支える女性の執着という観点から見ることにする。まず梗概を記しておく。

初段　仏道を信奉し、寺院建立と諸職人への官位受領をはかる花人親王は、外道を信じる山彦王子に襲われ、執権勝舟が防戦する中、愛人玉世姫の父豊後の真野長者をたよって西国へ赴く。

二段　親王は筑前で勝舟の弟諸岩に遭遇する。諸岩は親王に忠誠を誓い、敵側に縁のある妻には、この世を見限り自害するとの偽りの手紙を出し離縁する。諸岩の愛人佐用姫の兄松浦兵藤太は、いったんは山彦王子に加担したが、母の死と妹への情愛ゆえに悔いて出家する。

三段　藤太は海岸で鐘を見つけて鐘楼を建て、親王はやつして真野長者の下人となる。諸岩の妻室君が現われて佐用姫に対する嫉妬、夫の不実への恨みから蛇身となり鐘にまとわりつくが、法力によって昇天して夫婦の守り神となる。

四段　長者のもとへ偽の使者が玉世姫を迎えに来るが、来合わせた勝舟によって見破られる。玉世姫の継母は、姫を山彦王子の后に差し出すために、姫に堕胎薬を飲ませる。すると、姫はかえって若宮(聖徳太子)を出産する。

五段　親王は若宮を擁し、勝舟・諸岩らを従えて東上し、山彦王子を討って外道を滅ぼす。

三段目が主に謡曲『道成寺』を用いた構成となっており、諸岩に対する室君の恋慕の執心が描かれている。

諸岩は好色のため、勅勘を被り身をやつしている人物である。「やつし」の人物は、好色性を帯び、不本意な境遇から抜け出して本来の姿へと立ち戻るべく、善の側の者として善の秩序の回復に力を尽くすという特徴を兼ね備えているとされるが[15]、この諸岩はまさにそれに該当する。また、「やつし」の人物が善の秩序を回復するには愛人の悲劇的献身が決定的な役割を果たすとされる。諸岩は松浦の庄司の娘佐用姫とも契っていて、結果的に親王の危機を救う契機ともなっていたが、ここでは、佐用姫（尼公）の献身的行為ではなく、室君の悲劇的献身に注目したい。

室君は遊女となって流人中の夫を支えてきた。室君の鐘への恨みというのは、謡曲『道成寺』における、鐘にかくれた僧に対する恋慕の執心からではなく、奉公の辛さからであった。鐘の供養に訪れて、死んだと思っていた夫に思いがけなく再会し、佐用姫への嫉妬から恨みを語るが、逆に傾城と罵られた上、改めて離縁される。嫉妬、そして、改めて離縁された絶望により、室君の嘆きは高まり、ついに鐘をひきかぶって身を隠してしまう。

先述したが、この時期近松は女性の視点からの作劇法を時代浄瑠璃に導入したとの指摘がある[16]。従来の浄瑠璃において女性は、「積極的に自らの恋を成就させるか、悪事の被害者になる弱い存在」のどちらかであったが、宝永期にいたっては、「夫を愛するにもかかわらず、その愛を成就させることのできない、満ち足りない女を描き始めた」とされる。

『用明天王職人鑑』において、室君は諸岩に献身的に尽くすが、夫への愛を成就できない。それは諸岩が「恩愛も執着も情けも恩も。恋も恨みも御大事には替へられず」と、主君のため、秩序回復のため、やむをえず室君を離縁していたからである。諸岩はその目的を達成するために、室君でなく佐用姫を必要としていたのである。しかし、近松はその秩序回復のための決定的な役割を、諸岩本人や佐用姫ではなく、室君に果たさせている。

鐘から蛇体となって現われた室君は僧の祈りによって昇天するが、四段目に牛の魂に入れ替わって再び登場し、若君が殺害される危機を救う。その際、室君は次のように語っている。

嫉妬の恨みに蛇身となつてこの世を去り、浮かみもやらぬ苦しみの中に忘れぬ妹背の道、君の御身を守らんため、地獄の責めのひま〴〵は閻魔王に暇を乞ひ、この牛の魂に入替り御側を離れぬ心ざし、通ぜしことのありがたや。この忠節の誠によつて地獄道も逃るべし。なほ〳〵弔ひたび給へ。

三段目において、室君は地獄へ落ちたが、「妹背の道、君の御身を守」るため、牛の魂に入れ替わり、難を救った。この行為が、「やつし」の人物の愛人による、秩序回復のための決定的な献身に当たり、室君の諸岩への執心は忠節へと結び付けられる。

ここで話を三段目に戻す。落下した鐘を再び鐘楼へ吊り上げるため、謡曲『道成寺』では、僧は蛇体を祈り伏せる。一方、『用明天王職人鑑』では

国師重ねてのたまふは、是はそれに引きかへて、恋慕の恨み執着の一念。かくては後生も浮かみがたし。法師が多年の修行もかやうの時の為ぞかし。涯分祈つてかの女人をも助け、鐘を鐘楼へ上ぐべしと。

と、鐘を鐘楼に上げることだけでなく、「かの女人をも助け」と、室君自体の救いも祈っている。結果、『用明天王職人鑑』では、室君は祈り伏せられ日高川に入るのではなく、「今より後は夫婦妹背の守り神ぞといふ声残つて雲をまき立てまきおろし。鱗変じて金色の花を降らして、その姿虚空にまたがり入りにけり」と、昇天している。

この場面の鱗が金色の花となる部分について黒石陽子氏は、説経『まつら長者』の中で大蛇がさよ姫に救われる場面に似ていて、仏法によって大蛇もさよ姫も救われる連想を踏まえたものではないかと述べている。[17] しかし、室君は先述したように四段目に牛の魂として再び登場し、成仏していないことが明らかになる。氏も指摘しているように、室君が仏法によって救済されたとは見難いのである。

清玄の桜姫への執心を描いた古浄瑠璃『一心二河白道』初段冒頭の詞章、「恋慕執愛の思ひは六道輪廻の道びくと也」や、また、「一念五百生、繋念無量劫」（『大智度論』）は、怨念、愛憎などの妄念は一度心に浮かべただけで五百生に及ぶ輪廻の原因となるとして、執着心の恐ろしさを説いたものである。このように見ると、『用明天王職人鑑』における室君は「人間」界から「天上」へ、そして「地獄」「畜生」へと輪廻しているとも見られる。

しかも、執着の原因となる夫諸岩がこの世に生きている。[18] 室君が最後まで固執したのは、離縁の原因ともなった、夫の主君への忠節であった。これをまっとうするため、夫のため、主君のため牛の魂に入れ替わり難を救ったのである。夫への恋慕の執心が主君への忠節という形で描き出されたのである。仏法的な救済ではないが、忠節を尽くしたことで執心が消え、時代浄瑠璃としては魂が救済されたとも思われる。[19]

謡曲『道成寺』は、原作の廃曲『鐘巻』を縮約し、再構成したものであるが、原作の『鐘巻』では、最後に女の執心は消え、魂が救済される。『道成寺』と結末に違いがあるのである。[20]『鐘巻』においては、後シテが恨みや悲しみを語るなど、蛇体となった女の内面が描かれる。『用明天王職人鑑』においても、鐘の中から蛇体（遊女の姿）となって現われた室君は、遊女としての辛さ、夫への恨みを語っており、[21] 魂が救済されたということも合わせて『道成寺』の後シテより、『鐘巻』の後シテにより近いものがあるといえる。

再び吊り上げられた鐘の中から、蛇身となった室君が現れ、遊女となった身の懺悔、恨み、つらみ、妬みを語る場面には、謡曲『道成寺』の「乱拍子」や「急の舞」の詞章を採り入れ、辰松八郎兵衛の手妻でその執心の激しさを表現している。[22]女性の視点からの描写、特に遊女の苦患の描写（『傾城反魂香』）など、この時期近松が興味を寄せていた部分でもあり、見た目からも、詞章からも、その執心の激しさを表すことに力を注いでいたことがわかる。

『大職冠』（正徳元年［一七一一］初演）三段目では、やつしの主人公である則風は、海人満月に玉を取らせることを見越して妻としていた。『用明天王職人鑑』における室君同様、満月について、夫に執心する様子が描かれている。則風が鎌足に「殊に我らが女房心狭き賤の女。夫を大事と存ずる故に嫉妬深く、万疑ひ強き女」と、満月について「嫉妬深い」と語っているだけではなく、則風の妻花月が偶然に訪れたことから嫉妬事が繰り広げられるなど、満月の則風への強い思いが強調されていることがわかる。これは、やつしの主人公の好色性と深く関わるものであり、そのような嫉妬深さを強調することで、夫への執着心を表し、その執着心を持つ満月こそが、「玉取り」の役割を果たし、結果、秩序回復のために役立つという「やつし」の構想と結び付くのである。

この嫉妬心は、後に述べるが『妹背山婦女庭訓』（明和八年［一七七一］初演）における、「疑着の相」を持つお三輪の血が入鹿退治へ役立つという構想へと繋がるものといえる。

三　やつしの構想における執念と転生

正徳期にも、「やつし」の構想は引き続き用いられ、『嫗《こもち》山姥』（正徳二年［一七一二］初演）においても、時行は愛人八重桐の献身によって本意を叶えるという展開になっている。しかし、この時期「やつし」の主人公に闊達さが薄れるなどの変化が見られるようになり、[23]その本意を遂げる方法に変化が現れる。以前のように、妻や愛人の献身だけでは事態を打開することができず、「やつし」の主人公は「死」に解決方法を見出す。この節では、「やつし」の構想における、主人公の自己回復のための「死」を見ることにする。

平正盛の家臣物部平太に父坂田忠時を討たれた時行は、身をやつして煙草売りとなり敵討ちの機会を窺っている。一方、妹の糸萩は、平太を討ち頼光の宿所に匿われるが、正盛の讒言によって頼光は勅勘を被る。頼光の許婚である沢瀉姫の悲しみを慰めるため屋敷に煙草売り源七（時行）が呼ばれる。そこへ敵討ちが済むまで一時的に離別していた八重桐が通りかかり、時行は妹が敵討ちを果たしたこと、またそれゆえに頼光が勅勘を被ったことを知る。

時行が本来の姿を回復するには、敵討ちを果たすことが何よりも必要であった。しかし、敵討ちは妹に先を越され、その実現の可能性がなくなってしまっていた。時行は頼光を讒訴した正盛を討ちに駆け出そうとするが、

討つに討たるゝ程ならば頼光さまに油断があらふか。かれらは威勢真つ最中。討れぬ子細があればこそ。日陰のお身と成給ふ。こなたが今駆け出して心やすふ首取ふとは重て恥がかきたいか。こなたが今迄色好み、娘をころり落したと、首をころりと落すとは雲泥万里と恥しむる。

と、八重桐にひきとめられる。これまでの「やつし」の人物が持つ娘を落す能力は、本作では事態の打開にはすでに有効でなくなっているのである。恥しめられた時行は、頼光の家来になって正盛を討とうと考え出すが、またしても、そんな「なまぬるいなり」では取り上げてもらえないと再び八重桐に反対される。時行はこれまでの「やつし」の主人公が積極的な意志で自ら窮境を打開していたのと違って、無力でまっとうな策も考え出せない不甲斐ない人物として造型されているのである。

「やつし」の主人公は共通して、本来の姿への自己回復の望みが非常に強く、宝永期に描かれた「やつし」の構想においては、その望みは愛人の献身によって叶えられていた。しかし、もう八重桐の言葉のように娘を落すことでは、それが不可能となる。ここでやっと、愛人まかせではなく、自ら行動を起こすようになるのである。無念極まって詮方つきた時行は、自分の一念を八重桐の胎内に宿すと言い残して自害する。敵討ちを果たすことによって、自らの本来の姿へと回復できることを信じていた時行にとって、その道が閉ざされたことによる衝撃は大きく、その事実に直面して混乱状態に陥っていた。このように追いつめられた時行が最後にとることのできた行動が、生まれ変わって敵を討つための自害であった。そして、その時行の最期の一念が八重桐に宿り、「一念の角」がそばだって、八重桐は鬼女姿の山姥となった。時行の一念は八重桐の一念ともなったのである。

山中でめぐり合った頼光に、八重桐は次のように語る。

あはれ我が子をも譜代の家人と思し召し、敵御征伐の御馬の口をも取るならば、父が一期の素懐を遂げ、母が鬼女の苦患をのがれ、成仏得脱うたがひなし。二世の苦しみ助かるも、只大将の御慈悲と角を傾け手を合せ、ひれふしてこそ泣きゐたれ。

夫の宿願を叶え、そして、自らの妄執を晴らし、成仏できるようにと、わが子金時を家来にしてほしいと懇願する。金時を山姥の子としたことは、すでに先行作品にも見られるが、近松がこの八重桐の苦患の描写を、謡曲『山姥』と結び付けたことに、より意味がある。(24)

謡曲『山姥』における、「廻り廻りて輪廻を離れぬ妄執の雲の塵積もつて山姥とな」った女の姿は、妄執ゆえに輪廻から離れることのできない人間を表徴するものである。先述したように、『嫗山姥』において時行の一念、妄執は、八重桐の妄執ともなった。八重桐は時行の「深山深谷を住処とし、生るゝ子を養育せよ」という言葉に従い、山中で金時を産み育てた。ただそのことから「山姥」とされたのではなく、謡曲『山姥』の妄執を引き継ぐ形で「山姥」という存在となったのである。

時行は「腹かき切て魂魄汝が胎に宿り、日本無双の大力一騎当千の男子と生まれ、敵の余類を滅ぼさん」と、子に敵討ちを託すのではなく、自らが生まれ変わってそれを果たすと語っている。しかし、自害はしたものの、結局はその一念を妻に託しており、まだ「やつし」の構想に特有な、妻・愛人の献身に依存するという要素が残っているともいえる。

「やつし」の構想が終焉を迎えようとしていたこの時期[25]、善の側に属する者は自害をし、その一念を転生させるという方法上の変化が見られるようになる。そして、以降その転生に「悪」というものが絡んでくる。

「やつし」の主人公において、本来のあるべき姿を取り戻そうとする欲求が非常に強いことは繰り返し述べたが、そのことへの執着が、『双生《ふたご》隅田川』（享保五年［一七二〇］初演）では、悪の性格を帯びるようになるのである。

惣太は主君の金を横領し、それを返済するために人買いとなっていて、思いもよらず主君の子を殺してしまう。あと一歩で宿願が成就するとの思いから起こした行為が、その成就の可能性を閉ざしてしまったのである。この時、惣太は十一年間積もった「我慢心」を、天狗にさらわれていた双子の片方を探し出すための手立てになると思い込んで自害し、天狗となる。

天狗に取られし松若の行衛は天狗ならでは知り難し。今我腹わたを攫んで天に捧げ訴へ、十一年積もりし我慢心。魔道に入て天狗と成、山〳〵岳〳〵深山深谷あらゆる天狗の住処を捜し、松若君を尋求め、吉田の家の二度の栄へを見すべきぞや。

我慢心とは我意に固執して他人をあなどる傲慢な心を意味し、天狗に結び付けられることが多いとされる[26]。前掲の古浄瑠璃『一心二河白道』冒頭の詞章、「恋慕執愛の思ひは六道輪廻の道びくと也、我慢放逸の心は三途冥闇の中立と成」において「我慢心」は「執愛」とともに悪念の最たるものとして捉えられていた。惣太は主家への帰参だけに執着するあまり、人買いという悪に手を染めてしまう。人買いという犯罪としての悪以上に、自分の目的を達成することだけに固執し、「情けをなくして[27]」他人をあなどる「我慢心」が悪として強調されている。しかし、悪に手を染めた「やつし」の主人公が持つ、悪の性質を帯びた執念（我慢心）が、天狗から主君の子を取り戻すことを可能にし、善の秩序の回復に貢献するのである。

前節で触れた『用明天王職人鑑』の室君、そして本節で取り上げた『嫗山姥』の時行（八重桐）、『双生隅田川』の惣太は、強い執念を持ち、転生を通じて主君への忠義を果たしていた。これらの作品に描かれた「執念」は、「やつし」の構想に絡むものとして甚だ重要である。

四　謀反劇における転生・蘇生

前節でとりあげた転生は、主君への忠義を果たすための善としての転生であった。謀反劇においても、『天智天皇』（元禄五年〔一六九二〕三月以前）や『大職冠』（正徳元年〔一七一一〕初演）など、善の側の者による忠義のための転生が描かれたものもあるが、ここでは正徳期後半以降描かれた謀反劇における、謀反を企てる側の者による転生、蘇生に注目する。

古浄瑠璃においては、謀反人は善の秩序に敵対する悪としてだけでなく、非人間的なもの、あるいは魔界のものとして登場するが、近松の謀反劇における謀反人は、あくまでも人間の執念が究極的な形で顕現したものとなっている。執念は正徳期後半頃から享保期に多く書かれた謀反劇に、もっぱら蘇生・転生という形で用いられるようになるのである。(28)

『嵯峨《さが》天皇《てんのう》甘露雨《かんろのあめ》』（正徳四年［一七一四］九月十日以前初演）は、転生と執念という点で非常に興味深い作品である。仲成の四百年以前の祖先である猪甘《いあま》は、五百生の生死の業を果たさなければいけない身で、あと四度の転生を残していた。あと四度の生とは、修羅・畜生・餓鬼・天上である。この猪甘の魂魄によって仲成は蘇生し、生前の執念の的であった嵯峨天皇の皇弟大海原皇子の謀反を推し進める。仲成は謀反の意志が固く、謀反に反対する嫡子仲経を勘当し、同じ理由で娘婿の勝藤とも不仲となっている。死に際にも娘に対面さえ許さず、

　臨終に物さびしく、もし善心もおこつて極楽の入口をものぞかんかと案ぜしに、瞋恚を燃やしてすぐに地獄へだんだ走り。せめてもうぬらが孝行。ヤレ妻の女房下人共、我むなしく成とても経もいや追善いや。一味の軍兵に力を付け大海原の王子を帝位に付け奉り空海坊と婿勝藤が首うつて墓の前にそなへなば、苔の下にも悦びて地獄の呵責も忘るべしと。刀を抜いて逆手に取り床にがばと突き立て、から〳〵と打笑ひ其まゝ息は絶へてけり。

と、大海原王子を帝位に付ける謀反の意を強く抱いたまま、翻意することなく死んでゆく。死に際にも善心に立ち戻ることを拒否する凄まじい死に様は、謀反への激しい執念を表すものである。蘇生した仲成は、軍勢を率いて内裏へと向かう大海原王子に加勢するが、またもや翻意を促す勝藤の言葉の聞き入れずに討たれる。蘇生してからは「閻魔王さへ手をおいて戻された此仲成。一度死んだれば結句心ふとく成る。どふやら我が悪心に加勢のそふたる心地にて、気は百倍強ふなつた」と、悪の力を増し、謀反へと突き進む様子が描かれるが、仲成の悪が

描かれるのはここまでである。その後、嫡子仲経の家の牛の胎内に宿り、また息子夫婦の子として転生し、最後は竜王となって天上し成仏する。しかし、牛の胎内に宿ることが、天下を覆す大威徳の法に用いる牛の油に自らなるためでもなく、その後、仲成の悪としての登場は見られない。猪甘の転生が全体的な枠組となっており、仲成の謀反への執念が描ききれない結果となっている。

一方、『井筒業平河内通』（享保五年〔一七二〇〕初演）では、謀反のために蘇生が行われるという違いがある。惟仁との位争いに負け、惟高親王は出家、祖父紀名虎は無念から自害する。その名虎を惟高が招魂の法を行い蘇生させる。名虎は蘇生してから「清和天皇を追つくだし、君を南面の位につけ、二条の后を女御に立てんこと日を数へて待給へ。心の勇気腕脚の力、前生に百倍」、「名虎がふたゝび娑婆へ出たるは何のため。一百三十六地獄のつかさたる閻魔大王にも身震ひさせたる某。わづか六十余州小国の王位なん共ない」と頼もしく、悪の魅力を持つ人物として造型されている。前節にあげた『双生隅田川』も同じく享保五年〔一七二〇〕初演の作であるが、近松はこの時期人間の犯す悪に関心を寄せていたとされ[29]、悪を犯す人物が存在感を持って描き出されるようになったのである。

享保期には、謀反劇において、謀反人が謀反の意志を抱くことになる背景というものがはっきり描かれるようになってくる。『日本振袖始』（享保三年〔一七一八〕）における素戔嗚尊や、『浦島年代記』（享保七年〔一七二二〕初演）の大草香の臣（＝眉輪王、以下大草香の臣）は、恋に敗れたことから謀反の意を抱くのであって、善悪対立の構想における前提として悪が描かれているわけではない。そして、素戔嗚尊は忠臣の諫死によって謀反の意を翻してしまうが、大草香の臣は徹底的に悪へと突き進んでゆく。

謀反劇において、謀反人が抱く目的は達成されないまま滅びることがほとんどであるが、『浦島年代記』では、ほぼその目的を達成させているところが興味深い。

大草香の臣は、婚礼が決まっていた中蒂姫《なかし》を、姫の父円《つぶら》の臣が入内させてしまったため、都を去り長生不老を求め葛城山に入っていた。しかし、姫の噂を聞いては思いを断つことができず、天皇と姫を調伏するが、百日満願の日に、円の臣の家臣によってその調伏が発覚し、「天王の命を取。女御の懐妊符じとゞむる」と言い残し無念の死を遂げる。

この場面は、『せみ丸』（元禄二年［一六八九］二月以前初演）において北の方の丑の刻参りが発覚し、蛇身となり恨みの言葉を残す場面と同じ趣向で、男女が入れ替わっただけである。北の方の怨念からせみ丸が盲目となるが（謡曲『蟬丸』では前世の業が原因）、北の方は決して悪としては描かれず、兄早広が敵役としての悪を担っていた。しかし、『浦島年代記』においては、究極的な恋慕の執着心に、近松はこの時期関心を寄せていた悪を結び付けている。

大草香の臣の亡魂は、懐妊中の中蒂姫の胎内に入る。大草香の臣は、

恋慕の恨みに女御の腹を封じ、いざりにしたるも我なす業。本望遂げしと思ひしに又候や勅諚とて、諸宗が刃にかゝりし最期の一念。女御が胎内の子の骸を借り、再び報ふ恨みの出生。

と、嫉妬の恨みから、女御や天皇に害を及ぼしただけでなく、怨念を晴らすために再び生まれ出てきたと語る。大草香の臣の、懐妊を封じるとの言葉通り、子は姫の腹を割いてやっと取り出されたが、袋子となって封じ込まれていた。その上、大草香の臣の一念は、その胎内に入り安康天皇の子として生まれ、安康天皇を弑逆するに至る。近松は安康天皇殺害を、「鬼畜の形にもせよ、血をわけし恩愛、子故の闇にひかれ来」た父を、子が無残にも殺害する、親殺しという極悪非道さを強調した形で描き出している。

『浦島年代記』は、所謂眉輪王の乱の史実をもとにしている。眉輪王の乱とは、安康天皇に父大草香皇子を殺され、母中蒂姫を奪われた眉輪王が、安康天皇を殺害し復讐するが、雄略天皇に討たれたという事件である。そこから、近松は大草香皇子と眉輪王を一体にして、安康天皇に中蒂姫を奪われることと安康天皇の殺害を再構成することで、恋に敗れた大草香の臣の極悪非道な復讐譚に描き変えた。

『浦島年代記』は、史実の眉輪王の乱と浦島伝説を重層化した構成となっており、前半部において大草香の臣は、主人公的な位置を占めている。大草香の臣が恋に敗れ苦悩し、「弱さ」ゆえ悪を犯してしまう心情は、次のように細やかに描写されている。

草香の臣どうと座し。昔にあらぬ我が姿、見忘れしはことはり。空をかける翼、地を走る獣、恋慕愛執の心あらずや。まして我が人心。御辺が主人円の息女、中蒂の姫に恋慕し数通の玉づさ、書くれてふる涙の雨つもつて床の海と成る。身もうく計こがれしかど、かりそめの返しもなく。中立を得て親大臣に言ひ入り、願ひ忽成就し婚礼の日を待つ嬉しさに、始めのつらさも忘られし。思ひよらず安康天王后に召れんとの勅諚。にくや卑怯や円の大臣。先約をひる返し、中蒂姫を天王に奉る本意なさ無念さ口おしさ。恨みの一太刀天王をや姫をや。大臣にや思ひ知らせんと、いくたびか思ひはやりしを。不運の我が身かへり見て人知れず都を立さり、眉輪の翁と名を改め。此葛城の山深く。仙人の跡を尋ね長生不老を求しに。姫は女御の位にいたり懐胎せしと聞くよりも、昔に帰る恋衣二たび涙しぼりかね。天王夫婦を調伏、今日百日満願。口をしやおのれらに見付けられ徒になさん無念やと。

大草香の臣は、恋に敗れ恨みを抱きながらも、一度は不運ゆえと思い切って都を去るなど、誠実な人間として造型されている。このように、近松の晩年の傑作には、「誠実な人間の生き難さとそれゆえの暗さ」が描かれているとされる。[30]しかし、大草香の臣の抑えがたい恋の情念は、暗い悪へと突き進むのであった。大草香の臣は、悪に与する悪ではないが、結果、善の側の最高の位置にある天皇を殺害する。一方、中蒂姫の父円の臣はあわよくば王権を手中に収めることを狙う逆臣であるが、その家臣は天皇と姫を呪詛する大草香の臣を殺害する。この家臣の行為は、天皇と姫を呪詛する大草香の臣を殺害することで、善の側の秩序を守るものであった。このいずれをも一概には善とも悪とも称しがたい。正徳期以降、近松の時代浄瑠璃の基本構造である善悪は、単純に二分されない要素を加えてきているとされる。[31]『浦島年代記』においても、大草香の臣の復讐劇があり、その外に円の臣の謀略と滅亡という悪の敗退が描かれるなど、善悪の構造が複雑化している。近松が善悪を絶対的なものと見ない姿勢が窺える興味深い作品である。

五　おわりに

以上、近松の時代浄瑠璃における執念・執着に着目し、劇の展開にどのように関わっているのかを考察した。近松は、登場人物の情愛や忠義を死後も貫こうとする強い思いを、執念、執着として描いているが、それは単にその人物の性格を表すだけでなく、「やつし」の構想や、謀反劇における転生・蘇生など、劇の展開に結び付けている。愛欲や忠義、復讐に執着する人物の姿は極限化されて示されている。

また、『井筒業平河内通』のように、惟高親王が位争いに負けたことから無念の死を遂げた名虎を、惟高親王が蘇生させ謀反を起こすという、惟高親王によってその名虎の執着の意義が見出されるような例もある。このように第三者によって執着の意義が認められ、その後の展開に利用される方法は、『妹背山婦女庭訓』のような、近松以降の作者の作品にも見ることができる。

近松半二他合作の『妹背山婦女庭訓』には、疑着の相を持つお三輪が登場する。疑着とは疑ってそれに固執、執着することをいうが、この疑着の相を持つお三輪の生血が、入鹿退治に有効なものとされている。お三輪は淡海と橘姫が祝言をあげることを知って、嫉妬から取り乱したところを、鎌足の家臣に刺し殺される。疑着の相を持つことの意味が見出され、(32)犠牲となって（自らの意思ではないにせよ）善の側の秩序回復に貢献したのである。

菅専助・若竹笛躬作『摂州合邦辻』（安永二年〔一七七三〕初演）において、寅の年寅の月寅の刻生まれの玉手御前の生血によって俊徳丸の病が治癒されるように、特殊な生まれを持つ者の生血によって業病を治癒する趣向のバリエーションの一つともいえるが、『嫗山姥』の時平、『双生隅田川』の惣太のように、強い執着心を持つ者の血が、特殊なものとして力を持つと、『妹背山婦女庭訓』の作者も認識していたのである。

悪念と捉えられがちな執着心を、近松は否定的に捉えず、そこにある可能性を見出していた。執着、執念というものを深く掘り下げて描き続けた結果、近松の晩年の作には、従来の善悪の区分を超えた、新しい悪が描かれるようになった。善と悪の単純な対立という構図を破ったところに、近松の大きな功績があったといえるだろう。

注

（1）森修氏は、英雄聖人に関係した浄瑠璃は義太夫の好んだところであり、英雄聖人の叙事詩を進めようとしたところに義太夫の特色があると指摘する。（『近松門左衛門』三一書房、一九五九年）。また、角田一郎氏は、武勇物を主軸とした曲風で義太夫が新出してきた影響により、加賀掾の作品にも貞享三年・四年には武人を主人公とした作品が多くなると指摘する。（「貞享二年の道頓堀」、「岩波講座　歌舞伎・文楽」第八巻『近松の時代』岩波書店、一九九八年）。

（2）森修氏は、この期の作品は、英雄聖人賛美の物語が中心に行われたと指摘。人形浄瑠璃史において、寛文期には金平物など「おとぎばなしに近い空想的で楽天的な武勇談」が、「延宝期は古典や宗教霊験や廓場を採用しながら情感の開放と人間性の発露という新しい時代の傾向」をみせる。貞享・元禄初期の作品には「外題に英雄聖人の名前をとったものが多く、内容も英雄聖人の事跡に関係して、それを誉める気持ちがあらわれている」とされ、「延宝・天和期の浄瑠璃が古典や宗教霊験や廓場によって、叙情的傾向を打ち出して行ったのに比べると、この期の浄瑠璃はむしろ叙事性が強い」と指摘する。また、浮世草子においても西鶴が貞享末から元禄の初めに武家物を書いており、『武具訓蒙図彙』が貞享元年に、『揚弓射礼蓬矢抄』が貞享五年に刊行されるなど、武家の儀式に関する書物が多く出版されるなど、軍記書類も盛んに読まれていたとする。これらのことから、「貞享・元禄初期の浄瑠璃が武道事を主に描いたのは、時代のある方向を示している」のではないかと指摘する。（注1森修氏前掲書）。さらに、義太夫は『貞享四年義太夫段物集』において、「二段目の事付り修羅　一初段の位をはらりとかへて。めいらぬやうに語るかろき位也。修羅の事。古播磨大夫の秘蔵せられし口拍子有。聞人もこぶしをにぎる様に気をたるまず語る也。緩急。急緩といふこと有。」と、武道事において井上播磨掾を模範としている。また、山根為雄氏は、延宝八年の春に須磨寺の開帳があり、それは敦盛の五百回忌に当たってのものといわれ、一の谷の合戦や壇ノ浦の合戦からほぼ五百年にあたる延宝末から貞享頃に、平家の冥福を祈る風潮があったのではないかとする。同氏「『薩摩守忠度』等の諸問題――加賀掾と義太夫をめぐって――」（『女子大国文』91、一九八二年七月）。

（3）　古浄瑠璃『かけきよ』の題簽に「大ぶつくやう」「ろうやぶり」とともに、「めくり」と記されており、一つの見せ場だったと予想できる。

（4）　和辻哲郎氏は、「舞曲はさらにその後へ観音の利生による両眼の回復や景清の八十三歳までの長寿のことなどを語りそえることによって、その効果を著しく希薄なものにしてしまったように思われる。それに比べると、近松はこの箇所に謡曲『景清』の錣引きの箇所をそのまま取り入れることによって景清という人物の全体観を与えるのみならず、そのすぐ後に衝動的な頼朝刺殺の動作を突発させ、それを受けてこの両眼くりぬきを最後の箇所に置くことによって、効果を何倍か強めたように思われる。景清という人物の性格描写は、この両眼くりぬきによって完成するのである。」と、指摘。（『日本芸術史研究』第一巻、岩波書店、一九五五年）。

（5）　謡曲『景清』

昔忘れぬ物語。衰へ果てて心さへ、乱れけるぞや恥づかしや。此世はとてもいくほどの、命のつらさ末近し。はや立帰り亡き跡を、とぶらひ給へ、盲目の、暗き所の灯火、悪しき道橋と頼むべし。さらばよ留まる行くぞとの、ただ一声を聞き残す、是ぞ親子の形見なる、是ぞ親子の形見なる。

「此世はとてもいくほどの、命のつらさ末近し」は、この世は所詮死なければならず、自分の余命もいくばくもなく、生きるつらさを歎くのも長いことではないという意味であり、別の箇所に「名乗らで過ぎし心こそ、なかなか親の絆なれ」とあることから、人生を達観し、親子の情愛を断ち切り解脱するイメージがある。日本古典文学大系『謡曲集』下の補注には、「絆は物をつなぎ留める綱で、断ち難い親子の情愛の譬えに用いられることが多いが、それは子に対する愛情・執着が親を束縛するからであり、厳密には名乗らずやりすごしたのは、子を思ってのことだが、子への愛は断ち難くさっきの心がかえって今となっては自分を苦しめることだと解すべきかも知れない」とある。広末保氏は「孤独な反逆者、また依怙地な程に酷しい、それ故に一層悲劇的な悪七兵衛景清の性格。近松の書いた景清のイメージは舞曲『景清』よりも、こうした点で遥かに謡曲のそれらに通じる」と指摘する。同氏「『出世景清』における悲劇の方法」(『増補近松序説』未来社、一九五七年)。

(6)　信多純一氏は、「出世」には、盲目となった景清が「出世間＝俗世の煩悩を解脱して悟りの境地に入る」の意と、義太夫に対する出世の意を兼ね用いたのものではないかとする。同氏「『出世景清』責め場の形成をめぐって」(『近松の三百年』、和泉書院、一九九九年)。『出世景清』の「出世」については諸説がある。まず、三木竹二氏は頼朝による赦免が景清を世に出さしめたことを「出世」の意味にとらえた。饗庭篁村氏は、景清が頼朝から宮崎の庄を与えられたことを「出世」ととらえたが、後、義太夫に対する祝意の意味であるとした。この意味が新浄瑠璃である義太夫節の将来を祝福、前途を祝う、めでたい題という理解がほとんどである。そのほか、向井芳樹氏は、「主人公景清を死から救い、所領を得るまでの出世(題名の意図するもの)へと大転回をさせる役割を果たしている」とし、青木正次氏は「「世になき」景清が五段終末において「世に出る」までの諸契機はすべて景清の「出世」を性格づけるもの」とした。

(7)　「薩摩守忠度は、いづくより帰られたりけん。侍五騎、童一人、我が身共に七騎取て返し、五条三位俊成卿の宿所におはしてみ給へば、門戸を閉ぢて開かず。」。

(8)　従来『千載集』が先行作というのが通説となっていたが、『薩摩守忠度』を先行作と見る可能性もある。(『近松全集』第一巻所収『千載集』の山根為雄氏解題)。山根為雄氏は、『薩摩守忠度』は、十二行本に貞享三年［一六八六］初冬の刊年と、竹本義太夫と近松門左衛門の連署があることから、近松の作で上演が貞享三年の十月であることは確実であるとする。また、貞享三年七月刊の『新小竹集』にも、その名はなく、宝永年刊と推定されている『乱曲揃』に「千載集　銘づくし」とある。さらに、『千載集』八行本山本版のノドに「薩」の文字が認められることから、『千載集』は『薩摩守忠度』の影響下に成立したものではないかと推測されている。また、加賀掾と義太夫の文体、曲節などを比較し、『千載集』には多分に加賀掾の手が加わったと見ている。注2の山根為雄氏前掲論文。

(9)　加賀掾正本の『千載集』には、笠寺に着いた六弥太と菊の前が御堂の縁に仮寝をし、来合わせた寂蓮も同じ縁に寝ていると、忠度の霊が現れ、「千載集」に入集したが詠み人知らずとされたことを歎く場面があるが、義太夫正本の『薩摩守忠度』にはこの場面はない。

『千載集』

恥づかしや、亡き跡に、姿をかへす夢のうち。さむる心はいにしへに。まよふ雨夜の物語。申さんために魂魄にうつり変はりて来りたり。さなきだに、妄執多き娑婆なるに、何中々の千載集の歌の品には入たれ共。勅勘の身の悲しさは、よみ人しらずと書ゝれしこと、妄執の中の第一也。御身、都へ上り給はゞ、俊成卿へなげき給ひ、しかるべくは作者を付てたび給へと、涙にくれて宣へば。

謡曲『忠度』シテ

恥づかしや、亡き跡に、姿をかへす夢のうち。覚むる心はいにしへに。迷ふ雨夜の物語。申さむ為に魂魄に移り変はりて来りたり。さなきだに、妄執多き娑婆なるに、何中々の千載集の歌の品には入たれ共。勅勘の身の悲しさは、読人知らずと書れし事、妄執の中の第一也。され共それを撰じ給ひし、俊成さへ空しくなり給へば、御身は御内にありし人なれば、今の定家卿に申、然るべくは作者を付てたび給へと、夢物語申すに。

(10)　俊成の館に立ち戻った忠度は、俊成の娘菊の前に入集の望みを語るが、『薩摩守忠度』と『千載集』では次のような違いがみられる。

『薩摩守忠度』

今生のいとまごひ申さんため。又は某よみをく歌は多けれども、つゐに一首も撰集に載せられず。是妄執の第一也。日比つらねし秀逸とおぼしきを、百首ゑらびとゞめたり。然るべき歌あらば、千載集にのせられて、末世にとゞめたひ給はゞ、いきては誉れ、死ゝては仏果のたねと成。一かたならぬ御なさけと俊成卿へ申てたべ。此事申さんため、いやしき馬取の姿に化け、狐川より帰りしと、鎧の引合より巻物一巻取出し、姫君に渡さるゝ。

『千載集』

今生のいとまごひ申さんため、且は又、読置歌は多けれ共。終に一首も撰集に載せられぬ本意なさに。日比つらね置秀逸とおぼしきを、百首えらみとゞめたり。然るべき歌あらば千載集に載せられて、末世にとゞめたひ給はゞ、今生後生の御情と、俊成卿へ申てたべ。此事申さんためにいやしき姿に様をかへ、狐川より帰りしと、鎧の引合より、彼一巻を出し給へば。

『平家物語』巻七「忠度都落」

撰集のあるべき由承候しかば、生涯の面目に、一首なりとも御恩をかうぶろうど存じて候しに、やがて世のみだれいできて、其沙汰なく候条、たゞ一身の歎きと存候。世しづまり候なば、勅撰の御沙汰候はんずらん。是に候巻物のうちに、さりぬべきもの候はゞ、一首なりとも御恩を蒙りて、草の陰にてもうれしと存候はゞ、遠き御まもりでこそ候はんずれとて、日ごろ読をかれたる歌共のなかに、秀歌とおぼしき百余首書あつめられたる巻物を（中略）俊成卿に奉る。

(11)『一谷嫩軍記』二段目考」（『早稲田大学大学院文学研究科紀要』一九九四年二月）。内山美樹子氏は忠度の造型について次のように指摘している。

「林住家の段」における忠度の造型が優れているのは「さゞ波や」の歌が、千載集に入集したと聞いただけで満足し、よみ人知らずとされたことを全く悔やんでいない点である。「須磨都源平躑躅」では忠度が生きているうちから、謡曲の「何中々の千載集の。歌の品には入たれども。勅勘の身の悲しさは。よみ人知らずと書かれし事。妄執の中の第一なり。」の文句をほぼそのまま述懐し、六弥太に「忠度になりかはり然るべく作者を付て給はれと。（中略）俊成卿に」願ふてたべ」と訴える。「林住家の段」の忠度には、歌への思いはあるが、名への執着はない。少なくとも、その点にこだわっていない。作者は自由な創作態度で、謡曲『忠度』の情趣を生かしつつ、謡曲とも先行浄瑠璃とも別の人間像を描き出す。「惜しからぬ命なれども明けなば陣所へ立帰り、花々しく軍をせん」とのさわやかな心境は生死を達観する「源平布引滝」の実盛を描いた作者にして、はじめて書き得たところであろう。」。

(12)『一谷嫩軍記』においても、忠度は「惜しからぬ命なれども明けなば陣所へ立帰り、花々しく軍をせん」と、思い残す事のない晴れ晴れしい気持ちが語られる。『平家物語』巻七「忠度都落」では、忠度は俊成に入集の望みを語り句を書き記した巻物を渡し、俊成から粗略にしないとの言葉を聞いて、「薩摩守悦て、今は西海の浪の底にしづまば沈め、山野にかばねをさらさばさらせ、浮世におもひをく事候はず。」と語る。

(13)水田かや乃氏は、清玄の描写について「抑えるすべのない執心の叫びとして聞く者の胸に響く近松一流の人間描写」と評する。（『一心二河白道』解説、『元禄文化の開花――近松と元禄の演劇』「講座元禄の文学」第四巻、勉誠社、一九九三年）

このような行動は『出世景清』の阿古屋、景清にも見られる。景清を訴人する際の阿古屋の葛藤や（「如何に恨があらばとて。夫の訴人はなるまいか。いや又思へば腹も立つ憎いは女めェェ是非もなやと。或は止め或は勧め身を悶えてぞ嘆駆るゝ」）、牢を破った景清が（「この上は関東へや落ちゆかん。いや西国へや立ち退かんと。行くつ帰りつ。戻りつ行きつ。一町ばかり走りしが。いやく\この度落ち失せなば。また大宮司や小野姫憂き目見んは必定と。思ひさだねて立ち返り元の牢屋に走り入り」）その場を去ることが出来ず牢に戻る場面を挙げて、心的葛藤の手法であり、劇効果の一つとして多く利用しているとの指摘がある。信多純一「『出世景清』の成立について」（『国語国文』一九五九年六月、後に『近松の世界』所収、平凡社、一九九一年）。

（14）和田修「近松」（『近世演劇を学ぶ人のために』、世界思想社、一九九七年）。和田修氏は近松の新しい女性像の造型について次のように指摘する。「宝永期に入って、世話浄瑠璃をつぎつぎと執筆してゆく中で、近松はこれまでの浄瑠璃にや歌舞伎には見られなかった女性像を描くことに成功してゆく。従来の浄瑠璃では中心になる女性は積極的に行動して我が恋を成就させるか、悪事の被害者となる弱い存在かの両極に分かれていた。しかし、この時期の近松は夫を愛するにもかかわらず、その愛を成就させることの出来ない満ち足りない女を描き始めた。『曾根崎心中』以来養ってきた女性の視点からの作劇法を時代浄瑠璃に導入したものと評価することが出来る。（中略）同氏（原道生）は……（やつし）の構想が行き詰まることを説く。本章の立場からいうと、夫のために犠牲的な努力をはらう頼み甲斐のある女を描くことに、少なからず近松の関心があったかと思われる。」。

（15）原道生氏は、「「やつし」の浄瑠璃化」（『文学』一九七五年六月、のちに『近松浄瑠璃の作劇法』所収、八木書店、二〇一三年）において、「当代的な「やつし」の人物は、いささか気随で明るい好色性と、それとは若干裏腹な、不本意にも頽落に及んだ自身の現状をなんとかして旧に復したいとする熾烈な欲求との二つの面を併わせ具えたものとなっている。（中略）「やつし」に通じる主人公を設定し、そうした立場にある彼らが、己本来のあり方を回復し得るか否かという決定的場面に立ち臨むさまを舞台化して見せるといったことに強い関心を抱いていた。」と指摘する。また、松井静夫氏は「勝舟諸岩兄弟の系譜」（『語文』一九七四年三月）において、「善の側の従属者としての兄弟が善の秩序回復のために自らの強い意志と行動力で窮境を切り開いていくのは『用明天皇職人鑑』からである。一篇の中の主要人物であり、善の側に勝利をもたらす重要な役割を荷う。この種の人物の傾向は正徳期に入ってますますはっきりしてくる。（中略）時代浄瑠璃がこのような公的世界での大がかりな対立抗争を扱うのはこの作以後のこと。善の秩序や威信の回復のために善の側の従属者の忠節の行為はより顕著に積極的に展開される。さらにその人物の行為は積極的な意志と意識的な方策を具備したものとなる。愛人を伴い、その愛人の献身により目的を達成することはどの兄弟にも共通している。」と指摘。

（16）注14の和田修氏前掲書。

（17）「恋慕の恨み執着の一念」（『日本文学』二〇〇一年一一月）。

（18）謡曲『恋重荷』においても恋慕の対象がこの世に生きている。男の恋の執念を描いた世阿弥作の謡曲『恋重荷』には、恋死にした男の霊が女を恨み責めるが、ついには「恋路の闇に迷ふとも、跡弔はばその恨みは霜か雪か霰か、つひには跡も消えぬべしや。これまでぞ姫小松の葉守りの神となりて千代の影を守らん」と語って、結ばれる。女を恨んではいるが、相手はこの世に生きている。激しく恨んでいたにもかかわらず弔いを願い、守り神となることを告げるという点で、『用明天王職人鑑』と通じるところがあるように思われる。

(19) 原道生氏は、「天下のために尽くしえたとするドラマツルギーのなかにこそ、時代物によってのみ果たされる晴れやかな劇的救済がある」と指摘。同氏「時代浄瑠璃における悲劇の特質」(『国文学　解釈と鑑賞』一九七四年九月、のちに『近松浄瑠璃の作劇法』所収、八木書店、二〇一三年)。

(20) 新日本古典文学大系『謡曲百番』西野春雄校注『道成寺』注。

謡曲『道成寺』

哀愍自謹の砌なれば、いづくに大蛇はあるべきぞと、祈り祈られかつぱと転ぶが、また起き上つてたちまちに、鐘に向かつて吐く息は猛火となつてその身を焼く。日高の川波、深淵に飛んでぞ入りにける。望み足りぬと験者たちは、わが本坊にぞ帰りける。わが本坊にぞ帰りける。

謡曲『鐘巻』

程なく鐘楼に引上げければ、蛇体は即ちあらはれたり。あらおそろしの蛇身やな。早かへれ。恨めしや。さしも思ひし鐘の音を、つくさで我にかへれとや。中々の事かへれ帰らずは、明王の索にかけんとて、皆一同に声をあげ、一こんがら二せいたか（中略）祈りつめられかつぱとまろぶが、又おきあがつて鐘に向かつて吐く息は、猛火となつて炎に咽べば、身をこがす悲しさに、日高の川波しんえんに帰ると見えつるが、又この鐘をつく〴〵と、また此鐘をつく〴〵とかへりみ、執心は消えてぞ失せにける。

(21) 『用明天皇職人鑑』三段目

乱れし髪も乱るゝ我が心も流れの女の懺悔の有様。これ御覧ぜよ。あさましや。花の外には松ばかり。暮れそめて格子叩くらん。門に松立つ朝より、桃に柳にあやめ葺く。軒の燈籠二度の月。菊の節句や年の暮。人の悦ぶ日といへば、我は嘆きのます鏡。まるに祝ひし年もなし。（中略）山寺のや。春の夕べを来て見れば入相の鐘に花や散るらん。情けの花や散りぬらん。あだし男のあだ花ならば、よそに散るとも心の匂ひはこの身に残つて打たるゝとも、離れじ姿はこゝにつき鐘の竜頭に立つたる竜頭の両眼ひしぎの祈りの声も、思ふ中をばよも裂けじ。

(22) 山田和人『用明天王職人鑑』解説（『元禄文化の開花――近松と元禄の演劇』「講座元禄の文学」第四巻、勉誠社、一九九三年）。松井静夫氏は、「近松時代浄瑠璃の問題点」（『日本文学』一九七五年七月）において、「『用明天皇職人鑑』は舞台効果を際立たせるために、作中の善悪の抗争を従来のものよりひときわ大きく顕著に扱っている。元禄期までの近松の他の時代浄瑠璃と比較して、この作では善悪の激烈な葛藤に媒介され、人形や音曲その他見世物的場面の設定など多様で華やかな舞台演出が可能となり、劇文学としての面からも、より深刻で悲惨な人間関係の描写がなされた。」と指摘。

(23) 注15の原道生氏前掲論文参照。

(24) 『嫗山姥』四段目

今生の身にて此鬱憤晴れがたし。腹かき切つて魂魄汝が胎にやどり。日本無双の大力一騎当千の男子と生まれ、敵の余類をほろぼさんと、天にうつたへ、地に叫び、誓の刃に伏したりし。それより我が身もたゞならぬ子を望月の影深く、人倫はなれし山にこもれば、いつのまにかは山めぐり、一念の角そばだち、眼に光る邪正一如と見る時は、鬼にもあらず人にもあらず名は山姥が山めぐり。（中略）めぐり〳〵て我が君にめぐりあひしも我が夫の念力通力神力にて。（中略）あはれ我が子をも譜代の家人と思し召し、敵御征伐の御馬の口をも取るならば、父が一期の素懐を遂げ、母が鬼女の苦患をのがれ、成仏得脱うたがひなし。二世の苦しみ助かるも、只大将の御慈悲と角を傾け手を合せ、ひれふしてこそ泣きゐたれ。（中略）心にかゝる事はなし。母はもとより化生の身。有りともなしとも陽炎のかげ身にそうて守りの神。是迄ぞ金時。是迄ぞ我君。暇申て帰る山の峰（中略）庵と見えしも輪廻を離れぬ妄執の雲水に流れて〳〵谷に苦あり、こずゑに声ある風にきえ〳〵嵐にちり〳〵塵積つて山姥となれる。

謡曲『山姥』

年頃色には出させ給ふ、言の葉草の露ほども、御心にはかけ給はぬ、恨み申しに来りたり。道を極め名を立てて、世上万徳の妙花を開く事、この一曲のゆゑならずや。しからばわらはが身をも弔ひ、舞歌音楽の妙音の、声仏事をもなし給はば、などかわらはも輪廻を遁れ、帰性の善所に至らざらんと（中略）我国々の山廻り、今日しも爰に来る事、我名の徳を聞かむため也。謡ひ給ひて去とては、我妄執を晴らし給へ。（中略）都に帰りて世語にさせ給へと、思ふはなおも妄執か（中略）廻り廻りて輪廻を離れぬ妄執の雲の塵積つて山姥となれる。

(25) 注15の原道生氏前掲論文参照。

(26) 新日本古典文学大系『近松浄瑠璃集』下（岩波書店、一九九五年）所収『双生隅田川』原道生脚注、同氏「『双生隅田川』試論」（『国語と国文学』一九九八年一〇月）。

幸若舞曲『未来記』「我らが異名を天狗と言ふは、謂れ有り。むかしは人にて候ひしが、仏法をよく習ひ、我より外の智者なしと、大慢心を起すゆへ、仏にはならずして、天狗道に陥つるなり。」また、『沙石集』七「天狗と云事は日本に申伝付たり。聖教に慥なる文証なし。先徳の釈に魔鬼と云へるぞ是にやと覚へ侍る。大旨は鬼類にこそ。真実の智恵なくて、執心偏執我相驕慢等ある者有相の行徳あるは皆此道に入也」とある。

(27) 久堀裕朗氏は「近松浄瑠璃に描かれる「悪」」(『国文学論叢』一九九九年一一月)において、『双生隅田川』や『酒呑童子枕言葉』を例に挙げ、「他人の心を思いやる情けをなくしてしまったとき、既に悪に繋がってゆく要素は生まれていた」と指摘。

(28) 二川清氏は「近松の謀反劇における謀反人の変貌」(『歌舞伎』研究と批評、一九九四年六月)において、「後期の作品に人間の執念というものを蘇生という現象を通じて表現している。謀反劇において謀反人が魔力を持っているのは古浄瑠璃においても同じである。人間の強烈な権力欲の表現が異形なものとして描かれてきた。近松の後期の謀反劇には人間の意志の力の激しさ、執念を怪物性によってではなく、人間的な要素によって表現するようになっている。『嵯峨天皇甘露雨』においても、怪物ではない人間の執念によって蘇生したものとなっている。執念の極限としての蘇生・転生という新しい様式が創造される。人間の執念というもの激しさを見つめ続けた近松が、その表現様式として到達した極限的手法に他ならない。」と指摘。

(29) 白方勝「『津国女夫池』における悪の悲劇」(『国語国文』一九六六年一一月、後に『近松浄瑠璃の研究』所収、風間書房、一九九三年)。

(30) 「たとえば義理固くあることによって人間的に誠実であろうとする心情の持ち主が、そのために肉親や愛する者への情を貫くことができずに苦悩し、あるいは破局に陥るという人生の暗さである。」新日本古典文学大系『近松浄瑠璃集』上(岩波書店、一九九三年)松崎仁解説。

『津国女夫池』における文次兵衛が、これに該当する人物と思われる。「一学を討たるは喧嘩でもなく、遺恨もなく。本の起りはあの女房。一家中に沙汰有る若盛りの艶色。我も廿三妻はなし。あはれ雁がねの翼もがなと。焦がれて言寄らん便なく。幸ひ一学あの女房に知辺有り。ひたすらに頼まんと文を認め懐中し、会はば反つて一学がェ、我に本妻なきならば、かの娘を娶らん物をと恋話。此方は後手に成りむなしく帰るは幾度か。書捨ての玉章千束に積り、胸に思ひの満つる折しも、一学が先妻産後に死し、忌の中より呼取り婚礼。無念にも妬ましく堪忍ならず、手もなく討て思ひの儘に夫婦とは成たれ共。思へば剣と剣を抱合わせたる女夫合。それ共知らず我を頼むに馴れ馴染むいたく〳〵しさ。始めの恋に百倍したる苦しみ胸に包んで」とあるように、文次兵衛は大草香の臣のように誠実であり、文次兵衛も悪とも善とも言いがたいのである。さらに文次兵衛は「三木の進に討れて蒙霧を散ぜんと待負ふせたる今月今日一生の懺悔是迄。サア討て三木の進。ヤイ清滝親の敵逃さぬなど〻、三木の進に指でも差〻ば勘当。先年捨てしも真実は此所存」と、一学の遺児三木の進に討たれる覚悟をずっとしてきた。そして、敵同士となる妹清滝を水子の時に捨て、三木の進を手元に残したのである。表向きは「兄は生い先大望有る大事の男子」であり、約束通りに敵討ちを果たさせるためとしていた。清滝を捨て子にした心底は妻にも隠していたのである。内山美樹子氏も、文次兵衛について「彼の愛情が一学やかん介の場合のような単なる好色ではなく、ひたむきな誠実さを持つものであっただけに、彼は愛と倫理の相克に悩み抜かねばならなかったのである」とする。同氏「近松の悲劇性」(『日本文学』一九六六年二月)。

(31) 注27の久堀裕朗氏前掲論文など。

(32) 刺し殺した金輪は死に際のお三輪に「女悦べ。それでこそ天晴れ高家の北の方。命捨てたる故により汝が思ふ御方への手柄となり」と語る。死んで思う人の妻となるという救いがある。

第二章　近松の浄瑠璃に描かれた「武の国」日本

一　『国性爺合戦』に表現された「日本」

『国性爺合戦』（正徳五年〔一七一五〕初演）には、異国に対する日本優越意識が随所に見られる。いくつかを例にあげよう。第一に、日本が神道の国ということである。初段には、明の忠臣呉三桂が、明には儒教、天竺には仏教があり、日本には「正直中常の神明の道」があるが、そのような教えのない韃靼は畜類同然の国であるとして、韃靼国を見下す場面がある。ここには、儒教の中国、仏教の天竺、神道の日本という三国世界観や、韃靼国を文化的に劣り、徳化されてないと見なし、北狄、畜生国と蔑む、華夷思想があらわれている。近松は、明の忠臣による発言として、日本を明や天竺と対等な文明国と権威付けていた。外国を意識した自国認識のあらわれといえよう。

第二に、日本は、神が加護する神国ということである。近松は、日本の神の加護を外国までにも及ぶものと描いていた。国性爺が「神風」によって無事に唐土へ到着したこと、猛虎を伊勢大神宮の御札で制したこと、そして、次々と城を撃破し諸侯王となることができたのは、いずれも神威によるものとしていた。近松は、国性爺の武勇や明復興への活躍を「神明擁護の験」として意味付けていた。国性爺は、自らの功績を「日本の神力」によるものとして、天照大御神を勧請していた。この行為は、後日談である『国性爺後日合戦』（享保二年［一七一七］初演）では「日本の威勢を募り、大明が威勢を削り（中略）日本の手下に付ける謀」と見なされていた。外国における自民族に対する神の「加護」にとどまらず、異民族に対する「支配」へと意味が変化していくのである。

第三に、日本は、他国に優る武国ということである。国性爺は韃靼との決戦に、「日本弓矢に長じ、武道鍛錬隠れなく、韃靼夷聞き怖じして二の足になる」ことを想定し、日本からの加勢に、韃靼軍が恐れをなすところを攻めようと企てていた。国性爺が用いた作戦は、日本が武道に優れていることが外国にも知れ渡っているという認識をもとにしていた。四段目では、呉三桂と明の太子に、二人の老翁が碁盤の上に国性爺の勇猛な戦いぶりを見せる場面が設けられている。日本流の軍術を用いた合戦の様子が次々と描き出され、日本の「武」の優越さが強調されている。注目したいのは、この場面において、老翁が「ついには、晴れて天照らす、日の本和国の神力にて、太子の位」は安泰であると述べていることである。実は、二人の老翁は、明の太祖洪武帝とその臣下劉基であった。その二人が明の復興を日本の神力に委ね、肯定的に捉えているのである。明の太祖と名軍師による、日本の神威と武威に対する権威付けといえるだろう。五段目の末尾は、「大日本の君が代の神徳武徳聖徳の満ちてつきせぬ」と、復興した明永暦帝の御代を言祝ぐ文句で結ばれている。日本が神国であり、武に優れた武国であることから明が復興し、世に安泰をもたらせたことを明示したものであり、日本の優越意識を端的にあらわしていた。

このような武国観は、すでに江戸時代初期から見られる。熊沢蕃山の『三輪物語』巻六には、「日本は武国なり。（中略）兵を以て国の第一とする事なり。（中略）異国より恐れて手ささぬ」[1]と、日本が武国であることに異国が恐れをなすため侵略されることがないとしている。江戸時代を代表する農書『農業全書』（宮崎安貞、元禄十年［一六九七］）の貝原楽軒が記した付録にも同様のことが記されている。そこにはさらに、「神武天皇と神功皇后の、英武の御徳ましますに感じて、天下人民の生質おのずから武にうつりて、武国となれるゆえなり。[2]」と、日本が武国になった由来が語られている。神武天皇の東征や神功皇后の外征の偉業に感化された民が、武を尊び武国となったため、異国が日本に脅威を覚えるようになったと捉えていた。江戸時代中期の新井白石も「我国は万国にすぐれて武を尚ぶ国とこそ古より申し伝へたれ[3]」（『折たく柴の記』）と、日本を異国に優る「武」の国として意識していた。

以上のように、『国性爺合戦』にあらわれた武国意識は、この時期に高まったものではなく、すでに江戸時代の人々に広く持たれていたのである。この神国観と日本の武威を異国より優れたものと誇る意識が、近世日本の武国観念の特質であった。[4] 松下郡高が、日本に生まれた者が、「今百有余年御治世長久の御恩沢」を蒙るのは、「ひとえに御武徳の御影[5]」（『神武権衡録』）というように、世が泰平なのは、日本が武威をもって国を治める武国であるためと見なされていた。そこには、日本は神国であるという意識が同時に働いていた。近世において、神国ということと武国であるということは、切り離される意識ではなかった。日本は神国であり、武威をとどろかす武国であることが、外国より優れた国であることを誇るという自国自民族優越意識へとつながっていた。『国性爺合戦』は、当時広まっていた神国、武国であるという優越意識を背景に、日本の武威、神威が唐土にも及ぶものとして描かれた代表的な作品といえる。

「武」は、武家社会や合戦を題材とする時代浄瑠璃において、主に武将や家臣たちの超人的な活躍や武勇として描かれてきた。近松の浄瑠璃にも「武」は描かれているが、それまでの浄瑠璃とは異なる特徴が見られる。近松の浄瑠璃における「武」の表象には、近松自身の日本に対する強い国家意識と、異国に対する優越感が浮き彫りになっていた。なぜ、このような違いが見られるのだろうか。本章では、近松の時代浄瑠璃には、「武の国」として日本がどのように描かれていたのか、そこには、いかなる意図が含まれていたのかを考えてみたい。

二　武威による他国の支配

江戸時代の日本は、武士が支配した国家であった。先述したように、『国性爺合戦』では、日本の武威は異国にも知れ渡り、恐れられているものとされていた。ただ、『国性爺合戦』では、日本がその武威をもって外国を服従させるのではなく、あくまで、国性爺たちは明復興のための個人的な援軍として描かれていた。

しかし、『国性爺後日合戦』では、国性爺が武威によって明を日本の支配下に置こうとしているとして、明朝廷内における葛藤が描かれる。明の五府将軍石門龍は、明再興後の国性爺の行動について問題を提起する。国性爺が、明の再興をすべて日本の手柄にするだけでなく、日本の神を勧請したり、城構えや内裏まで日本風にして、人々に日本を尊ばせていると非難する。石門龍は、日本は「もとより武勇烈しい」国であり、いずれ国性爺が日本勢を引き寄せ、明を滅ぼそうと企てているのではないのかと疑う。その非難に対し、国性爺に縁のある甘輝は、理にかなったものと見て反駁することもできずにいた。帝から日本風を改めさせよと命を受けた甘輝は国性爺に、明が復興したにもかかわらず、明の風儀、礼儀作法を日本風に改めようとしたため、「万民日本の武威に恐れ。常に心やすからず恐れる」と異見する。その根拠として、秀吉の朝鮮侵略をあげ、敵兵の耳を埋めた耳塚が日本にあることは唐にも知られており、民百姓までが、国性爺が日本勢を引き入れ明までを征服するだろうと恐れをなしていると難じる。日本の武威は、『国性爺合戦』では、他国が恐れて日本を侵略することができないというものであったが、『国性爺後日合戦』では、日本が武威により外国を征服するものへと変化していた。

日本が外国を服従させるとする武威表現は、秀吉の朝鮮侵略を扱った『本朝三国志』（享保四年［一七一九］初演）において露骨となる。近松は、「一天四海の内のみか、人の国まで日本の誉れを末世に残す」ものとして朝鮮における戦勝を称えていた。耳塚を築き、盧舎那仏を建立して春長父子の菩提を弔い御代長久を祝う。その余興に、朝鮮における合戦の模様を描いた「男神功皇后」が人形浄瑠璃として舞台にかけられていた。秀吉の朝鮮侵略を神功皇后の三韓征伐に結びつけ、その偉業を継承するものとして意味を与えている。耳塚に象徴される、外国が恐れる日本の武威をことさら強調していた。江戸時代には、神功皇后の三韓征伐や秀吉の朝鮮侵略を武国の証と見なし、日本には異国に勝る武力があるものという武国観をもとにした優越意識が広く持たれていた。(6) そのような背景から、外国を侵略する形での武威が浄瑠璃に描かれるようになったのである。

日本の武徳が異国に及ぶという考えは、異国との関連がない作品でも見られる。神代を扱った『日本振袖始』（享保三年［一七一八］初演）の五段目末尾は、「君が代は八島の外の国迄も日本の威を振袖の人民無病延命に五穀は家に満ちける」と、外国までも及ぶ日本の武威が国内に豊穣や安寧をもたらしていると称えている。これは、『日本振袖始』大序において、素戔嗚尊が伊弉諾尊より宝剣を預かり、瓊瓊杵尊を後見しているため、三種の宝の神徳により、天下は豊かにめでたく治まっていることを言祝ぐ内容と呼応している。三種の神器の一つである天叢雲の剣をもって大蛇を退治する素戔嗚尊の武勇を、日本の武威とみなし、それが異国に及ぶものと捉えていた。

その他、異国との関係の中で日本の武威が描かれた作品に、『百合若大臣野守鏡』（正徳元年［一七一一］初演）がある。そこでは、平城天皇が百合若に蒙古退治の勅命を下す際に、神武天皇が夷退治に用いた鏑矢を授けていた。幸若舞曲『百合若大臣』にはない、外敵を退治した由来を持つ鏑矢を百合若に下賜するという設定にしたのは、「猛将に希代の武運を添える」だけでなく、異国に勝る日本の武威を、鏑矢をもって強調させるためといえる。

近松は、『日本振袖始』や『百合若大臣野守鏡』において、いずれも剣や鏑矢という武器をもって、日本の武威をあらわし、その威徳によって、敵を平らげ、世に安定をもたらしたものと描いた。『日本武尊吾妻鑑』（享保五年［一七二〇］初演）では、景行天皇が日本武尊に天叢雲の剣を授けて八十の梟師征伐を命じ、日本武尊はその剣をもって、世を平定した。五段目は、「草なぎの剣になびかぬ方もなく、百億万歳末かけて。民草五穀も穂に穂をめぐみ国に半点くもりもなき剣の威徳ぞあきらけき」と結ばれており、武を象徴する剣に人々も敬服し、平穏な世がもたらされたと、剣の威徳を称えている。このように、近松は日本の武威を描く際、ことさら剣をとりあげていた。近松は、なぜ剣に特別な意味をもたせているのか。この点について、次の節で詳しく見ていくことにする。

三　剣による世の平定

『日本振袖始』や『日本武尊吾妻鑑』では、記紀神話をもとにしながらも、「剣」の存在が際立つように描かれていた。そこには、刀剣を国を治める道具とみなす考え、さらに、「天瓊矛」を「武」の象徴とみなす武国観が存在していた(7)。天瓊矛は、伊弉諾尊と伊弉冉尊が国産みの際に授かった矛のことである。近松は『日本振袖始』大序に「ちはや振袖広戈の国平らけく御す。天照太神の御孫。天津彦火瓊々杵の尊と申こそ代々に王たる始なれ」と、広戈が国を平定し、瓊々杵尊が降臨して世を治めたと、「広戈」について触れている。これは、『日本書紀』巻第二で、大己貴神が国譲りの際に治国に用い、神に献上した「広矛」をさすと見られる。近松は、広戈を神代に世を平定したものとして言及しており、「天瓊矛」と同じ意味として捉えていたと思われる。

近世日本の武国観の特質は、「神国」であるということに「弓箭きびしき国」ということが結びついていた点にあり、吉川神道では「武国」の起源を記紀神話に置き、日本が武国であることを「天瓊矛」によって正当化していた(8)。吉川唯足や山鹿素行らによって唱えられた、「天瓊矛」神話を起源とする武国観が成立するのは、十七世紀中頃であり、近世全体を通じて広く見られる。さらに、正親町公通の門人跡部良顕は『三種神器極秘伝』において、「矛は剣なり」(9)と述べ、「矛」を「剣」と同一視していた。剣に関して、山崎闇斎は、『神代巻講義』で次のように興味深いことを述べていた。

昔から、日本の平らげ様ぞ、皆剣ぞ。天上の事は只今の禁裏也。物を平ぐるは剣を以て切り平らぐるは、昔の素戔嗚、大己貴のが、今の将軍がそのなりぞ。づんと神代から日本はかふしたことぞ。(10)

闇斎は、刀剣を、国を治めるものとして捉えていた。素戔嗚尊をはじめ、大己貴尊、そして、今の徳川の将軍まで、一貫して剣をもって世を平定していた。そして、その世を治める方法は神代から継承されているものと説くのである。山崎闇斎は、「今の武家は素戔嗚尊なるぞ」(11)と明言しており、武家の起源を、剣を持って世を平らげた素戔嗚尊に見出していた。先述した『日本振袖始』において、素戔嗚尊が伊弉諾より宝剣を預かり、世を平定し、異国まで武威を轟かすものとしたのは、素戔嗚尊に近世武家の起源を見るという認識が背景にあったからである。(12)

では、近松は浄瑠璃の中で剣にどのような意味を持たせていたのであろうか。近松の浄瑠璃では、先に言及した『日本振袖始』や『日本武尊吾妻鑑』のほか、源頼光と家臣の活躍を題材とする頼光四天王物において、剣の物語が展開される。近松は『酒呑童子枕言葉』をはじめ、正徳期から絶筆にいたるまで、『弘徽殿鵜羽産屋』（正徳四年〔一七一四〕初演）、『傾城酒呑童子』（享保三年〔一七一八〕初演）、『嫗山姥』（正徳二年〔一七一二〕初演）、『栬狩剣本地』（正徳四年〔一七一四〕初演）、『関八州繋馬』などの頼光四天王物を執筆している。そのうち、『酒呑童子枕言葉』、『嫗山姥』、『栬狩剣本地』、『関八州繋馬』（享保九年〔一七二四〕初演）が宝剣にまつわる話である。

『嫗山姥』は、頼光四天王による鬼退治譚を、頼光が「天下の重宝」である名剣をさがす物語として再構成したものである。『嫗山姥』大序は次のようにはじまる。

漢に三尺の斬蛇あつて四百年の基をおこし。秦に大阿工市あつて六国を合す。古の君子是を以て自ら守ると。子路がうたひし剣の舞かへす袂も面白き。我が神国の天の村雲百王護国の御守りのゐふす民こそ。めでたけれ。

漢の高祖劉邦が天下を掌握する際に得たといわれる宝剣、太阿と、子路などの宝剣にまつわる中国の故事が多数引用される。大序の結びは「我が神国の天の村雲百王護国の御守りのゐふす民こそ。めでたけれ」と、神国である日本は、天叢雲の剣の加護があるため、安泰であると言祝がれる。大序が剣に関する逸話ではじまり、祝意を込めた言葉で結ばれているのは、単に浄瑠璃における常套的な表現としてだけではなく、作品全体の構想と関わるからであった。

『嫗山姥』では、剣の物語はさらに張華の逸話をふまえ、頼光が紫雲たなびく浜松の宿近辺にて名剣をたずねる展開となっている。頼光が名剣を探し求めるのは、父満仲の武功をつぎ、子孫に伝えるためとされていた。満仲は、はじめて源氏の姓を賜り、天下の守護を勅宣を受けた人物である。頼光は、ある女が親の敵討ちを果たしたものとして、ある刀を譲り受ける。それを頼光は次のように、丁重に扱う。

唐土晋の武帝天下を治めて呉国の方に。紫の雲気立つをあやしみに。雷換と云ふ者天文を考へ。土中を掘つて干将莫邪の二剣を得たり。（中略）今宵此太刀手に入こと源家の武功天にかなひし其威徳。（中略）日本無双の名剣。名は体を顕はせば則ち髭切膝丸と名付くべしと。謹みて頂戴あり御子孫長く伝はりし和国の宝と成りにける。

頼光は、晋の張華が名剣を掘り出させたという、中国の名剣にまつわる故事をふまえながら、女に譲り受けた剣に価値を与えていた。頼光が手に入れた名剣は、『平家物語』や『平治物語』では、「髭切」「膝丸」として、源家重代の剣とされていたが、『嫗山姥』ではそれを頼光が「日本」、「和国」の名剣としていることに注目しておきたい。源氏の名剣にとどまらず、日本を治める宝剣として、意味付けているのである。

次に、『栬狩剣本地』は、謡曲『紅葉狩』を踏まえた作品で、勅命による惟茂の鬼退治を主筋としつつ、宝剣の由来を語る物語となっている。謡曲『紅葉狩』では武内の神から剣を授かったものとしていたが、近松は『栬狩剣本地』において、惟茂が剣を天皇から授かるものと、脚色している。その剣は次のような謂われを持つものであった。

此御太刀は神代より伝はりし平国の御剣とて。八幡宮の御母神功皇后異国退治の宝剣也。（中略）此太刀を帯し戸隠山に駆入て悪鬼の根を立。国家安全の功を顕し朝家を守護し奉れ。

それまでの頼光物における、鬼退治のための剣に、新たな神話が加わったのである。『栬狩剣本地』では、頼光の鬼退治は、単なる鬼退治の意味ではなくなっていた。帝の病、そして民まで悩ます「変化」を退治するものだけでなく、それが国家の安全、皇室の守護へとつながるものとしている。『嫗山姥』でも、剣を「日本」、「和国」の名剣としていたように、皇室、国家を守るためには、源家伝来の剣のままではいけなかった。そのため、新たに由来を付け加えているのである。
さらに四段目に設けられた節事〈剣の本地〉では、次のように剣の由来が語られる。

先あしはら大日本。神代三ふりの宝剣有。一つは天のはぎり共。又は十握の剣共申す。大和の国石上の御神体に立給ふ。又一ふりは八雲たつ。八股の蛇が尾さきより顕れし天の村雲の宝剣。そさのおの尊祇園牛頭天皇の御剣なり。今一ふりはそさのおの尊の御子。日吉山王権現共。三輪の明神共おがまれたまふ。大あなむちの尊の御剣。事もおろかや是。此。この御太刀にてましますも也。（中略）神功皇后神風や天照す。太神宮の告によつて。新羅のゑびすを討へしと。御身もさすが只ならぬこもち月の中空に。韓国さして。責入給へは。（中略）此太刀おのれと抜け出て。ひらりひらひら切立切立三十余ヶ度の。戦ひに味方は討たれず手もおはずヲ、ヲ、ヲ、ヲ、新羅百済高麗国の。あらきゑひすを爰に追つめかしこにおひ。追つめ追つめ責ほろほして。（中略）上にめくみのまつりごと万民にうるをひて。風雨随時に治る事此太刀の威徳ぞとて。太平国の文字によって平国の。御剣と。中奉る。

日本には神代から伝わる三振りの剣――十握の剣（天の羽斬）・天叢雲の剣・大己貴尊の剣――があり、帝が惟茂に授けたのは、このうち大己貴尊の剣であることが語られる。この剣は「平国《くにむけ》の剣」と呼ばれるもので、「八幡宮の御母神功皇后異国退治の宝剣」という来歴を持っていた。ここでは、神功皇后が天照大御神のお告げにより、神の守護のもと三韓へ攻め入ると、剣が自ずと抜け出て「新羅百済高句麗の荒き夷」を攻め滅ぼしたと、三韓征伐の様子が細かに描かれる。近松は、鬼退治のための剣に関する由来を語る節事の場面において、神功皇后の三韓征伐に象徴される日本の武威をあらためて強調していたといえる。

以上のように、『日本振袖始』をはじめ、『日本武尊吾妻鑑』や、『嫗山姥』、『栬狩剣本地』において、剣は実際世を平定するための武器として用いられていた。それらの剣は、神から授かったり、鬼や外敵を征伐したりと、過去に世を平定してきた来歴を持つものであった。そのような剣であったからこそ、威力が発揮したものと描かれていた。

四　剣の威徳による治世

近松は、剣のもつ威力を、日本が武威を大いに振るい、世を治めるものとして描いていた。その一方で、晩年の作品には武力に頼らない政道を説いてもいた。

『唐船噺今国性爺』（享保七年［一七二二］初演）は、台湾でおこった朱一貴の乱を扱った作品である。世を治める道具として、日本の三種の神器を引き合いに出しつつ、「剣」を重要視している。福建省の国守である六安王は、帝位簒奪の謀反を企てており、その成就を期して、三足両耳の鼎の地金で剣を鋳させていた。その際、従事官金海道が、次のように、鼎が持つ徳について説く。

三足両耳の大鼎（中略）此鼎を申は。いにしへの聖代の盛なりし時。唐土九州の金を献し九つの鼎を鋳させ。山川草木までその国々の形象を鋳付。代々の天子御位を嗣給ふ信として伝はりし御宝。音に聞日本の内侍所も是に々と承る。しかるに秦の始皇の奢り。げきせいより宝の鼎頽敗し失せ果てしに。（中略）鼎の徳を以天下を治るなどゝとは。とつと昔あほう律儀な。聖人賢人慈悲もつはらのまつりごと。末世当代は慈悲仁義もいらず。剣を以かたはし切取にしくはなし。

従事官金海道は、この鼎は秦の始皇の代に失われた「代々の天子御位を嗣《つ》ぎ給う信《しるし》として伝わりし御宝」であり、日本の「内侍所」と同じ意味を持つものと語る。近松は『弘徽殿鵜羽産屋』でも、「三種の神祇に火をかかえ。内侍所しるしの御箱失せ給へは此日本は魔界となる。」と、三種の神器は、帝位のしるしだけでなく、国家安泰へ必需のものとして捉えていた。

内侍所を含め三種の神器は、帝位の正統性をあらわすだけでなく、智仁勇の三徳を象徴する。近松は、鼎も三種の神器同様、帝位を象徴し、徳を備えるものとした。金海道は、鼎の徳をもって世を治めるべきだと、六安王をいさめる。しかし六安王は、「末世当代は慈悲仁義もいらず。剣を以てかたはし切取にしくはなし」と徳治ではなく武力で天下を治めることを主張し、剣の鋳造にこだわる。これに、一人の鍛冶が次のように異見する。

そもそも天子将軍の宝剣とは。能きるゝ計を宝とせず。仁の地金義のやき刃。礼と信とをかざりとし智慧の箱におさめ。自衛をもとゝするの徳。たゝかわずして国治り民したがう。されば樊噲は剣を抜いて人は切らず。一曲奏でし舞の手に強敵恐れ退き。（中略）日本には太刀と訓じ。大治とは大きに治まると書文字。此徳を以味方の軍兵に下知し。敵にむかう時は一振の剣千振万振の剣と成て。一度振れば三城をなびけ。二度振れば五城をなびかす。

天子や将軍などの為政者の剣は、「仁義礼智信」の五常の徳が備わるため、武器として用いられなくとも、民が従い、国が治まるだけでなく、外敵からも恐れられるものであると説く。その際、日本の太刀を取り上げ例説する。近松は、「日本には太刀と訓じ。大治とは大きに治まる」と、「太刀」には「大きに治まる」徳が備わるものという意味付けをしているのである。中世以来、三種の神器は「智仁勇」の三徳をもって説明され、近松も「宝剣は勇、神璽は智、我内侍所は仁の鏡。智仁勇の三宝」(『吉野都女楠』)と、捉えていたが、最晩年の作品『唐船噺今国性爺』では、さらに五常の意味を持たせたのである。それは、三種の神器に象徴される徳を為政者は身につけるべきだという、政道についての忠言であったと考えられる。

『栬狩剣本地』には、「弓矢の法」、すなわち武将のあり方が説かれている。侍所の帯刀太郎は、弓矢は「神武不殺の威徳」をあらわし、「凡大将たる身の弓は袋、剣を箱に治ながら、東西南北の敵を鎮め退くる。一帳弓の理に至るを、精兵の射手とも、又は文武両道の弓取とも、是を名付けたり」という。武将は、卓越した知略、武勇を備えながらも、むやみに武力を行使して殺傷しないことをよしとしていた。そうすることで、民が自ら帰服するものだとする。弓や剣を用いず、天下を治めることを、真の弓取といったのである。すなわち、武力を直接用いずとも、世が治まるのを理想の政治と主張していた。

絶筆である『関八州繋馬』においても、「内に仁愛を施し、外厳しく警護せば、刃も用ず徳に随い、自治る道理」と、治世の理想像が明言されている。為政者たる者は、「刀」の力ではなく、仁愛の徳を持って天下を治めるべきであるということを説いており、『唐船噺今国性爺』や『栬狩剣本地』において説かれた為政者のあり方と通じていた。

近松は、日本が神国であり武国であることからくる自国優越意識が広まっていた中、外国を意識しつつ「武の国」日本を描いていた。『国性爺合戦』においては、神威や武威が世に安泰をもたらすものであり、それが外国へも及ぶものとされていた。日本の武威は異国にとって畏怖の対象であったが、『国性爺後日合戦』や『本朝三国志』においては、異国を従え支配するものと描かれる。神代や古代を背景とした『日本振袖始』や『日本武尊吾妻鑑』においては、日本の武威が「剣」に結びつけられ、その威徳が強調されていた。武士が武威をもって支配する近世日本において、近松は、素戔嗚尊や神功皇后に象徴される日本の武威を称えていた。神威、武威により治まる「武の国」日本を、優越意識をもとに描きつつ、実際では武の行使による治世ではなく、「剣」の徳をもって世を治めるべきとして為政者のあり方を説いていたのである。

注

(1) 熊沢蕃山『三輪物語』「神道叢説」(国会刊行会、一九一一年)。
(2) 宮崎安貞『農業全書』「日本経済叢書」巻二(日本経済叢書刊行会、一九一五年)。
(3) 新井白石『折たく柴の記』『戴恩記 折たく柴の記 蘭東事始』「日本古典文学大系」九五(岩波書店、一九六四年)。
(4) 前田勉「近世日本の武国観念」『日本思想史その普遍と特殊』(ぺりかん社、一九九七年)。
(5) 松下郡高『神武権衡録』「日本思想闘諍史料」第四巻(東方書院、一九三一年)。
(6) 前田勉『兵学と朱子学・蘭学・国学』(平凡社選書、二〇〇六年)。
(7) 久堀裕朗「享保期の近松と国家」『江戸文学』三十(ぺりかん社、二〇〇四年)。
(8) 注6前掲書。
(9) 跡部良顕『三種神器極秘伝』「神道叢説」(国会刊行会、一九一一年)。
(10) 山崎闇斎『神代巻講義』『近世神道論前期国学』「日本思想大系」三九(岩波書店、一九七二年)。
(11) 前掲書『神代巻講義』。
(12) 久堀裕朗氏前掲論文。

第三章　近松の浄瑠璃に描かれた台湾――『唐船噺今国性爺』を中心に――

一　はじめに

近松門左衛門の浄瑠璃には、日本だけでなく、中国や台湾を舞台とした『国性爺合戦』（正徳五年［一七一五］初演）や『国性爺後日合戦』（享保二年［一七一七］初演）、『唐船噺今国性爺』（享保七年［一七二二］初演）などの作品も見られる。鄭成功の明朝復興運動における活躍を描いた『国性爺合戦』は、鄭成功が日中混血の実在の人物ということや、鎖国下における人々の外国への好奇心などから、関心を呼び起こし、大好評を得た。

鄭成功は、中国から台湾へ拠点を移して活躍したことから台湾の英雄として名高いものの、『国性爺合戦』では、台湾について描かれていない。後日談である『国性爺後日合戦』は、復興した明が再び韃靼により攻め破られ、台湾（東寧）に立ち退いた鄭成功父子が、韃靼王を討ち取る物語となっている。近松が、台湾を浄瑠璃の舞台としたのは、この作品がはじめてであった。そして、五年後、近松は鄭成功だけではなく、日本とは全く関係のない、実際に台湾で起った朱一貴の乱をもとに『唐船噺今国性爺』を作劇した。

『国性爺合戦』は、鵜飼信之の『明清闘記』（寛文元年［一六六一］）をもとに描かれたものである。(1)『国仙野手柄日記』（錦文流、元禄十四年［一七〇一］初演）などの先行作品もすでに上演されており、近松は、これら刊行された資料をもとに『国性爺合戦』を作劇した。庶民に馴染のある物語を素材としていたのである。一方、『国性爺後日合戦』や『唐船噺今国性爺』は、長崎経由の唐船風説によって作劇されたものと推測されるだけで、(2)直接の典拠は明らかになっていない。朱一貴の乱は、勃発から九ヶ月で『唐船噺今国性爺』として上演されており、近松が海外の情報を、いかに迅速に入手することが可能であったかを示している。

本章では、近松が台湾で起った朱一貴の乱を、作品にいち早く取り入れた点に注目し、（1）江戸時代の文献において、台湾に関する情報がどのように扱われていたのか、（2）近松の作品においていかに台湾が描かれていたのか、（3）近松はいかなる理由で朱一貴の乱を作品化したのか、その背景と意図、そして特徴を明らかにしようとする。

近松の浄瑠璃には、『国性爺後日合戦』や『唐船噺今国性爺』だけでなく、唐を舞台とした『大職冠』（正徳元年［一七一一］初演）、天竺を舞台とした『釈迦如来誕生会』（正徳四年［一七一四］初演）、朝鮮を舞台とした『本朝三国志』（享保四年［一七一九］初演）や、イギリスやオランダ、カンボジアなど国名が言及されるだけの作品もある。(3)近松の作品に描かれた異国については、朝鮮通信使の来日を当て込んで上演された『大職冠』や『本朝三国志』を主とする考察が行われてきた。それらには、挿絵に描かれた朝鮮通信使や、壬辰倭乱（文禄・慶長の役）の文芸化という視点から、近松が持つ朝鮮像についての分析がなされている。(4)『国性爺後日合戦』と『唐船噺今国性爺』は、不評の作品であったために、不十分な研究水準に留まっている。作品の具体的な分析は、典拠の調査を中心として行われているものの、(5)作劇の意図や背景への考察はなされてこなかった。近松が晩年の短期間に台湾を舞台として二つの作品を描いていることを考えると、近松の作劇の意図は、解明されなければならない重要な課題である。

二　江戸時代の文献に見られる台湾情報

浜田弥兵衛のタイオワン事件や、鄭成功の明朝復興への活躍は、日本において台湾への注目を引き起こす十分な契機となった。台湾が地理書に取り上げられたのは、日本初の世界地理書である西川如見の『華夷通商考』（元禄八年〔一六九五〕）が最初である。この書は、宝永五年〔一七〇八〕に『増補華夷通商考』として増補出版される。十八世紀初頭には、さらに寺島良安の『和漢三才図会』（正徳三年〔一七一三〕）、新井白石の『采覧異言』（正徳三年〔一七一三〕）、『西洋紀聞』（正徳五年〔一七一五〕）など、世界の地理を扱った書物が成立する。[6] 如見には、『四十二国人物図説』（享保五年〔一七二〇〕）や、長崎での見聞を記録した地誌『長崎夜話草』（享保五年〔一七二〇〕）などの著作があり、そこには台湾関連の記事が収められている。

近松と同時代の文献には、さらに、風説を集めた『華夷変態』などの幕府による公的な文献を挙げることができる。こうした風説集成書が編纂された背景には、長崎に入港する唐船やオランダ船からもたらされる情報の系統的な収集の制度化があった。[7] 以降、蘭学者・戯作者の森島中良による『紅毛雑話』（天明七年〔一七八七〕）、『万国新話』（寛政二年〔一七九〇〕）など、西洋人の視点が加わった台湾情報や記述の見られる書物が刊行される。[8]

近松が、浄瑠璃に台湾に関する事項を取り入れたのは、『国性爺後日合戦』が書かれた享保二年〔一七一七〕以降である。本節では、上記の文献の中から、近松が作劇した頃には、台湾に関するいかなる情報がもたらされていたのかについて、確認してみたい。

1.『華夷通商考』、『増補華夷通商考』

長崎在住の天文学者である西川如見は、長崎において知り得た世界を広く紹介する目的から、『華夷通商考』（元禄八年〔一六九五〕、二巻二冊）を著述した。[9]宝永五年〔一七〇八〕には、増補版『増補華夷通商考』（五巻五冊）が刊行された。両書は、ともに京都で出版され、海外に関する知識を長崎以外の地へ広く普及させたという点[10]で重要な意義を持っている。

『華夷通商考』は、外国諸国を「中華」、「外国」、「外夷」の三つに分けている。「外国」は「唐土ノ外ナリトイヘトモ中華ノ命ニ従ヒ、中華ノ文字ヲ用ヒ、三教通達ノ国」で、「外夷」は「中華ト差ヒテ皆横文字ノ国」とされる。台湾は、朝鮮、琉球、東京、交趾とともに、「中華十五省」に属しない「外国」として、紹介、説明されている。その中で、台湾は「大寃」として立項され、次のように詳述されている。

此島古ハ主無キ所ナリシニ、何ノ時ヨリカ阿蘭陀人日本渡海ノ便リニ此島ヲ押領シテ城郭ヲ構ヘ、住シテ日本其外ノ国々ヘ此所ヨリ渡海セシヲ、日本寛文ノ比、国性爺厦門ヨリ此島ヲ攻落シ、ヲランダ人ヲ追拂ヒ、国中ヲ治メ、城廓ヲ改メ築テ居住セリ。其子錦舎モ父ノ遺跡ヲ続、一国ヲ治テ明朝ノ代ヲ再興セン事ヲ謀テ終ニ清朝ニ従ハザリシ。其子奏舎、日本貞享元年ニ至テ清朝ニ降参シテ国ヲ退キ渡シテ、其身ハ王号ヲ蒙リ北京ニ住居ス。今此島清朝ヨリ守護ヲ置テ仕配ス。（中略）此島根本ノ名ハ塔伽沙谷也。日本ノ人高砂ノ文字ヲ仮用ユ。或ハ大寃台湾共ニ唐人名ツケタル也。国性爺以後ハ国号ヲ東寧ト改ム。此国中華ノ南方ナルニ東寧ト号スル事、国性爺生国ハ日本ナル故ニ、生国ヲ慕ノ意ニヤト云。（中略）嘗テ不通根本ハ文字モ無之国ナリ国性爺以来ハ漁人猟師ノ外ハ唐人多ク居住ノ故中華ノ風儀ニ習ヒタル者モ多キ由国性爺ヨリ錦舎ノ時ニ至テ此国ヨリ長崎ヘ来ル船多カリシ。[11]

台湾は、そもそも無人島であったのをオランダ人が開拓して、占領し、そこを拠点に貿易活動を繰り広げていた。その後、鄭成功が「復明」の拠点とするため、彼らを追い払ったとしている。鄭成功の死後、子の錦舎（鄭経）が遺志を継いだが、さらにその子の奏舎（鄭克爽）に至って清に降伏し、現在、清朝の支配下にあるとする。国名の「大寃」「台湾」は唐人がつけたものであり、「塔伽沙谷」[12]は日本人が「高砂」からつけたものと説明されている。国名が「東寧」と改められたのは国性爺によるものと記されている。「東寧」という名に関しては、西川如見の別の書『長崎夜話草』にも、「日本を忘れず故郷を祝きし意とかや」と国性爺が日本を慕いつけたものとしていた。

『華夷通商考』は書名のとおり、通商上の観点からの記述であるため、『和漢三才図会』には見られない長崎貿易について触れている。文末に「土産」の品が列挙されているのも、特産品としてではなく、「大寃船」により長崎にもたらされた交易品として示されたものである。台湾は、国性爺の占拠後、長崎との貿易が盛んになったと記される。国性爺に関しては、台湾へ移る前に厦門にて復明運動を繰り広げていたため、「中華」の「福建省」厦門の項でも詳説されている。『華夷通商考』は、国性爺を「明朝の忠臣」や「武略の名将」であると、国性爺に好意的に記述している。[13]蘭学者である森島中良が『紅毛雑話』で、国性爺を「海賊」[14]であると否定的に記述していたのとは対照的である。

『増補華夷通商考』には「地球万国一覧之図」、「中華十五省之略図」などの地図が新たに収められており、台湾に関する地理的位置や、形状などについても、知り得るようになっている。如見の著書における台湾関連記事の比重は、『和漢三才図会』や『采覧異言』、『西洋紀聞』に比べ記事の分量も多く、内容も詳細である。さらに『増補華夷通商考』には、浜田兄弟に関する記事が追加されていた。『華夷通商考』は、長崎に在住していた如見により「通商」を主なテーマとして著述されたものであるため、他の著者に比べ台湾に関する記述が詳細になったものと言える。

2．『和漢三才図会』

『和漢三才図会』は、寺島良安が中国の『三才図会』（王圻）にならって、正徳三年［一七一三］頃に編纂した百科辞書である。同書は、国や人物を「異国人物」（巻十三）と「外夷人物」（巻十四）に分類し、国ごとに人物図を付している。「外夷人物」について「用横文字不識中華文字而食物亦不用箸而手攫食也」[15]と、『華夷通商考』の「外夷」と同様の基準による分類をしているが、『華夷通商考』では「外夷」に分類された韃靼国が、『和漢三才図会』では「異国」に分類されているなど、範疇に入れられる国には異同が見られる。台湾は「異国」に分類されている。

また、巻六十二、六十三には「中華」、巻六十四には、日本、朝鮮、琉球、蝦夷、天竺、北地諸狄、西南諸蠻の地理について記述されている。ここでは台湾は立項されていない。さらに、「華夷一統図」や「北地諸狄之図」などの地図上にも、「琉球」は記されているが、「台湾」は記されていない。典拠となった『三才図会』に立項されていなかったためか、『華夷通商考』に比べ記述の比重は小さいといえる。台湾については、人物図が掲載されるとともに、次のように記述されている。

往古無本主中古阿蘭陀人刼簒之構城郭以為日本通路旅館焉於是有国姓爺云者父則唐人寓居日本長崎生子国姓爺是也住居厦門福建之思明州也。寛文初攻彼島追阿蘭陀人自立為主改建城郭改塔曷沙古為東寧既而国姓爺死。子名錦舎。欲攻滅大清興大明而不従清朝至子奏舎之代戦負降于清退出。清皇帝賜王号徒于北京当貞享元年如今大清置布政司治島也[16]

百科辞書類である『和漢三才図会』における台湾に関する記述は、参考にしていた『増補華夷通商考』に比べ、新たに加えられた内容もなく、より簡略なものとなっている。台湾の人は、「其人品卑賤常裸形」ですごし、狩猟や漁労を生業としていることから、上半身は裸で、猟具を手にした原住民の姿が人物図に描かれている。すでに江戸時代最古の世界地図である『万国総図』（正保二年〔一六四五〕）の「世界人物図」に同様の台湾人物図が描かれていた。後の如見による『四十二国人物図説』においても、弓矢を持った上半身裸の男女が描かれている。[17]江戸時代の人々には、裸で狩猟する原住民が台湾の代表的な人物として捉えられていたのであろう。ただ、『四十二国人物図説』は、ポルトガルやオランダ人が交易相手である諸国の人物を描いたものを、長崎の絵師が模写したものであると跋文に記されており、[18]西洋人のまなざしが映し出された台湾人像でもあった。地理書に合せ、このような人物図の刊行は、庶民社会に海外知識を広め、海外への興味を呼び起こすきっかけとなっていた。

3．『西洋紀聞』

新井白石による、世界地理に関する代表的な著述は、『采覧異言』と『西洋紀聞』である。[19]『采覧異言』は、イタリア人宣教師シドッチやオランダ商館長ラルダインなどから聴取して得た海外の地理、風俗、物産、政治情勢に関する情報に、中国の地図、地理書からの知識を加えた体系的な地理書である。[20]この書は、広く転写され知識人の必読書となったが、そこには台湾に関する記述は見られない。さらに新井白石は、知人に宛てた書簡に非常に簡略な世界略図を描いているが、[21]その中には琉球、呂宋、ジャガダランは記されているものの、台湾への言及は見られない。

『西洋紀聞』も、白石がシドッチを尋問したものをもとに、西洋に関する歴史、地理、慣習、基督教などについて記したものであるが、秘書であったため、限られた人にしか読まれなかった。『西洋紀聞』では『采覧異言』

と異なり、台湾は、「此国の北は、すなわちフルモーザなり。タカサゴの事也。即今の台湾。もとヲ、ランド人の依りし所、今はチイナに属すといふ」[22]と記されている。『増補華夷通商考』や『和漢三才図会』のような詳細な記述は見られないが、これらの書には言及されることのなかった「フルモーザ」というオランダ人のつけた名が取り上げられていた。

白石の著作で、台湾について言及されることは少ないが、白石が台湾に興味を持っていなかったわけではない。朱一貴の乱について記した中国の文献『靖台実録』を入手しており、一読した後に「題靖台実録」として感想を記すなど、同時代の台湾情勢への関心を見出すことができる。[23]白石の朱一貴の乱をめぐる台湾情勢への関心については、四節にて後述する。

4．風説書

十七世紀初頭から、江戸幕府は長崎に入港する唐船やオランダ船がもたらした情報（風説）を通詞に聴取させ、長崎奉行に上達させていた。『華夷変態』は、正保元年［一六四四］から享保二年［一七一七］にいたる風説を集めたものであり、儒者林鵞峯が編纂を手がけ、一子鳳岡がそれを引き継いだ。そして、享保二年以降五年間の風説は、『崎港商説』としてまとめられた。『華夷変態』という書名からもわかるように、この書には、明朝から清朝への交代期の情報が主に記載されている。そのほか、交易や島民（原住民や華人）、反乱関連情報など、所収内容は多岐に渡る。[24]ここでは、『国性爺合戦』や『国性爺後日合戦』、『唐船噺今国性爺』に関連する記述に絞って言及する。

（1）鄭成功関連

『増補華夷通商考』や『和漢三才図会』にも、鄭成功に関する記述が見られるが、風説書には、これらの書には見られない、次のような内容が記される。

鄭芝龍若年の時日本へ渡り肥前の平戸にて履を売て数年逗留す、平戸一官と称す。（中略）明朝の厚恩を報んと欲し、福州に都を立て韃靼を平げて明朝を再興せんとす、然ども兵勢不足なる故、日本の加勢を請んとの志あるに依て、先崔芝が方より書簡を長崎へ遣して、日本の返事を試るなり、崔芝は芝龍が部将なり。(25)

正保三年［一六四六］年の風説書の記事で、崔芝なる者が日本へ軍事的支援を求めた書簡に言及している。所謂「日本乞師」と呼ばれ、鄭一官父子が日本に軍事支援を要請したことを指す。また、貞享二年［一六八五］の風説書には、鄭成功の子錦舎が長崎奉行に送った手紙があり、鄭成功が長崎に預けた多額の銀（「長崎貯銀」）の返還を要請したことが記されている。

（2）朱一貴の乱関連

朱一貴の乱が起こったのは、鄭氏政権が倒れ、台湾が清国の統治下に入っていた享保六年［一七二一］のことである。清代、康熙年間に、当時の暴政に耐えかねた農民らが、朱一貴を首領に蜂起した反乱である。朱一貴は、全島を占領し、自ら中興王と称して、年号を永和と建元したが、約三ヶ月後、討伐軍に敗れ、反乱は鎮圧された。この乱に関する文献は、中国のものとしては『靖台実録』が最も早く、享保七年［一七二二］年二月に刊行されている。日本では、近松の『唐船噺今国性爺』が享保七年［一七二二］年一月に上演されており、その後、享保八年［一七二三］年四月に『通俗台湾軍談』が刊行される。

『唐船噺今国性爺』は、朱一貴の乱後、一早く作品化されたため、いかなる経緯から情報を得て作劇されたのかが注目されてきた。その迅速さから『華夷変態』のような刊行された風説書ではない、別の経緯から入手した風説を基にしたと考えられている。

日本に伝えられた最も早い朱一貴の乱に関する記述は、『崎港商説』巻三（享保六年［一七二一］）の記事である。(26) 六月二十五日に長崎に入港した一七番船寧波船の風説は、福建省治下にあった台湾で反乱が起ったことを伝えていただけであった。首謀者として朱一貴の名前が伝わったのは七月一日に長崎に入港した一九番船南京船の風説によるものである。

然ば当四月のころ、福建の内台湾において、大明洪武帝の末裔の由にて朱一貴と申人、明世に復し申度して謀反を企、大明中興朱一貴と申旗を上げ、弐千余騎程にて打て出、数日合戦に及び、台湾の惣兵欧氏、安兵鎮の副将許氏此弐人を、終に朱一貴方へ打取、四月末に敗陣仕候由承申候。（拾九番南京船之唐人共申口）(27)

享保六年［一七二一］四月、福建省治下の台湾において、明帝の末裔である朱一貴が「復明」を掲げて謀反を企て、官軍である惣兵欧氏、安兵鎮の副将許氏を破った。これは、乾隆『重修台湾県志』に見える欧陽凱と許雲と見られ、風説書がほぼ正確な事実を伝えていたとされる。(28) さらに、反乱の首謀者については、次のような記述が見られる。

右謀反人ハ大明洪武帝之末裔朱一貴と申人ニ而、自順成王と号候由ニ御座候。扨又朱一貴方之軍大将呉二用と申者ハ、百五歳ニ成申候由取沙汰仕候。（「弐拾番寧波船之唐人共申口」船頭鐘觀天）

ここでは、朱一貴が自ら「順成王」と名乗ったことや、軍の大将に呉二用がついていたことが示されている。それは、他の文献には見られない記述であるが、近松の『唐船噺今国性爺』には、取り入られている。この呉二用は、朱一貴の供述書である「朱一貴供詞」によると「呉外」と考えられ[29]、近松は風説書によって伝わった情報を用いて作劇していることがわかる。

『唐船噺今国性爺』では、朱一貴の一味が、軍資金を備えるため民家に押し入ったことが描かれるなど、作品内の多くの箇所が『崎港商説』に収録された内容と近似する[30]。近松が、直接『崎港商説』を閲覧したとは言えないが、このような類似した資料をもとに作劇した可能性は大いに考えられる[31]。

『国性爺後日合戦』と『唐船噺今国性爺』は、風説にのみ近似の内容を見出すことができるのであるが、近松は、主にそれらを晩年すごした大阪の船問屋尼ヶ崎屋吉右衞門の隠居所において、船頭や水主から得ていた[32]。それは、近松と交流のあった広済寺開山日昌上人が尼ヶ崎屋吉右衞門の次男であったという関係によるものとされる。近松が船問屋で海外の情報を得るという状況は、大坂では特別なことではなかったようである。近松以外にも、同時期に大坂で活躍した浮世草子作者の井原西鶴も、作品内に外国の情報源として主に船問屋を登場させ、長崎貿易の様子や唐の商人について数多く描いている。大坂は廻船業者を通じて世界とも繋がっていた都市であり[33]、彼らは作者たちにとって、重要な情報源であったのである。

朱一貴の乱については、随筆『翁草』（神沢杜口）や『月堂見聞集』（本島知辰）にも風説書を引用した記述が見られることから、人々に注目されていたことがわかる。先述したように、白石も深い興味を示していた。それには次のような理由があった。十七世紀後半、幕府は銀銅の流出に危機感を募らせており、銀銅の流出に密接に関係する大陸の動向を把握する必要があった。十八世紀に入っても砂糖や朝鮮人参などの国産化は進まないにもかかわらず、需要は高まる一方であり、輸入に頼らざるをえなかった。吉宗は輸入品の国産化の促進を砂糖から始めようとしていた。だが、朱一貴の乱が勃発したため、砂糖の価格高騰をもたらすだろうと予見し、さらなる海外情報の収集に務めることとなった[34]。朱一貴の乱は日本幕府にとって重要な関心事となっていたのである。

江戸時代、台湾に関する情報は、世界地理書や百科辞書、風説書などによってもたらされた。如見は、長崎に在住していた天文学者という立場から、通商上の関心、学問的な関心から台湾に関する情報を収集、記録していた。良安の『和漢三才図会』における台湾に関する記述は、百科辞書の編纂という意図に沿い、概略的なものとなっていた。白石の著述は、西洋人と直接接した上での海外知識の記述となっており、台湾関連の記事は比重が小さくなっていた。このような編著者の台湾についての関心の度合いは、台湾への言及が見られなかった書物所収の地図からも浮かび上がってくる。

三　近松の作品に描かれた台湾

近松が台湾を作品に描いた享保二年［一七一七］頃には、世界地理書類のほか、風説書など海外事情を記録した書物が集中して成立していた。近松は、これら書物によってもたらされた台湾に関する情報から、何を作品の中で取り上げていたのだろうか。本節では、この点について、見てみたい。

1．台湾の来歴――国性爺による開拓――

国性爺三部作と呼ばれる『国性爺後日合戦』と『唐船噺今国性爺』は、『国性爺合戦』の後日談ではあるが、観客にあまり馴染のない外国を背景にしているために、台湾がどのような国であるのかという説明から始まっている。『唐船噺今国性爺』では、次のように「唐の小唄」の中に台湾の来歴が語られる。

福建省とうたひしは、そのかみ越王勾践の都。大明の洪武皇帝。九州を十三にわかち福建とあらたまる名も塔伽沙谷島。是福建の領内にてもとの名は大寃国。七十年来東寧共百里四方の島国。

近松は、台湾を福建領内の島国「塔伽沙谷島」としている。『華夷通商考』(『増補華夷通商考』)や『和漢三才図会』では、台湾が清の支配下にあると記されていたが、独立した「外国」として扱われていた。『和漢三才図会』の福建の項には、台湾について地図にも記されず、いかなる言及もされていない。風説書の『華夷変態』は、台湾を福建の一部としており、それは、近松が風説書類にしたがって台湾を描いていたことを示しているといえよう。また、「塔伽沙谷島」は、もとの名は「大寃国」であり、七十年来「東寧」とも呼ばれたとしている。さらに「日本から渡り給ふ延平国性爺といふが。此たかさご島をひらき東寧の国とおさめ」と、鄭成功がこの島を開拓し、東寧と改めたとする。

『国性爺後日合戦』にも、国性爺が「東寧」に名称を変更したとの記述が見られる。[35] この国性爺が国名を改めたという説は、『増補華夷通商考』同様、『和漢三才図会』にも見られる。しかし、風説書である『華夷変態』や『通航一覧』、中国側の資料である『香祖筆記』、『台湾府誌』には、国性爺ではなく、子の鄭経が国名を改めたとしている。[36] 近松は、国性爺が「東寧」と名を改めたという説を採用しており、当時日本ではこちらが通説となっていたと見られる。そのほか、近松が、国名の「大寃」や「台湾」は唐人がつけたものであり、「塔伽沙谷」は日本人がつけたものとしているのは、当時の『増補華夷通商考』や『和漢三才図会』などの文献と同じ記述である。

『国性爺後日合戦』および『唐船噺今国性爺』では、台湾について意図的に詳細な説明がなされている。しかし、主のない島を国性爺が切り開いたとしていることは、二節で触れたように、実は先に占領していたオランダ人を、国性爺が追放したものであった。近松がオランダ人について触れていないのは、国性爺の功績を際立たせるためであったのであろう。

近松は、台湾に渡った国性爺を、「田畠のためにこの池をほり。民百姓に慈悲深く。所も繁昌した」（『唐船噺今国性爺』）と、この島の田畑の開拓に力を注ぎ、庶民にも慈悲深く接したため、従う者も多く、国に繁栄をもたらしたと描いている。国性爺が民に慕われていたことは、『国性爺後日合戦』にも描かれている。

延平王国性爺たかさごに在城し。国、民なかば従ひしかば、武具馬具衣服に至る迄。日本の風俗に立返る浦の波。浜表に楼をつくらせ、英雄亭と名付。

台湾では人々が国性爺に従い、日本の風俗が取り入れられているとされる。国性爺は明の復興に尽力したが、その後、明の高官たちから、内裏の造営や婚姻式まで日本風に行うことなどを非難され、台湾へ退いていた。日本風俗の強要を非難され南京を離れたにもかかわらず、国性爺は、台湾においても日本の風俗、儀式を用いている。それを強要ではなく、民が従ったものと明示している。近松は、『国性爺合戦』においても、唐の兵士の髪型や名前を日本風に改めさせており、この点については、先行研究に近松の日本文化優越主義のあらわれであると指摘されてきた[37]。国性爺が台湾において日本風俗を用いたことは、近松が作り上げた話ではなく、近松が『国性爺合戦』を作劇する際に最も参照にした『明清闘記』から取り入れたものであった。『国性爺後日合戦』において、国性爺が日本風俗の強要をしていると明の臣下らに非難される場面は、近松の文化相対主義の姿勢が見られるもので、そこではさらに為政者としての国性爺の民への思いやりのなさが非難されているものであるとの指摘がある。[38]しかし、『国性爺後日合戦』には、国性爺は「民百姓に慈悲深く」、「国、民なかば従ひければ」と、民に慕われている様子が描かれており、非情で冷酷な為政者とは造型されていない。

台湾における日本風俗については、西川如見の『長崎夜話草』に「国姓爺城中のありさま男女の風俗式折節の儀式正朔元三に門戸に松竹を錺り立る事日本の如く祝きしたぐひ鄭成功日本故郷を慕ふの意深かりしと見えたり。是より今に福閩の間正月門松立る所多しと聞伝ふ。[39]」とあり、実際に台湾で日本の慣習が行われたという話を耳にして、近松が取り入れたものと思われる。近松は、国性爺が日本の習俗を台湾の人々に強制的に従わせたものとしてではなく、国性爺が民から慕われた結果、彼らが従ったものであると描くことで、国性爺の功績を称えたのである。

さらに、「殊に此島は日本河集金剛山。千剣破の地理によく似たれば」と、台湾の地勢が日本の地理に似ていると語っている。近松は台湾の面積についても「百里四方」や「百二十里四方」など記していた。近松は、『増補華夷通商考』などの地理書類や、そこに収められている地図から、詳細な台湾の地理的情報を得て、作品に取り入れていたものといえる。

2．金銀の産出事情

近松の作品『国性爺後日合戦』『唐船噺今国性爺』には、『増補華夷通商考』、『和漢三才図会』などの地理書類には記されない事柄が、重要なプロットを形成する要素として取り入れられている。その一つは日本国外への金銀流出についてである。まず、作品では、このような金銀流出が、どのように取り入れていたのかから見ていくことにする。

①殊に金銀すくなき島なれば。武具馬具の用意、城普請かつて調らず。見かけ計の空大名とは此国性爺が事。金銀なくては万事の功立がたく。何とぞ日本の金銀を往来せんため、父一官、商人に交り去年の春より日本に逗留有。折々金銀をひそかに渡し給へ共、中々とぼしきこと。（『国性爺後日合戦』）

②金銀不足の此島国。軍用の為日本へ渡るとは云しかど。本国の宝を一厘も異国の地へうつさんこと。天の咎め神慮恐れ有。折りに幸ひ、六王子が金子を以てたぶらかし。諸人をなつくる邪法に組し。其金子を取て日本よりとて渡せしは、皆国の為世の為、万民の為にこそ身を悪道に沈めつれ。（『国性爺後日合戦』）

『国性爺後日合戦』では、台湾は金銀が産出されない土地として繰り返し表現される。国性爺たちは台湾に籠城するが、金銀が産出されないため、軍の準備ができずに困っていた。①は国性爺の父鄭一官が、軍資金を調達するため、日本へ向かう場面である。近松が、台湾の金銀産出状況に関する情報を、どのように得たのかを示す文献は、管見のかぎり見あたらない。一官が軍資金を求めて、日本に渡る設定は、一官が長崎貿易に携わった人物であることをふまえている。さらに、先述した「日本乞師」や、「長崎貯銀」の返還要求という事実を反映させたものでもあった。(40)

当時、日本は金銀銅など鉱物資源の海外流出という問題を抱えていた。江戸時代、日本の貿易は、生糸、砂糖、薬種を輸入し、対価として銀と銅が使用されていた。(41)②では、台湾だけでなく、日本も金銀が不足している状況であり、一官が日本の金銀を外国へ搬出することを躊躇している様子が描かれている。これについて、国性爺が直面していた困難――特に韃靼国との抗戦――を打開するために、武勇ではなく、経済力、すなわち金銀保有量をいかに増大させるかが、鍵となっていた。『国性爺後日合戦』は、国性爺や錦舎などの韃靼への対抗を主筋にし、当時の日本における金銀の海外流出問題を絡めた物語となっているのである。[42]

白石は金銀の流出を防止するため、「海舶互市新例」を定め、正徳五年［一七一五］に貿易制限を実施した。『国性爺後日合戦』において、一官が神罰が下るといい、日本の金銀の搬出をためらう場面は、このことを反映しているのである。

3．暴政による反乱の勃発――朱一貴の乱――

『唐船噺今国性爺』に描かれた朱一貴の乱については、次節で詳説するため、ここでは、近松が、風説書からいかなる情報を取り入れ、作劇したのかを見てみる。『唐船噺今国性爺』では、次のように、朱一貴の乱の梗概を示していた。

我は楚の懐王の師範呉氏が末孫、呉二用といふもの。今福建の大守六安王おごりを極め。民をしひたげなやまし大きに国をそこなふ。我数百人の門弟に心を合せ、義兵をおこし六安王をほろぼし。民の憂へをひらき万歳をうたはせ。運に乗て南京北京にせめ入。天下一統太平をあらはさんと企つる。哀帝王の相ある朱一貴に。彼宝剣を持たせ大将とするならば、龍に虎の組するごとし。

近松は、朱一貴の乱について、呉二用が福建大守の奢侈や暴政を見かねて反乱を企て、皇帝の末裔である朱一貴が後から加わったものとして描いている。乱の原因となった暴政は、上巻の導入部分において「不日にきつとかへ干し、山を毀埋させよと国守六安王の仰きびしく。龍骨車たてゝ百姓共耕作打やめ賃もとらずの役仕事。」と、民百姓が対価も与えられずに酷使される状況として描かれる。朱一貴の乱の原因について、風説書には反乱の背景についての記述が見られず、近松がどの情報によったのかは明確ではない。作中には、百姓は労働力を搾取されるだけでなく、国守に意見するとその場で処断されるなど、『唐船噺今国性爺』上巻では、主として六安王に虐げられる民の様子が描かれている。

風説書には、乱の首謀者は朱一貴で、呉二用は軍大将と記されていた。『唐船噺今国性爺』では、呉二用を反乱の首謀者とし、明帝の末裔を見つけ出して、力添えを請うものと描きかえている。風説書に、呉二用は百五歳と記されていることから、近松は翁として描いていた。また、近松は、風説書に見られる「苗景龍」や「馬定国」、「欧陽凱」などを、「英景龍」や「馬府官」、「欧陽鉄」と名前を変更して登場させている。風説書によると、苗景龍、馬定国、欧陽凱は官軍側の人物で、朱一貴勢力に討ち取られていた。近松は、欧陽凱のほかは六安王側の人物として描くなど、風説書のまま登場させてはいないが、作劇の際、登場人物について、風説書から多くのヒントを得ていたことがわかる。

先述したように、朱一貴の一味が、軍資金を集めるため、民家に押し入ったという記事が風説書に収められており、近松はそれを次のように取り入れている。

> 官府民家のわかちなく、毎夜毎夜忍び入り財宝を奪ひとり、君が出陣の料にあつる。（中略）おもき金袋。わけて持たさば百人前。（中略）陳六官と申す商人。此春長崎へ渡り商売首尾良く、昨日帰りしところへ仕掛け、売り溜めの金銀根からごつそり。

挙兵した一味は、強盗、強奪など不正な手段を取って軍資金を集めており、その例として、長崎から戻ってきたばかりの商人を襲ったことが描かれていた。百人が分けて持つほどの金銀を強奪してきたとしており、そこには、当時の長崎貿易が繁昌していた様子が反映されていた。この場面には、貿易によって日本から大量の金銀が海外へ流出されているということが描き込まれていた。あえて不正な手段を描いているのは、『国性爺後日合戦』で、一官が日本から金銀を持ち出せず、不正な手段を用いて軍用金を集めていたのと同じ設定なのである。それは、正当な手段では資金の獲得が不可能なほど、日本でも台湾でも金銀は不足していたことを示している。近松は、作品の中で、台湾について描きながら、江戸幕府が直面する金銀の不足という深刻な問題を照らし出していたのである。

台湾の情報は享保五年［一七二〇］を前後した時期に集中してもたらされていた。近松は、『増補華夷通商考』や『和漢三才図会』などから、台湾に関する来歴や国性爺の活躍などの情報を取り入れていた。その際、オランダ人の存在をあえて触れないまま、国性爺が台湾を開拓し、繁栄をもたらした点を強調し、国性爺の功績を際立たせていた。一方、当時白石や幕府が取り組んでいた海外への金銀流出問題については、風説類から情報を入手し、金銀の保有が国力であると暗にあらわしていた。近松が、新井白石や吉宗など幕府の動きをどの程度正確に把握していたかは知りえない。だが、晩年の作品には幕府の政策に対する批判などが繰り返し見られることから、近松が幕府の動向に強い関心を抱いていたことは確かであった。近松が、同時代の海外情勢をいち早く取り入れて作劇した背景には、彼の幕府に対する批判的な問題意識があったといえよう。

四　『唐船噺今国性爺』と朱一貴の乱

本節では、近松が起って間もない朱一貴の乱を作品化した意図について、考察を加えてみたい。

1.『唐船噺今国性爺』に描かれた朱一貴の乱

まず、『唐船噺今国性爺』のあらすじを記しておく。

上之巻　国性爺が田畑用に掘らせた福建省の松浦が池を、国守六安王が埋め立てようと百姓を酷使する。その時、池の中から三足両耳の鼎があらわれる。六安王は帝位簒奪の謀反を企てており、その成就をたくすため、鼎の地金で剣を鋳させる。忠臣欧陽格子が諫言するが、無惨に殺害される。

中之巻　鍛冶の桃民氏は、六安王に三振りの利剣を打ち上げることを命じられている。そこへある老翁（呉二用）が訪れ、天子の宝剣を持ち去ろうとする。老翁は桃民氏の一子、一貴の面相を一見し、景泰王の王子であると見抜く。呉二用は義兵をおこし、六安王を滅ぼす企てであることを一貴に語り、立ち去る。母や継父の犠牲により、奉行馬府官を殺害し、宝剣を持って呉二用のいる芙蓉岳へと向かう。

下之巻　芙蓉岳で、一貴は呉二用や欧陽鉄、斉万年と合流し、六安王を滅ぼす。一貴は、即位を促され、順成王と号する。

『唐船噺今国性爺』では、史実とは異なり、朱一貴の乱は成功した反乱として描かれる。通常、浄瑠璃では、謀反や反乱は、善側と対立する悪側によって企てられるものである。これらが平定されることにより、浄瑠璃は世に安定を取り戻すという基本構想を持つ。しかし、『唐船噺今国性爺』は、反乱について悪側が起こしたものとしては描いていない。反乱を主導した呉二用は、中之巻になって突如老翁として登場し、朱一貴は鍛冶の息子として現れるなど、忠臣といった善側の人物としては描かれていない。朱一貴は明帝の末裔という自らの出自を知ったことで、反乱に加わっただけであった。

『国性爺合戦』の場合、韃靼により明朝にもたらされた危機は、忠臣鄭一官や国性爺の奮闘と、母、義姉の犠性により、回復するものと描かれる。一方、『唐船噺今国性爺』は、反乱を善悪の対立構図を持たないものとして描き、浄瑠璃の定型的な構図を否定している。最初から秩序の保たれた安定した世界を設定しないまま、善の側による反乱が描き出されていた。そこには、悪に属しない者が起した乱、そのものへ近松の関心があったのであろう。

先述したように、『唐船噺今国性爺』における朱一貴の乱は、史実に反して、成功したものと描かれる。実際、朱一貴が拿捕されたのは七月のことであり、それは、近松の耳にも入っていただろう。知ってはいながらも、「後度の軍の最中唐土人の物語、唐と日本はへだたれど、（中略）今国性爺の切浄瑠璃。語り伝えて末長く千秋楽とぞいわひける」と、未だ健闘中であるとして、第二の国性爺の活躍を応援していた。一方、この乱を題材とした小説『通俗台湾軍談』では、朱一貴を明の太祖朱元璋の後胤であり、英雄として造型している点では共通しているが、乱そのものを成功したものと描いていない。反乱を成功させると描いたことに、近松独自の作劇の意図があったのである。近松は晩年の作品に幕政への強い批判をあらわしていた。善側の人物による反乱の成功を描くことは、幕府への警告という意図があったのではないだろうか。

2．近松晩年作品の特徴から見る『唐船噺今国性爺』

『唐船噺今国性爺』は、近松最晩年の作品であり、この時期の作品に見られる特徴が強く表れている。(43) 第一の特徴として、外国への関心が示されていることである。台湾を舞台とした『唐船噺今国性爺』のほか、朝鮮通信使や、密貿易、鄭成功などを素材や背景にした、『本朝三国志』や『博多小女郎波枕』（享保三年［一七一八］初演）、そして『国性爺合戦』、『国性爺後日合戦』などの国性爺物がある。第二に、日本への関心があらわれていたことである。神話や古代の天皇を素材とした天皇劇が作られ、作品内には日本のアイデンティティへの関心や日本の優越意識が示唆される。特に『国性爺合戦』には、他民族への日本風俗の強要など日本の優越意識が強く示される。『日本振袖始』や『日本武尊吾妻鑑』のような神代や古代を背景にした作品には、三種の神器や、慣習の起源などについて説く場面が設けられており、日本の起源への関心が如実に示されている。『唐船噺今国性爺』では三種の神器のうち剣についてとりあげられている。

第三に、反乱・謀反への関心から、謀反劇が増えていたことである。正徳四年〔一七一四〕以降の近松の晩年作品では、謀反が劇の展開に重要な役割を果たしている。例えば、『国性爺合戦』は、韃靼国と内通する明の右将軍李蹈天の謀反を、『聖徳太子絵伝記』は、守屋の王位簒奪の企てを描いている。天皇劇に分類される『日本振袖始』では、奸臣鰐かせがスサノオノミコトに謀反を促し、『井筒業平河内通』でも、惟喬・惟仁親王の王位継承問題を劇化している。『日本武尊吾妻鑑』においても、大碓尊が王位を狙うなど、天皇劇のほとんどが、王位簒奪を企てる謀反劇として構成される。

謀反は、説経節、幸若舞、能では見られないが、近世以降、浄瑠璃において主要な事件として頻繁に登場する。(44)特に近松の浄瑠璃では、謀反劇が描かれた二十二作品のうち十四作品が後期に集中的に書かれている。初期の謀反劇は単純な善悪の対立構図を持ち、悪側の人物が超人間的な性格を持つ者として造型されていたが、後期の謀反劇では謀反を起こす背景、理由が説明されることで、「悪」は「善」と区別しがたいものとなっていた。謀反を起こす者も、あるものに非常に強く執着した結果、超人間的な能力を持つ、存在感の強い人物として描かれる。(45)『傾城島原蛙合戦』や『唐船噺今国性爺』に登場する反乱の首謀者が、英雄として理想的に造型されていることも、近松の後期謀反劇の特徴といえる。

第四に、世話浄瑠璃だけではなく時代浄瑠璃においても、比較的近い過去に起った事件を素材としていることである。例えば、赤穂事件を四年後にとりあげた『碁盤太平記』、正徳三年〔一七一三〕年に起った江島生島事件を素材にした『娥歌かるた』などである。反乱を素材としたものには、『唐船噺今国性爺』のほか、寛永十四年［一六三七］に起った島原の乱を素材とした『傾城島原蛙合戦』（享保四年［一七一九］初演）がある。

第五に、社会、政治への関心が現れていることである。近松の態度には、幕府への批判のみならず、白石の政策への支持を見て取ることができる。『唐船噺今国性爺』の上演当時、八代目将軍吉宗へと代替わりしていた。近松は、『相模入道千疋犬』では、文治主義と呼ばれた正徳の治を推進した新井白石を評価し、幕政に期待を寄せていた。しかし、近松は、白石を罷免し、諸政策を修正した享保の改革について、晩年の作品でことごとく非難していた。正徳の治から享保の改革にいたる政治への近松の姿勢は、理解・期待から批判に変化していた。

『国性爺合戦』に描かれた明の政情は、当時日本の政治・社会の現状が映し出されたものであった。(46)『唐船噺今国性爺』も同様なのである。『唐船噺今国性爺』に描かれた、酷税（年貢は一粒も残さず虐たげ取、毎日毎日役にさされ）、労働搾取（百姓共耕作打やめ賃もとらずの役仕事）、武断政治（末世当代は慈悲仁義もいらず、剣を以かたはし切取にしくはなし）などを、当時の幕府の政策への不満をあらわす例として挙げることができる。

晩年の作品において、近松による幕政批判は、為政者のあり方を説く語りのなかで、強く示唆されてきた。例えば、『国性爺合戦』では、忠臣の言葉を以て、国を治める者の姿勢について説かれている。次の引用は、韃靼からの無理難題の要求を受け入れるよう勧める李蹈天に、忠臣呉三桂が反駁する場面である。韃靼に内通する李蹈天は、密かに飢饉の際に食糧の援助を受けた恩を理由として、申し出に従うべきだと主張した。ここで、呉三桂は、明が困窮に陥った理由について、次のように語る。

民疲れ飢に及ぶは何ゆゑぞ。上によしなき奢りをすゝめ、宴楽に宝をつひやし民百姓を責めはたり己が栄花を事とする。その費えをやめたれば五年や十年養ふに事をかゝぬ大国の徳。

民が疲弊しているのは、上は奢侈を極め、酒宴、乱舞の享楽に散財するためで、大国の徳というのは、飢饉などは十分に乗り越えられる蓄えがあるものだという。初段の導入部分には、明の繁栄ぶりを、南京城の絢爛豪華な装飾や、珍物を尽くした貢ぎ物、豪華な遊宴の様子を描くことであらわしていた。そこには、玄宗皇帝を引き合いに出し、没落が暗示されていた。呉三桂は、李蹈天が皇帝に奢侈や酒色遊宴をすすめ、政務をおろそかにさせるのは、謀反という目的があるためと諫言する。「一家仁あれば一国仁をおこし一人貪戻なれば一国乱をおこすといへり」と、臣下に欲深く不正腐敗した者がいると、反乱がおこる恐れがあると警告していたのである。結局、その諫言を聞き入れなかった思宗烈帝の死により、大明は滅亡する。

近松は「両臣政ただす我が国は千代万代も変るまじ」、「げに佞臣と忠臣の表は似たる紛れ者。目利を知らぬ南京が君が栄華ぞ例しなき」と、繰り返し、為政者に忠臣と佞臣の分別力をもつ必要性を強調している。明は、忠臣による諫言を聞き入れず、不正腐敗を剔抉できなかったことで、国の滅亡につながったのだとしている。近松は、外国で起った反乱を、日本への忠告として描いていた。同じ姿勢で描かれたのが、『唐船噺今国性爺』なのである。作中には、次のように、忠臣や民から為政者への忠告が描かれる。

そもそも天子将軍の宝剣とは。能きるゝ計を宝とせず。仁の地金義のやき刃。礼と信とをかざりとし智慧の箱におさめ。自衛をもとゝするの徳。たゝかわずして国治り民したがふ。（中略）日本には太刀と訓じ。大治とは大きに治まると書文字。

「剣」は武威をふりかざすためのものではなく、剣を「仁義礼智信」の五常をもって、自衛のために用いれば、自ずと国が治まるものとしている。六安王は、百姓に埋めたてさせていた池から出た鼎の地金で、帝位を奪う望みを遂げる雄剣三振りを鋳させていた。そのことを、鍛冶の桃民氏が諫めた言葉である。従事官の金海道は、この鼎は秦の始皇の代に失われた御宝で、日本の「内侍所」と同じものと説明していた。ここでは、正統たる帝の証である三種の神器のひとつである剣をもって、武家政権の為政者のあり方を説いている。これは、側近政治を排除し、将軍親政を取り、幕府の権威と統制力を高めるため、武断政治を展開しようとする吉宗への痛烈な批判と読むことができる。

『唐船噺今国性爺』以降、世話物の『心中宵庚申』や最終作『関八州繋馬』には、たてつづけに、幕政への批判、理想的な為政者像が打ち出されていた(47)。『関八州繋馬』では、「内に仁愛を施し。外厳しく警護せば刃も用ず徳に随ひ。自治る道理。」と、治世の理想像が明言されている。為政者たる者は、「刀」の力ではなく、仁愛の徳を持って天下を治めることを説いており、『唐船噺今国性爺』において、説かれた為政者のあり方と一貫していた。

『唐船噺今国性爺』は、近松の晩年の作品の特徴のすべてが集約されていた作品であった。特に、外国への関心や幕政への批判精神が高まっていた頃に『唐船噺今国性爺』は作られていた。近松は、実際に海外で勃発した反乱にいち早く注目し、劇中で成功した反乱として再現させることで、幕政へ忠告したといえよう。

五　おわりに

本章では、近松門左衛門が台湾を素材とした浄瑠璃を分析し、近松が台湾をどのように描き、また、いかなる理由で作品化したのか、その背景と特徴について考察した。その過程で、江戸時代には台湾に関するいかなる情報がもたらされていたのかについても、明らかにした。

近松が台湾について描いたのは、鄭成功が活躍の場を台湾に移した『国性爺後日合戦』と、朱一貴の乱を扱った、『唐船噺今国性爺』である。当時、日本は台湾や中国などの海外情報を『増補華夷通商考』や『和漢三才図会』などの地理書、百科辞書類や、「唐船風説書」を通じて入手していた。近松は、これらも参照にしていただけでなく、大阪の船問屋尼ヶ崎屋吉右衛門の隠居所に出入りする船頭や水主から、風説を得ていた。

近松は台湾の由来、国名などの基本的情報は、地理書や百科辞書類に依拠し、ことさら国性爺の功績を際立たせていた。当時、幕府が取り組んでいた海外への鉱物資源流出問題に関する情報や、朱一貴の乱などの海外情勢について、風説類から情報を得ることで、過去の話ではない台湾の現状を描きつつ、同時代日本の問題を浮き彫りにしていた。

近松の晩年には、反乱、謀反を素材とした作品が集中して作られる。海外への関心だけでなく、政治や社会への関心が作品にも現れた時期でもあった。その中で、近松は、日本と全く関わりのない朱一貴の乱に、いち早く関心を抱き、『唐船噺今国性爺』として、作品化した。それは、当時の幕政への批判、風刺として、海外で勃発した反乱を劇中で再現し、反乱を成功したものと描くことで、幕政へ警告したのである。すなわち、為政者への忠告の表現であったといえ、ここに近松の晩年の作品における最も大きな特徴が見出せる。

以上の点を踏まえ、今まで十分に注目されてこなかった『唐船噺今国性爺』は、近松の晩年を代表する作品として、あらゆる角度から分析・検討し、再評価されなければならない。朱一貴の乱については、白石だけでなく、神沢杜口や本島知辰、大田南畝などの識者も興味を示していた。彼らがいかなる理由からこの反乱に強い関心を抱き、どう捉えていたのかについては、本稿では論じることができなかった。さらに、通俗軍談物の『通俗台湾軍談』への影響関係や、当時日本には伝来していなかった『水滸伝』との趣向の類似性に関する解明は、今後の課題としたい。

注

（1）野間光辰「『国姓爺御前軍談』と『国姓爺合戦』の原拠について」（『京都帝国大学国文学会二十五周年記念論文集』一九三四年四月）、「『明清闘記』と近松の国姓爺物」（『国語国文』一九四〇年三月）。
（2）中村忠行「『台湾軍談』と『唐船噺今国性爺』」（『天理大学学報』一九七〇年三月）、中村忠行「『台湾軍談』と『唐船噺今国性爺』補正」（『山辺道』一九）、諏訪春雄「国性爺三部作」（『近世芸能史論』笠間書院、一九八五年）、松本新八郎「国性爺合戦――その民族観について」（『日本古典文学大系』月報二八、一九五九年）。
（3）原道生「近松の対「異国」意識」（『国文学解釈と教材の研究』學燈社、二〇〇〇年二月）。
（4）原道生氏前掲論文、崔官『文禄・慶長の役〔壬辰・丁酉倭乱〕文学に刻まれた戦争』（講談社、一九九四年）、朴麗玉「近松の作品と朝鮮通信使――「大職冠」の場合」（『国語国文』二〇一一月三月）。
（5）『台湾軍談』と『唐船噺今国性爺』」（『天理大学学報』一九七〇年三月）、諏訪春雄氏前掲書、松本新八郎氏前掲書。
（6）荒野泰典「近世の対外観」（『岩波講座日本通史近世（3）』第十三巻、岩波書店、一九九四年）。
（7）荒野泰典『近世日本と東アジア』（岩波書店、一九八八年）。
（8）江戸時代における台湾の情報収集に関しては、田中梓都美「台湾情報から台湾認識へ」（『東アジア文化交渉研究』四号）、に詳しい。横田きよ子「日本における「台湾」の呼称の変遷について」（『海港都市研究』四号、二〇〇九年三月）。
（9）荒野泰典「近世の対外観」（『岩波講座日本通史近世（3）』第十三巻、岩波書店、一九九四年）。
（10）川村博忠『近世日本の世界像』（ぺりかん社、二〇〇三年）。
（11）『増補華夷通商考』滝本誠一編『日本経済叢書』巻五（日本経済叢書刊行会、一九一四年）。
（12）元禄四年［一六九一］年に刊行された、石川流宣の「日本海山潮陸図」では「大寃」に「たかさご」と読みが記され、『増補華夷通商考』では「塔伽沙谷」、『和漢三才図会』では「塔曷沙谷」と表記されているなど、表記は様々であったようである。
（13）田中梓都美氏は「通史的な側面をもって記しているが、彼が用いた言葉に注意して読むと、鄭氏寄りに記されていることがわかる。」とする。田中梓都美氏前掲書。
（14）森島中良『紅毛雑話』巻三（九州大学デジタルライブラリー）「其島を支那の海賊に襲取られたりといふ。是国姓爺成功の事なり」http://record.museum.kyushu-u.ac.jp/komozatu/page.html?style=b&part=3&no=10（検索日、二〇一四年三月三〇日）。

(15) 寺島良安『和漢三才図会』(上)(東京美術、一九七〇年)。
(16) 寺島良安前掲書。
(17) 西川如見『四十二国人物図説』国文学研究資料館所蔵。
(18) 川村博忠氏前掲書。
(19)『西洋紀聞』、『采覧異言』ともに、その成立は一七二四年か一七二五年頃と見られている。川村博忠氏前掲書。
(20)『国史大辞典』六(吉川弘文館、一九八五年)。
(21) 川村博忠氏前掲書。
(22) 新井白石『西洋紀聞』(岩波書店、一九三六年)。
(23) 中村忠行「『台湾軍談』と『唐船噺今国性爺』」(『天理大学学報』一九七〇年三月)、新井白石『新井白石全集』巻五(国書刊行会、一九七七年)。
(24) 三藩の乱、武昌の乱、朱一貴の乱など。
(25) 林春勝ほか編『華夷変態』(東洋文庫、一九五九年)。
(26) 松浦章「清代台湾朱一貴の乱の伝聞」(『海外情報からみる東アジア』清文堂出版、二〇〇九年)。
(27) 林春勝ほか編『崎港商説』『華夷変態』(東洋文庫、一九五九年)。
(28) 松浦章氏前掲書。
(29) 松浦章氏前掲書。
(30) 台湾ニ籠居候者共、元より下輩之者共ニ而、士卒江與候粮米、其上銀之、僅之給分も與不申候故、民家に押入などいたし候躰ニ而(「弐拾四番南京船之唐人共申口」)。
(31) 随筆『塩尻』にも、同様の記述が見られ、風説書をもととして綴られた俗間の風説書を近松などが参照にしていた可能性がある。中村忠行「『台湾軍談』と『唐船噺今国性爺』補正」(『山辺道』一九号、一九七五年)。
(32) 松本新八郎氏前掲論文。
(33) 位田絵美「西鶴の描いた「異国」」(『国文学解釈と鑑賞　別冊――西鶴・挑発するテキスト――』二〇〇五年三月)。
(34) ロナルド・トビ『「鎖国」という外交』(『日本の歴史』九、小学館、二〇〇八年)。
(35) 我領分大寃百廾里四方。主もなき離れ島。我切取て地をひらき一城をかまへ置。文字を東寧と改めたかさごと読ませたり(『国性爺後日合戦』)。

(36) 田中梓都美氏前掲論文、横田きよ子氏前掲論文。ただ、『華夷変態』も時期によって、記述が異なり、鄭成功と鄭経のどちらかは混同がある。
(37) 久堀裕朗「享保期の近松と国家」(『江戸文学』三〇、特集近松、ぺりかん社、二〇〇四年)。
(38) 久堀裕朗氏前掲論文。
(39) 西川如見『長崎夜話草』巻三、『長崎夜話草』は享保五年［一七二〇］の刊行なので、直接の典拠ではないが、台湾において日本の慣習が用いられているという話を、近松が聞いたものとも思われる。
(40) 『華夷変態』の万治元年［一六五八］の記事に「錦舎鄭経ヨリ長崎ノ奉行へ贈ル書簡ノヤワラゲ」という文章が記載されている。
(41) ロナルド・トビ氏前掲書。
(42) 内山美樹子「『国性爺合戦』と『曾我会稽山』」(『浄瑠璃史の十八世紀』勉誠社、一九八九年)。
(43) 平田澄子「竹田出雲と筑後掾」(『岩波講座文楽歌舞伎近松の時代』第八巻、岩波書店、一九九八年)、アンドリュー・ガーストル「義太夫没後の近松」同書、白方勝「近松時代浄瑠璃の特色」(『講座元禄の文学　元禄文学の開花』第四巻、勉誠社、一九九三年)、原道生「近松の浄瑠璃とその周辺」(『日本文芸史　近世』第四巻、河出書房新社、一九八八年)、久堀裕朗「近松時代浄瑠璃に描かれる悪」(『国文学論叢』三号、一九九九年一一月)、近松古代史話会「近松の古代史」(『歌舞伎研究と批評』八号、一九九二年一月)。
(44) 二川清「謀反劇と近世」(『歌舞伎研究と批評』一〇号、歌舞伎学会、一九九二年一二月)。
(45) 拙稿「近松浄瑠璃における「執念」「執着」」(『国語と国文学』二〇〇六年二月)。
(46) 内山美樹子氏前掲論文。
(47) 白方勝「享保の改革と近松」(『近松浄瑠璃の研究』風間書房、一九九三年)、拙稿「지카마쓰의 조루리에 나타난 막부비판（近松の浄瑠璃にあらわれた幕府批判）」(『일본연구（日本研究）』四四、二〇一〇年六月)。

第三部　時代浄瑠璃における先行作品の摂取・展開

第一章　近松浄瑠璃の十二段物

一　はじめに

十二段物とは、浄瑠璃の起源といわれる『浄瑠璃物語』（『十二段草子』・『浄瑠璃十二段』）に取材した作品を指す。(1)『浄瑠璃物語』は諸本に多くの異同が見られ、その原型について諸説があるが、浄瑠璃姫の申子譚（「申子」）、浄瑠璃姫と御曹司牛若の恋の物語、吹上の浜における牛若の蘇生譚（「吹上」）、浄瑠璃姫の成仏譚（「五輪砕」）により構成されている。『浄瑠璃物語』は語句の変更や挿話の出入りなど、様々な形で変化していく。最も著しい変化に義経説話の面の強調があり、『ふきあげ』（長門掾正本）や『ふきあけひてひら入』（慶安四年〔一六五一〕・江戸伊勢嶋宮内正本）のように、源氏の氏神である正八幡大菩薩の利生譚を描く一部分を抜き出した形としても語られてきた。(2)

『浄瑠璃物語』が近世的成長を遂げることとなった転機の一つとして、室木弥太郎氏は「江戸の肥前掾や土佐少掾がとりあげ、筋立ての上で変化が生れた」ことを指摘している。(3)肥前掾や土佐少掾の語った古浄瑠璃『源氏十二段』には、(4)牛若が平家追討を謀り吉次と奥州へ下向する場面、そして、その下向途中盗賊を退治する場面など、従来の『浄瑠璃物語』には見られなかった場面が、初段、二段目に新たに付け加えられている。また、肥前掾正本では五・六段目が「吹上」であるが、土佐少掾正本においては、「吹上」を板鼻の宿で牛若が伊勢三郎や弁慶に出会う場面や、奥州で秀衡に対面することへと変化させている。これらは、多少の違いはあるが、すでに軍記物語などに描かれている場面でもあり、『浄瑠璃物語』では貴公子的な人物として登場していた牛若を、『源氏十二段』では天下平定を目指す武将として描き出そうとしたものと思われる。結果、『浄瑠璃物語』は部分的に挿入されるにとどまっている。このように、浄瑠璃において次第に『浄瑠璃物語』は縮小された形で部分的に採り入れられるか、または「忍びの段」など恋慕の場面に趣向として用いられるようになる。

それでは、近松の十二段物はどのように『浄瑠璃物語』を継承しているのだろうか。『浄瑠璃物語』では、貴種流離譚として、牛若が鞍馬から奥州への下向途中、吉次に下人として酷使されるなど牛若の苦難が描かれる。また、浄瑠璃姫は母矢矧の長者に牛若との仲を反対されて死に追いやられるなど、二人の恋は悲恋として描かれている。しかし、近松の十二段物では、牛若は吉次の下人ではなく、また、浄瑠璃姫も牛若との恋を母に反対されていない。

近松の伝説継承の特色として、本来主人公と対立する人間を、協調ないし同調関係に置き換える方法があると指摘されている。[5]『浄瑠璃物語』において、吉次と矢矧の長者は、敵役や対立する人物とまではいえないが、同調的ではない人物として登場していた。

本章では、近松がこの二人を牛若と浄瑠璃姫側の人物として描いている点に着目し、その人物像の先行作との相違、また、劇展開の相違について考察する。なお、本章で扱う近松の十二段物は、『てんぐのだいり』[6]（延宝五年［一六七七］七月初演）『十二段』（元禄十一年［一六九八］以前初演）『孕常盤』（宝永七年［一七一〇］閏八月初演）『源氏れいぜいぶし』（宝永七年［一七一〇］初演）である。[7]

二　近松以前の吉次と浄瑠璃姫の母長者

まず、吉次と浄瑠璃姫の母長者が先行文芸や芸能でどのように造型されているのかを確認しておく。

牛若が金売吉次とともに奥州へ下ることは、『平治物語』や『平家物語』、あるいは『義経記』『異本義経記』などの軍記物語にも記述が見られ、謡曲『烏帽子折』、幸若舞曲『烏帽子折』、古浄瑠璃などにも繰り返し採り入れられているが、牛若が吉次と奥州へ下る経緯や吉次の牛若への態度という点では、それぞれの作品に違いが見られる。

『平治物語』下巻「牛若奥州下りの事」では、

其比、毎年陸奥へ下る金商人、常に鞍馬へまいりけり。沙那王が坊主を師とたのみけり。沙那王、近付よりて、「われを奥州へ具して下れ。ゆゝしき者を壱人しりたり。金二三十両、こふてとらせん」とかたらひければ、「うけ給はり候ぬ」と約束す。（傍線引用者、以下同じ）

と、牛若の方から積極的に、褒美を取らせてやると金商人吉次に同行を頼んでいるが、[8]一方、『義経記』巻第一「吉次が奥州物語の事」では、

あら美しの稚児や、いかなる人の君達やらん。（中略）この山に左馬頭殿の君達のおはするものを、まことやらん。（中略）拐ひ参らせ、秀衡の見参に入り、引出物取りて徳付かばやと思ひ御前に畏まりて申しける

は「君はいかなる人の君達にてわたらせおはしまし候ふやらん。これは京の者にて候ふが、金を商ひて毎年奥州へ下る者にて候。奥の方に知ろし召したる人や御わたり候ふらん」と申しければ、「片ほとりの者なり」とばかり仰せられて、御返事もし給はず。

と、秀衡から報償を得ようと企む吉次の方から牛若を誘っており、牛若の方は様子を窺うだけである。また、『平家物語』、『源平盛衰記』、『浄瑠璃物語』、幸若舞曲『烏帽子折』などでは、このような経緯は記されていないが、吉次の下人となり奥州へ下る牛若がみじめな姿として描かれている。(9) 特に、幸若舞曲『烏帽子折』では、吉次は元服した牛若に「今日よりして吉次が太刀を担いで奥へ下り候へ。其否と思ひなば是より都へ上られ候へ」と命令したり、途中の宿では牛若に酌をさせ、不調法をすると「不覚の者が。人の御前の御酌をば、さやうに給はるものか。奇怪なり。罷り立て」と叱りつけるなど、酷く下人扱いしている様子が窺える。(10) この牛若が吉次に酷使される関係は『ふきあげ』、『ふきあけひてひら入』などの古浄瑠璃へと引き継がれている。

これが変化を見せるのが『源氏十二段』である。先述したように、初段には十二段物として新しく筋が付け加えられており、秀衡に依頼された吉次が牛若に秀衡勢について語り、奥州へ下ることを説得することが主に描かれている。(11) そして、初段末尾は、「かの信高がいさめのほど、めづらか成ける心底やと、貴賤上下おしなべて、皆感ぜぬ者こそなかりけれ」と、吉次（信高）の言動を讃える言葉で結ばれ、(12) 人買い同然に描かれてきた吉次はここで、牛若が平家追討を思い立つ契機となった人物とされている。これは『義経記』において、吉次の奥州物語を聞いた牛若が奥州へ下ることを決意する場面を採り入れたものであろう。『義経記』では、吉次ははじめこそ人買い同然の様子を見せるが、言葉巧みに奥州や源氏の功績を語ることによって、牛若に鞍馬出を決心させるに至ったものと描かれているのである。

二段目では、先行作と同様に牛若は吉次の太刀を持ち奥州へと下るが、ここでは「平家の見る目もつゝまし」と、平家に咎められないためとの理由が付けられている。商人の刀を担ぐことについては、幸若舞曲『烏帽子折』では、「世は末世に及ぶといへど、日月はいまだ地に落ちず。天上の唐錦下って、田舎に交はる事なし。何として源氏の嫡々が、浮き世を渡る吉次が太刀を持たうぞ」と、牛若にとって非常に屈辱的なものとして描かれている。これに対し、『源氏十二段』では、太刀を担ぐ様子を「いたはしやな牛若君」と不憫なものとはしているが、幸若舞曲『烏帽子折』のように、貴種流離譚における苦難の一つとはしていない。『源氏十二段』での秀衡の依頼による吉次の奥州下りへの誘い、そして、平家の目を憚るために太刀を担ぐことなど、吉次を牛若側の人物として描いたことにより、かつて『浄瑠璃物語』が持っていた貴種流離譚という性質から離れていく結果となっている。

一方、浄瑠璃姫の母長者については、吉次のような変化は見られない。MOA美術館蔵絵巻『上瑠璃』には

いかなる大名をも婿にとらんと思ひしに、思ひのほかにひきかへて、金売吉次が供をする馬追冠者に一夜の契りをこむるさへ、よに口惜しく思ひしに、ましてあとを慕ふ事、無念、たぐひはなかりけり。此御所にかなふまじ、いづくへなりとも、まぎれゆけ。

と、長者は姫が商人の供をするような者と契ったことに腹を立て、娘を笹谷の山奥に追放している様子が描かれている。赤木文庫旧蔵写本『しやうるり御せん物語』、古浄瑠璃『やしま』、『下り八嶋』にも、長者の不興により姫が追放され、死に追いやられたとある。(13) また、浄瑠璃姫の成仏譚である「五輪砕」は、瀧野検校直伝の五部の本節と伝えられており、(14) 浄瑠璃姫が母長者によって追い払われ、死に至ったと広く語られていたことがわかる。

これらの作品の中には、赤木文庫旧蔵写本『しやうるり御せん物語』のように、追放後に姫は平家方の女房文殊の前の讒奏によって自害に追いやられ、それを知った母が発心し姫を追って入水したという特殊な結末を持つものもあるが、ほとんどの作品において、長者は貪欲な人物として描かれている。

加賀掾段物集『道行尽』（延宝頃）奥書には、「浄瑠璃」の由来について語る中で、

それ浄瑠璃といふ事は、もと三国やはぎの宿長がむすめの名にして、牛若君になさけをかわせしを、継母のねたみにうき身としづみしありさまの、あとさきあわれ成し事共を十二段につくりふしを付、瞽女めくら法師のかたりしを。

と、矢矧の宿長が「継母」と記されている。浄瑠璃姫が牛若と契ったことに、「いかなる大名をも婿に取らんと思ひしに」と無念がる様子や、姫を追放することなどから、長者は継母という印象が生れる程、貪欲な人物として描かれてきたのである。

三　牛若鞍馬出の場面

先述した『源氏十二段』で新しく設けられた筋立て――牛若が平家追討を謀り吉次と奥州へ下向する場面、その下向途中盗賊を退治する場面――は、『てんぐのだいり』『十二段』など近松の十二段物の二作品にも採り入れられている。以下、近松の十二段物ではどのような展開を見せているのかを見ることにする。

まず、古浄瑠璃『源氏十二段』と近松の十二段物がどのような場面構成を持つのか、主な場面を中心に表にま

〈表〉

	初段	二段目	三段目	四段目	五段目	六段目
『源氏十二段』（肥前掾）	鞍馬	青墓の宿	矢矧の宿	矢矧の宿	吹上	吹上
『源氏十二段』（土佐少掾）	鞍馬	青墓の宿	矢矧の宿	矢矧の宿	板鼻の宿	秀衡入り
『てんぐのだいり』	鞍馬	鏡の宿	矢矧の宿	矢矧の宿	秀衡入り	
『十二段』	鞍馬	鏡の宿	矢矧の宿	秀衡入り	峰の薬師 笹谷墓所	
『孕常盤』	五条橋 重盛館	鳥羽の茶屋	吉次店先 刑場	矢矧の宿	矢矧の宿	
『源氏れいぜいぶし』	石橋山 祐経館	春楽屋敷 峰の薬師 笹谷墓所				

（『源氏れいぜいぶし』は上下巻）

とめた。初段の「鞍馬」は、吉次が鞍馬へ訪れ牛若が奥州へ下るまでの経緯を描いた場面であり、二段目の「青墓の宿」、「鏡の宿」はいずれも牛若の強盗退治譚を、三・四段目の「矢矧の宿」は牛若と浄瑠璃姫との恋物語を描いた場面である。また、五段目に「笹谷墓所」とあるのは『浄瑠璃物語』の「五輪砕」に当る部分である。

〈表〉に示したように、近松の十二段物は、古浄瑠璃『源氏十二段』と類似する筋立てを持つことがわかる。『源氏十二段』では、「吹上」や「秀衡入」で終わっていて、浄瑠璃姫の死の場面を省略しているが、近松の十二段物は、『源氏れいぜいぶし』を『孕常盤』の続編とすると、(15)『てんぐのだいり』『十二段』、いずれも浄瑠璃姫の死を扱っている。以下、共通する各場面が近松の十二段物ではどのような違い見せて展開するのかを、吉次と浄瑠璃姫の母長者の人物造型に注目しながら検討してみる。

まず、牛若の鞍馬出の場面について見てみる。

秀衡に頼まれた吉次が、牛若に下向を勧めるため鞍馬を訪れる場面は、『源氏十二段』以降、『てんぐのだいり』『十二段』に受け継がれている。特に、吉次が牛若側の人物として働いているなどの変化が見られる場面でもある。

『てんぐのだいり』初段では、秀衡が吉次に牛若を連れて下るように頼む『源氏十二段』の場面を踏まえており、牛若は吉次が持参した秀衡の書状を鞍馬の僧正坊に見せ相談する。この天狗への相談という場面を設け、先行作のように吉次が牛若を誘う場面をあえて直接描かなかったところに近松の新しい趣向が見られる。

『十二段』は『てんぐのだいり』の詞章を大幅に利用しており、筋立ての上でも同じような構成を持つ。吉次が秀衡に頼まれ、牛若に奥州へ下るように誘うという設定も同じであるが、ここでは次のように近世的情調をふんだんに取り込んだ場面となっている。吉次は秀衡の書状を牛若に渡すために、「平家の聞を憚りて、世間は花見の酒興と偽り」茶店の亭主に姿をやつし、相手が牛若とは知らず、鞍馬山の稚児牛若に恋焦がれて尋ねてきたものと語る。すると、牛若はそれが自分であることを名乗るが、奴世之介（天狗僧正坊が身をやつした姿）と「お師匠やら兄分やら神かけ変らぬ仲」であるため、よい返事をしない。そこで、吉次は真の事情を話し、秀衡の書状を渡すこととなる。

この『十二段』は元禄期の作で、歌舞伎の手法の多用など、当代性を取り込んだ作品であると指摘されている。(16) 吉次が茶店の主人に身をやつすことは、この時期の近松の浄瑠璃に多く見られる当代的なやつしの構想を利用したものであるが、その他、牛若と世之介（僧正坊）との男色関係や浄瑠璃姫と牛若の恋物語も、演劇風な元禄の好色性を帯びた場面に仕立てられている。

『源氏十二段』では、吉次が牛若を説得したことを讃える言葉でこの初段の末尾を結び、吉次の手柄を強調していたが、『てんぐのだいり』や『十二段』では、吉次の行為には意味が付与されていない。これには次のようなことが考えられる。『てんぐのだいり』は、その題名からもわかるように、御伽草子『天狗の内裏』によるところが多く、初段には、天狗の内裏へ牛若が訪れることや、天狗の勢揃い、魔術の披露の場面などが採り入れら

れている。吉次が持参した秀衡の書状を見た天狗僧正坊は、

時なる哉〳〵。御運とんに開かるべし。はや思召立給へ。さりながら敵の中の長旅にて、所々の災難有べし。御目にこそは見へずとも、影身にそへて守護すべし。御心安く思召せ。いで、門出を祝はんに。

と、牛若に守護を約束し、奥州下向を促している。吉次が牛若を説得するものではなく、天狗の強い勧めによるとしているのは、この初段において、天狗たちが牛若の守護を約束し、牛若の平家討伐への門出を言祝ぐ意図からと思われる。

『十二段』でも、奴に身をやつした僧正坊が牛若を助け秘伝の三略の巻物を渡し、また、「おっつけ時節到来し、源氏の御代と成べきぞ」と、未来を予告するなど、『てんぐのだいり』と同じように、天狗が牛若を守護する存在として描かれる。天狗が牛若に兵法を伝授し、常に守護して源氏再興と平家討伐の助力を約束することは、謡曲『鞍馬天狗』、幸若舞曲『未来記』にも見られ、『浄瑠璃物語』でも吹上の浜から矢矧の宿へ天狗が浄瑠璃姫を送り届けるなど、天狗は牛若時代の義経の伝説には欠かせない要素として登場するのである。近松の十二段物では、『てんぐのだいり』『十二段』のほか、『源義経将棊経』でも、牛若と弁慶を女護島へと運ぶなど、天狗は牛若の危機を救う者として登場する。

そのほか、『十二段』では大悲多聞天が牛若の大願成就を約束するなど、鞍馬出の場面に超自然的な存在を登場させ、牛若の前途に対する祝意を表わしている。一方、牛若は、軍記物語や謡曲『烏帽子折』のように自ら奥州に下ろうとする積極さは見られなくなり、英雄性も弱まっている。

四　強盗退治の場面

牛若の強盗退治譚は、[17]すでに『義経記』、謡曲『烏帽子折』、幸若舞曲『烏帽子折』にも描かれているが、十二段物としては『源氏十二段』で新しく採り入れられた話である。牛若が超人的な武勇を発揮して熊坂長範ら強盗を退治する場面は、金平浄瑠璃的な趣向を採り入れており、十二段物として新しい局面を開いている。『義経記』や謡曲『烏帽子折』、幸若舞曲『烏帽子折』における牛若の強盗退治譚は、牛若の武勇を示すものとしての意義がある。

『てんぐのだいり』における牛若の強盗退治の場面は、鏡の宿で強盗藤沢入道と由利太郎に遭遇するというものである。これは『義経記』と同じ設定であり、文章もほぼそのまま用いられていると指摘されている。[18]謡曲『烏帽子折』、幸若舞曲『烏帽子折』、そして古浄瑠璃『源氏十二段』でも、強盗は熊坂長範一味であるが、『てんぐのだいり』ではあえて『義経記』によっているのである。それ故『てんぐのだいり』の義経像は『義経記』の義経像と似通うものになったと思われる。謡曲『烏帽子折』、幸若舞曲『烏帽子折』には、牛若の強盗退治について評する言葉が何も記されていないが、[19]『源氏十二段』では、肥前掾正本においても、土佐少掾正本においても「かの御曹司の手柄の程、あつぱれゆゝしき働きとて、貴賤上下おしなべて、皆感ぜぬ者こそなかりけれ」と結ばれている。一方、『てんぐのだいり』では「是ぞ源氏の門出に、しすましたりとよろこびて。東をさして下らるゝ。末繁盛の物語。目出度かり共、中々申すばかりはなかりけり」と記されている。『源氏十二段』では、牛若の手柄を讃えることにとどまっている感があるが、『てんぐのだいり』では、牛若の行動を「源氏の門出」としての意味に結び付けている。

では、『義経記』ではどうなのか。牛若は討ち取った盗賊の首を宿場のはずれにつなぎ、「これこそ十六の初業なれ、都を出る門出で、かくこそしすましたれ」と記した高札を自ら立てている。これを見て後、人々は「源氏の門出しすまされたり」と舌を巻き恐れ合ったとある。牛若の手柄としてその行動を単に讃えるだけではなく、強盗退治の一件を源氏の門出に相応しいものとしているのである。近松がこの話を『義経記』に拠ったのは、初段における天狗による祝宴と同じく、牛若のはじめての武勇譚に、平家追討の門出に対する祝意を重ね合せようとしたからであろう。

『十二段』は、筋立てや詞章など『てんぐのだいり』を踏襲した部分が多いが、同じ説話に取材していても、『十二段』では新しい展開を見せている。[20]その一つがこの強盗退治の場面である。ここに牛若の出奔を聞いて後を追う母常盤と乳母が、強盗に殺害される『山中常盤』の世界を取り込み、強盗退治の話を母常盤の敵を討つ話と結び付けている。この場面について、和辻哲郎は「これらの描写のうちには、当世風に作りかえることによって、見物をあっと言わせるというようなところはない。むしろ『十二段』の中に常盤虐殺の話を取り入れたこと自体が見物にとって驚きであったろうと思われる」と述べている。[21]しかし、近松が強盗退治譚に『山中常盤』の世界を採り入れたのは、むしろ、牛若と常盤の親子の情愛を描こうとすることが、第一の意図であったと思われる。

牛若の強盗退治伝説と常盤殺害伝説との繋がりは、御伽草子『天狗の内裏』、幸若舞曲『山中常盤』、古浄瑠璃『常盤物語』『山中常盤』にも見られ、特に近松によるものではない。御伽草子『天狗の内裏』では、父義朝が牛若に未来記を聞かせる中で、幸若舞曲『山中常盤』、古浄瑠璃『常盤物語』『山中常盤』では、常盤の亡霊が牛若の夢枕に立ち、常盤の死を知らせる。古浄瑠璃『山中常盤』では、いかに牛若丸、誰に会わんとてはる〳〵都へのぼるぞや。さて自らも御身に会わむため今この国まで下りきて、夜盗どもが手にかゝりはかなくなりて候なり。さて、汝が自らが墓に立ち寄りしその時に、むくらならばひし〳〵ととりつくほどに思へども、うぇとわうしやうのならひとて思ふにかひぞなかりける。自らがけうやうには、せんぶまんふもなにならず、六人の夜盗の者、一人なりとも討ちとりてけうやうにして給われ。はたの守りと、ひんの髪、黒木の数珠を宿の太夫に預け置く。是を形見にせよ。牛若丸。

と、常盤は牛若に強盗を討ってほしいと願っている。愁嘆の場の雰囲気として、さして高まっておらず短く簡略に描かれている。

これに対し『十二段』では、この場面が詳しく描かれる。『十二段』では、川岸に辿り着いた牛若がまどろむうち、夢の中で舟に乗り舟長（常盤の亡霊）から常盤の死を聞かされる。これは子を捜し舟に乗った母親が舟長から子の死を聞かされる、謡曲『隅田川』の設定を用いたものである。その夢の中への導入部分にも「げにや世々ことの親子の道。憂き身一つに限らねど、子故の闇は晴れやらぬ。暗きうき世の暗きより、暗きに迷ふ三界の、なを首枷と」と、謡曲『百万』の詞章を採り入れている。牛若は舟長に母常盤がここを訪れたわけを尋ね、「残す言葉の有ならば、語り伝へてくれよかし。かつは形見と思ふぞ」と語ったり、「自ら故に都を出、かゝる御身と成給ふ。不孝の罪の恐ろしさ、子にはあらで敵ぞと、御身を悔ひ地に伏して歎かせ給ふ」と、牛若の母を思う心情、歎き悲しむ様子が詳しく描かれる。また、常盤が子故に清盛に身を任せた事情や、「乙は血の緒といとをしくあくがれ尋ね出給ふ」と、牛若を慕い、その後を追ったことが語られている。「よく〳〵弔ひ給ふべし」とあっても、敵を討ってくれとは頼んでいない。生き別れた子に恋焦がれ、物狂いになった母親の境涯に重ね合わせ、牛若と母常盤との離別に親子の絆、情愛を強調しているのであり、ここに先行作品との違いがある。

『十二段』は『てんぐのだいり』と同様、「源氏の門出よし、旅立によし、万によし、まことに最上吉日とはかゝる日こそいふべけれ」と、結ばれている。牛若のはじめての武勇譚といえる強盗退治の場面に『山中常盤』を絡め、単なる強盗退治ではなく母の敵討ちの意味を付与し、牛若の門出に祝意を表わしているのである。

『孕常盤』では、牛若が奥州下向中に遭遇する苦難として、常盤が強盗に殺害される場面ではなく、刑場に引かれていく母常盤が乗る馬の口を引く籤に当たる場面を設けている。牛若は奥州へ下るため金売吉次の馬方に身をやつしていて、平清盛の子を懐妊し自害を図った常盤を刑場に引く馬の口を取ることになる。母の苦難を、強盗ではなく平家を原因とするという、牛若にとって屈辱的なものへと変化させ、牛若の平家への復讐心を一層かきたてるものとしている。牛若はこの時、六波羅に斬り入ろうと思うが、一方で「母の憂き目を見給ふも、我を助けて父の仇を討せん為、運つきて仕損ぜば、父母の敵を討ぬのみか源氏の瑕瑾、奥州の秀平が短慮也と蔑しまん」と、思いとどまっている。目前の母の危機を救おうとするが、しかしここで事を起こせば平家追討の大願は成就出来ないかもしれないと悩むなど、牛若の内面的な葛藤が見られる。初段「五条橋」の場で、常盤が清盛の妾となったことへの誤解が晴れた後のことで、一層母への思いが募っているところでもある。

常盤と牛若との親子の情愛は、近松の『烏帽子折』（元禄三年［一六九〇］初演推定）にも描かれていた。幸若舞曲『伏見常盤』では「歩みも慣らはせ給はねど、降る白雪を御手にて、うち払ひうち払ひ、足に任せて」とあるのを、近松の『烏帽子折』では「身は慣らはしと身を捨てゝ、兄弟に降る雪をうち払ひうち払ひ」と変えることで、常盤が子を連れて雪の中、都を落ちてゆく様子に、幸若舞曲『伏見常盤』や『平治物語』より一層切実に親子の情を打ち出している。[22] これにより、牛若の平家討伐へ向かう物語を叙事的なものに終わらせず、親子の情感を描く場面を採り入れ、抒情性を加味しているのである。

次に、強盗退治場面における吉次の働きを見ると、『源氏十二段』や『てんぐのだいり』では、助太刀をするか、逃げ出すかという違いが見られるのみであるが、『十二段』では牛若と吉次の関係に変化が見られる。『十二段』では、牛若の強盗退治を矢矧の宿で再会を約して吉次と別れた際の出来事としている。この時吉次は、「かならず人に見咎められ、詮なき御事し給ふなと委細に申しふくめ」て別れており、従来の作品の吉次に比べその態度に変化が見られるのである。初段でのやつしが平家の聞えを憚るためであったことに加え、ここでも慎重な振るまいをしているなど、吉次が先行作品と比べ牛若の味方として配慮する人物として描かれている。『源氏十二段』『てんぐのだいり』では、そうした吉次の人物像の変化は劇の展開上、新味を出してはいなかった。牛若が一時的に吉次と別れる場面は、『源氏十二段』(土佐少掾)では、吉次は「それがし君を打捨、下り申さん事共、いかゞとは存ずれ共、思召こそ候はめ。とかふは仰に従ひ、秀衡に申して御迎ひを上すべし、お暇申候」と語るだけである。『十二段』で見られるように自ら牛若に意見するのではなく、秀衡に頼まれ同道している身として、ただ牛若の言葉に従っている。

『孕常盤』では、刑場に引かれる母常盤を目前にした牛若が「いかゞはせんと吉次をきつと見」るが、吉次は「気色見て取て頭をふつて目交ぜの体」と、牛若が軽はずみに行動しないよう制している。牛若が吉次に判断を求め、吉次は事を起こさないよう意見するという、牛若の平家追討のために支えになる人物として描かれているのである。弁慶の機知で一段落したところへ吉次が現れ、「此上にも、牛若君弁慶と、人はよもや白旗を上給ふ迄御つつしみ、常盤御前は人目を忍び跡より奥へ御下り、弁慶は都にかくれ秀平の左右を待て」と、指示を出すなど、吉次は牛若の平家追討に一役買う人物として働き、奥州下りの案内役にとどまらない人物と変化させられている。

五　矢矧の宿の場面と浄瑠璃姫の死

『浄瑠璃物語』の内容の大部分を占めるのが、矢矧の宿における浄瑠璃姫と牛若の恋物語である。『浄瑠璃物語』は近世に入って縮小、省略される段が多くなっているが、内容的に変化を見せるのは近松にいたってからである。その変化の内容として、吉次と浄瑠璃姫の母長者の描かれ方、そして、浄瑠璃姫の死の意味付けをあげることができる。先述したように、吉次は、すでに『源氏十二段』でも牛若側の人物として描かれているが、浄瑠璃姫の母長者は『てんぐのだいり』でも、浄瑠璃姫を追放し笹谷に追いやるなど、姫と牛若の恋に否定的な人物として登場しており、先行芸能から変化が見られなかった。しかし、『十二段』では長者は牛若と浄瑠璃姫が契ったことを知り、吉次を「結ぶの神」とまで呼んで喜んでいる。吉次は、『浄瑠璃物語』では物語の主部である牛若と姫の恋愛物語に登場せず、『てんぐのだいり』でも先行芸能で造型された人物像を踏襲しているが、『十二段』では吉次は姫の母長者によって、牛若と姫の恋愛の仲立ちとして意味付けられている。幸若舞曲『烏帽子折』などの先行芸能では、秀衡に牛若を対面させることで吉次の役割は終わっているが、近松はそれのみに終わらせていない。

『十二段』では、浄瑠璃姫の母長者は牛若との恋を歓迎するが、二人の恋を邪魔する人物として、新たに長者の甥藤太が登場する。『浄瑠璃物語』はその変遷の中で、義経伝説の挿入による新しい人物の登場はあったが、浄瑠璃姫に関わる新たな人物の登場は藤太がはじめてである[23]。長者が牛若や浄瑠璃姫に協調的になった結果、必要とされた人物なのである。藤太は姫が自分を嫌って牛若と契ったことを妬み、下人たちと六波羅武士に扮して姫を義経隠匿の罪にかこつけ追放させるなど、先行作品における、姫に苦難を与える長者の役割を引き継いでいる。母の承諾を得た姫の恋は悲恋ではなくなっていたはずであるが、この藤太の奸計によって、姫はやはり笹谷へと追放され、結局死に追いやられてしまうのである。

姫の死に関しては、『浄瑠璃物語』では、牛若の墓参りの際に五輪が砕けることで姫の成仏を示唆していた。『十二段』では、墓が二つに割れて姫が現れ、自らは瑠璃光仏と明かし、牛若には「急ぎて帝都に馳せのぼり、神明にもはなたれ、仏陀に背く平家を滅ぼし、静かに巡る日の本をいよ〳〵仏法流布の地となすべし」と、平家討伐を促す。これは、「仏法繁盛」、「源家の御代長久太平国」との言葉で曲尾が結ばれていることからもわかるように、浄瑠璃姫を薬師如来の化身とし、牛若に平家討伐を勧め、源氏の御代を言祝ぐことへと結び付けている。佐藤彰氏は『十二段』を「平家討伐の祝言曲」と意味付けているが[24]、既に見てきたように、このことが近松の十二段物の基調にあるものと思われる。

『孕常盤』では、姫の死の場面はないが、その続編ともいわれる『源氏れいぜいぶし』にその場面が描かれている。『源氏れいぜいぶし』では頼朝と伊東の三女とのこと（『曾我物語』巻第二）、浮島が原での頼朝、義経兄弟対面のことを踏まえた展開が見られるが、その中に浄瑠璃姫の死が取り込まれている。その題からもわかるように、下之巻の「れいぜいぶし」という章題がかかげられた部分が眼目なのであろう。「冷泉節」とは[25]、『音曲口伝書』によると、

これはむかし、浄瑠璃物語十二段の文句のうち、扨もやさしのれいぜいや、とかいふところへ付たる節なり、名節ゆへ今の世まで伝りもちゆるなり。

とあり、牛若が平家追討のため都入りする途中矢矧に立寄り、姫の侍女である冷泉、十五夜に姫の死を聞かされ

る場面につけられた節を意味する。「れいぜいぶし」では、冷泉は次のように浄瑠璃姫の死を語る。

駿河の国の蒲原宿の約束が、伊豆の伊東へ漏れ聞へ、日には五十人、夜は百人の番衆をつけ、いづくなりともまぎれゆけや浄瑠璃と、日にいくたびか使ひたつ。今はせんかたあらしふく、峰の薬師の笹谷とて人も通はぬ谷かげに。（中略）御曹司恋しやとその恋風がつもりきて、無常の風の病の床つるに果かなくなり給ひ。

『源氏れいぜいぶし』では、『浄瑠璃物語』での「長者」を「伊豆の伊東」と置き換え、浄瑠璃姫は母長者の不興のために笹谷へ追いやられたのではなく、平家の咎めを恐れる伊東によって追放され、牛若恋しさのあまり病にかかり死んだものとされている。『孕常盤』での母常盤の苦難を平家によるものとしているのと同様なのである。

一方、頼朝と契った伊東の娘藤の前は、医者春楽に預けられていたが、平家の妻になることを源氏の恥だと思う春楽によって殺されてしまう。この浄瑠璃姫の死、藤の前の死について牛若は、

浄瑠璃は我出陣の守り神とおぼゆるぞや。人間の習ひ、恩愛執着に命を惜しみ、思はぬ後れを取ることもある。聞けば兄頼朝の妻伊東が娘も死ゝたるとや。兄弟憂世に執着なく、一命を軽んじて、平家をやす〳〵亡ぼさん天の示し、ありがたし。

と、平家追討のためのものと受け止めている。牛若が経を読むと、五輪が砕けて浄瑠璃姫の成仏の相が現れるが、

さらに、墓に懸っていた仏の幡が落ち散って、源氏の白旗に薬師の梵字が現われる奇瑞が見られる。『十二段』同様、浄瑠璃姫の死が牛若の平家追討の前途を祝うためのものとして描き出されているのである。

六　まとめ

以上のように、近松の十二段物の筋立は、『浄瑠璃物語』の一部分だけを抜き出した先行作品とは違い、牛若の鞍馬出から浄瑠璃姫の死までを扱う中で、既存の吉次や長者の人物像を改め、牛若側の者という色合を強めて、彼らの活躍の場を拡大している。それは近松が十二段物を、「牛若の平家討伐の祝言」として描き出すために加えた変化であると思われる。先行作品のように、時間の流れに沿って物語を組み合わせてはいるが、それぞれの場面に、平家追討の祝意の意味を付け加えていることからも、そのことが窺える。肥前掾や土佐少掾が語った『源氏十二段』にも、それぞれ新しい展開が見られるが、これらは筋立ての上での変化にとどまってしまっているのである。

『てんぐのだいり』では、『源氏十二段』の初段で吉次の手柄を讃えるだけであったのと違い、天狗が牛若の守護を約束し、天狗勢揃で源氏の門出を祝い、また、二段目の強盗退治を「源氏の門出」として祝儀性を付与したり、曲尾でも源氏の御代を讃えている。『十二段』でも同様であり、多聞天や僧正坊が大願成就を約したり、強盗退治を「源氏の門出よし」とし、さらに平家の酒宴の座に遭遇した牛若に無念の思いをさせ、平家への復讐心を一層かきたてる場面を設けている。また、『十二段』では、死んだ浄瑠璃姫が薬師如来の化身であることを明かして牛若に平家討伐を勧めたり、『源氏れいぜいぶし』では、奇瑞があらわれるなど、平家追討の前途を祝うために姫の死が描き出されている。

また、『十二段』では、先行作品にも描かれてきた強盗退治譚を牛若の武勇としてだけではなく山中常盤譚に結び付けたり、『孕常盤』では常盤が刑場に引かれて行く場面を採り入れ、また、『源氏れいぜいぶし』では兄頼朝の話に結び付けるなど、近松の十二段物では牛若の平家追討にいたる物語が、牛若の武勇・家族（母・兄）との恩愛・浄瑠璃姫との恋愛の物語を配することで、劇的なものに仕立てられている。

近松の十二段物については、歌舞伎の影響、あるいは義経伝説・『浄瑠璃物語』の当世化などがわずかに指摘されているのみである。(27)しかし、それだけではなく、近松は制限された条件の中で、演劇的な筋の展開によって従来の十二段物に新生面を切り開いた。

近松は、このように自身の十二段物から「吹上」の場面や吉次による酷使などの牛若の苦難を取り除くことで、本来の貴種流離譚の印象を薄めつつ、家族との情愛や恋愛物語を効果的に採り入れ、牛若の平家追討への物語としての性格を強く押し出している。十二段物において、牛若は超人的な要素もなく、決して強い主人公として生まれ変わったのではないが、周辺人物によって支えられながら平家追討の意志を強め、その目的へと向かっている様子が描き出されている。牛若と平家との対立を際立たせるため、吉次も長者も牛若側の人物として置き換えられているのである。

このような近松の作品における人物関係の捉え直しや、周辺人物の比重の増加は、後の作品にも影響を与えている。それは、紀海音『末広十二段』（正徳五年［一七一五］初演）で、牛若が鞍馬の僧正坊に、吉次が訪れ秀衡に同道し下ることを頼まれたと語るところや、姫に思いを寄せる長者の弟梅堂時春が牛若を妬み、虎の巻を盗み吉次に捕えられること、竹田出雲・三好松洛・竹田小出雲合作『児源氏道中軍記』（延享元年［一七四四］初演）では、『十二段』で作り出された、姫のいじめ役である藤太が登場する点などに顕著に現れている。

注

（1）現存する刊本には内容の出入が多く、後半の「吹上」や「五輪砕」の段は増補とする説が多いが、本章では『浄瑠璃物語』を浄瑠璃姫を主人公とする物語（「申子」から「五輪砕」）の仮称とする。
（2）森武之助『浄瑠璃物語研究』（井上書店、一九六二年）。
（3）「近世における『浄瑠璃物語』」（「金沢大学教育学部紀要」一〇号、一九六二年三月）。もう一つの転機として、三味線や人形操りにかかるようになって次第に推移した曲節が文章や言葉にも反映したと指摘している。
（4）刊年は肥前掾正本は寛文頃、土佐少掾正本は元禄頃。初段から四段目まではほぼ同文。
（5）阪口弘之氏は「近松の時代浄瑠璃の位置」（『文学史研究』一九七一年一〇月）において、「従来の敵役を立役と同情ないし協調関係におきかえ、それによって立役側の力を強化し、一方で新しく設けた敵役を活躍させ、両者の対立葛藤を展開させる方法である。」と指摘。
（6）従来近松の存疑作として扱われてきたが、信多純一氏が、近松の『十二段』に『てんぐのだいり』の詞章が相当量襲用されていること、また旧東京大学図書館蔵本の『てんぐのだいり』の題簽に「源氏十二段」と角書があり、これが『十二段』と同一であることなどから、近松のごく初期作品、習作期の作と位置づけられた。（『近松全集』月報一七「近松作品の発掘――『てんぐのだいり』を中心に」）、同氏「近松の初期作品をめぐって」（『近松研究の今日』和泉書院、一九九五年）。
（7）『源義経将棊経』（正徳元［一七一一］年初演）は『浄瑠璃物語』を趣向として採り入れてはいるが、吉次・長者の活躍がないことから本稿では扱わないことにする。
（8）褒美を取らすとまでは言っていないが、『異本義経記』においても義経の方から奥州へ下る手立てとして、吉次（橘次）にともに下向することを頼んでいる。「三條の橘次季春といふ金商人有り。（中略）毎年奥州（へ下る）秀衡が方へも出入すと也。遮那王、橘次が参詣毎に肥み給ふ。（中略）去年橘次奥へも下る時、秀衡が方へ、京にも住み憂ければ頼み下らばやと宣ひ遣はされければ」。
（9）『平家物語』巻十一「継信最後」
けふの源氏の大将軍は誰人でおはしますぞ。伊勢の三郎義盛あゆませいでて申けるは、こともおろかや、清和天皇十代の御末、鎌倉殿の御弟、九郎大夫判官殿ぞかし。鞍馬の児して、後にはこがね商人の所従となり、粮料せをうて奥州へおちまどひし小冠者が事かとぞ申たる。

『源平盛衰記』巻第四十二

故左馬頭義朝が妾、九条院の雑司常盤が腹の子と名乗りて、京都安堵し難かりしかば、金商人が従者して蓑笠・笈を背に負ひつゝ、陸奥へ下りし者の事にや。

（10）島津久基氏は、人買いの様子が窺えるとの指摘をしている。「『義経記』で見ると、奥五十四郡の状況を牛若に語るに、滔々懸河の弁を弄するあたり、世辞慣れした講釈家も顔負けの形で、源氏の公達を「誘拐し参らせ、御供して秀衡の見参に入れ、引出物取りて徳付けばや」と打算するのは、流石商売気からの抜目なさの上に、奥州者といひ、金商人だけでなく、人買人の面影まである。」（『義経伝説と文学』明治書院、一九三五年）。

（11）『源氏十二段』土佐少掾本

平家のおごり日にそひ。（中略）それのみならず、秀平をも退治せんとはかると也。誠や。義朝の八男、牛若丸遮那王と申て、鞍馬の寺にましますよし。此人を取たて、大将とあふぐべし。さりながらむねとの大名をものぼせなば。ことの大事と覚えたり。さいわひ京都より毎年下るかねあき人。三条の吉次のぶたかとて、才覚手だての者なれば、彼を頼みてのぼすべし。（中略）吉次承り、某民間に育って、武勇のあんないぞんぜねども、かゝる追う仰せをかふむる事、身の名誉に候へば、何とぞ御とも申さんと、御前を罷りたち、都をさしてぞのぼりける。（中略）三条吉次のぶたかは鞍馬に参詣仕り、ぼうぜん有けるが、御曹司を見参らせ、是こそ尋る人ならめと、御前に立寄、そつじながら某は、吉次と申候、都より奥方へ毎年くだる者成が、奥州の大将、秀平申され候は、此御山に義朝の末の御子、牛若君のおはします。ひそかに御供仕り、下るべき趣申つけ候也。さりぬべき大名をも御迎へに上せなば、平家の聞えいかゞとて、某御供仕り、罷下らんために、かく相たづね候也。（中略）今の節、君義兵をあげ給はゞ、源家の人々期せずして力をあわせ給ふべし。先都には源三位頼政卿の公達、伊豆守仲綱、太夫判官兼綱（中略）此者どもを先として、絶へて久しき源氏の白旗、東にさつとなびかせて、きゝやう、水いろ、薄紅、二つ巴三つ巴。うき世をめぐる車の紋。矢はずなかぐろうろこかた。へん〳〵となびかせ、おごる平家を討ち滅ぼし、源氏の御代となさん事、くびすをめぐらすうちならんと、さもいさぎよく語りつゝ君の御供仕り、陸奥さしてぞ下りける。

（12）御伽草子『秀衡入』にも、牛若は吉次に恨みを述べるが「我ら鞍馬の寺よりはるばるこれまで下る事、ひとへに吉次が故ぞかし」と吉次の手柄として誉める言葉が見られる。

（13）『しやうるり御せん物語』

浄瑠璃御前は都の冠者に一夜の情かけさせたまふ、その咎に母御より笹谷の山の奥にぞはなされける。

『下り八嶋』

此姫は母の長者不興や病と也、まつたそ様の其こい風やつもりけん、今をかきりとなり給ふ。
(14)『鸚鵡ヶ杣』(正徳元年筑後掾序)「安口の判官、弓継、鎧がへ、戸井田、五輪くだき、之を五部の本節と伝へ侍る」。
(15)題簽に「孕常盤追加」と記され、内容的にも『孕常盤』と深い関連性を持つので、後編として上演されたと推測される。『近松全集』所収『源氏れいぜいぶし』長友千代治解題。
(16)和辻哲郎『日本芸術史研究』第一巻(岩波書店、一九五五年)。
(17)『義経記』における強盗、由利太郎と藤沢入道を一体化して熊坂長範となったものと言われる。『義経記』(新編古典文学全集、小学館)頭注。謡曲『烏帽子折』では赤坂の宿、強盗は熊坂長範、幸若舞曲『烏帽子折』では青墓の宿、熊坂長範、『山中常盤』では、てんぴ稲妻、はたたがみ、せめくちの六郎、ほりの小六、よかはの太郎、いますの七郎。
(18)信多純一「近松の初期作品をめぐって」(『近松研究の今日』和泉書院、一九九五年)。

『義経記』

出羽国に聞えけるせんとうの大将、由利太郎と申者、越後国に名を得たる頸城郡の住人藤沢入道と申もの二人語らひ、信濃国越えて、さんの権守の子息太郎、遠江国に蒲与一、駿河国に興津十郎、上野国に豊岡源八以下の者共、何れも聞ゆる盗人、宗徒の者二十五人、その勢七十人連れて、東海道は衰微す。すこしよからん山家々々に至り、下種徳人あらば追落して、若党どもに興ある酒をのませて都に上り、夏すぎ秋風たゝば、北国にかゝり国へ下らん。

『てんぐのだいり』

是は扨置。其比又。出はの国にかくれなきぬす人の大将にゆりの太郎と申者。ゑちごの国に名をゑたるくひきごほりのぢう人ふじさは入道。かれら二人かたらひ。扨しなのゝ国に立こへてさんおこんのかみ子息太郎。とを〳〵みの国にかまの与一。するがの国におきつの十郎。かうづけにとよおかの源八とて大あくふたうのゑせもの也。其外聞ゆるぬす人廿五人、其勢は七十人とうかいだうの道すがら。おし入おし取かうどうして。若たう共にさけのませ都へ上り。なつも過秋風の立ならば。北国に帰り。我が国々へ下らんとて。しゆく〳〵とまり〳〵にて。がうとうしてぞ下りける。折ふし其よはかゞみのしゆくにつきけるが。さいわひのぶたかゞ、やどのとなりにとまりける。

『十二段』

さても其ころ。道中にては出羽の国にかくれなく。盗人の大将、ゆりの太郎むらはや。越後の国に名を得たる頸城郡の住人藤沢の入道。雑人共にかたらひ信濃の国に立越へ。さんの権の守が一子に五郎ともずみ。遠江の国にかまの与一。駿河の国におきつの十郎。上野にとよおかの源八。其ほか聞ふる盗人廿余人一つ所に集まりて、其勢すでに七十人東海道の道すがら、押入、追剝ぎ、強盗して若党共に酒のませ、都へよりて夏もすぎ、秋もなかばになるならば、わが国へ下らんと宿〳〵泊まり〳〵をば、心がけてぞ上りける。其夜は鏡の宿はづれ、ある松陰に立しのび暮るゝををそしと待ちゐたり。

(19) 幸若舞曲『烏帽子折』は「それよりみなもと、奥へ下らせ給ひて天下を治め給ひけり」と結ばれる。中村誠氏は「幸若舞曲『烏帽子折』」(『国学院大学大学院紀要』一九七四年三月)で、幸若舞曲は祝儀性の強い一面を持ち、この強盗退治譚も義経の武芸のめでたさ、源氏の御代の行末を言祝ぐものと述べている。

(20) 和辻哲郎氏は、山中の宿から鏡の宿に変えたのは、常盤殺害の話を浄瑠璃姫の物語に結びつけるためだと指摘するが、『十二段』は『てんぐのだいり』を襲用しており、また、『てんぐのだいり』は『義経記』を襲用しているためだとも考えられる。和辻哲郎氏前掲書。

(21) 和辻哲郎氏前掲書。

(22) 内山美樹子「『烏帽子折』をめぐって」(『芸能史研究会』一三八号、一九九八年七月)。

(23) 藤太の登場は歌舞伎からの趣向を転じたものだという指摘がある。佐藤彰「『十二段』の成立」(『国語国文研究』二一号、一九六二年三月)。

(24) 佐藤彰氏前掲論文参照。

(25) 優美な曲調を持つ節でうれいや愁嘆の場に用いられる。

(26) 和辻哲郎氏前掲書、佐藤彰氏前掲論文参照。

第二章 『源義経将棊経』の構想

一 はじめに

『源義経将棊経』（『義経将棊経』）は義太夫・加賀掾によって語られたが、初演年次が確定されていない作品である。加賀掾段物集『紫竹集』追加九の中に三段目「いづみがつま道行」と「軍法将棊経」が収められていることから、加賀掾生前の上演（正徳元年［一七一一］正月二十一日以前、宝永期）と推定されている。(1) 近松の時代浄瑠璃において、宝永期は模索期、正徳期は充実期であると位置付ける説がある。(2) 宝永期は世話浄瑠璃の多作期でもあり、また、時代物とも世話物とも区分しがたく、歌舞伎的色彩の濃い作品が多く作られている時期でもあった。(3) 特に、宝永五年［一七〇八］から正徳元年［一七一一］の間の初演と推定される時代浄瑠璃に上下二段や上中下三段の変則的な構成を持つ作品が多いことが、(4) この時期の特徴でもある。

その中で『源義経将棊経』は五段形式を持つ数少ない作品の一つといえる。『源義経将棊経』は頼朝に不興を買い奥州秀衡のもとへ下った義経の最期をめぐる話を描いている。没落後の義経をめぐっては『義経記』、謡曲、幸若舞曲などにおいても義経に献身的に尽くす郎等との主従の情愛の物語が主になっている。『義経記』の最終巻、巻八に登場する鈴木三郎重家や泉三郎忠衡は軍記物語ではさしたる活躍が記されず、謡曲、幸若舞曲などでイメージが増幅された人物である。[5]『源義経将棊経』ではこの二人の人物に焦点を当て、より強い性格や意志を持つ人物として描き出し、義経の最期を描いている。五段形式の時代浄瑠璃の劇構成が定着しはじめる時期に作られた『源義経将棊経』に、先行作品をどのように利用して、重家・忠衡・義経が描き出され、その人物造型が五段の劇構成にどう関わっているのかを考察したい。

梗概は次のとおりである。

初段　鈴木重家は高館への下向途中、矢矧で宿をとり、浄瑠璃姫とともに鎌倉御所で人形浄瑠璃を操る。

二段目　泉忠衡は国衡・泰衡の義経への謀反を知り、ひとまず義経を他国へ追い払おうとする。忠衡の妻信夫の前は夫に異見したことで離縁される。

三段目　忠衡は兄弟の前で切腹し、信夫の前は兄弟相手に奮戦する。

四段目　鈴木、亀井が高館に到着。義経が将棊にたとえて軍術を練る。鈴木・亀井を始め諸勇士討死。義経は衣川で継信の幽霊に助けられる。

五段目　蝦夷が千島へ弁慶、義経が到着し、追ってきた国衡、泰衡兄弟を亡ぼし、浄瑠璃姫が司になった女護島へと向かう。

初段には、謡曲『語鈴木』、謡曲『安達静』、『浄瑠璃物語』、三段目には幸若舞曲『和泉が城』、謡曲『錦戸』、四段目には幸若舞曲『高館』などの先行芸能が踏まえられている。

二　鈴木三郎重家の造型

まず、初段に登場する鈴木三郎重家の役割について考えたい。五段形式の劇構成では、初段に作品の基調となる対立の構図が示されるが、(6)重家は頼朝・義経兄弟の対立に深く関わる人物として、その構図をはっきり示す役割を担う人物とされている。

まず、重家は先行作品においてどのような人物として造型されているのかを確認しておきたい。重家は『平家物語』『源平盛衰記』などでは、義経の郎等としてその名が見られるだけであり、『義経記』巻八では義経を慕い、高館に下向し、衣川合戦で弟亀井六郎とともに討死したことが記されている。この逸話は幸若舞曲『高館』に詳細に描かれている。『義経記』では重家についての記述が高館へ到着した後からとなっており、(7)奥州へ下る途中の出来事については描かれていないが、謡曲『語鈴木』や狂言『生捕鈴木』の世界では重家の逸話が増幅され、(8)奥州へ下向中に捕らえられて頼朝の前で義経の異心なきことを訴える人物とされている。古浄瑠璃『たかたち』（寛永二年［一六二五］）や『あたかたかたち』では幸若舞曲『高館』を、土佐浄瑠璃『義経記』（元禄二年［一六八九］）巻七初段では謡曲『語鈴木』・幸若舞曲『高館』をほぼそのまま踏襲している。

謡曲や狂言で描かれた重家の姿は、頼朝に直訴する雄弁な姿であり、『源義経将棊経』でもやはりその設定が採り入れられている。頼家の祝賀で人形浄瑠璃を披露する浄瑠璃姫の誘いによって御所に同行する設定となっているが、浄瑠璃姫が御所で人形浄瑠璃を披露することは、すでに指摘があるように静御前が鶴岡八幡宮で舞を舞う「鶴岡舞楽伝説」の形を借りたものである。(9)『義経記』巻六「静若宮八幡宮へ参詣の事」では、静、「君が代の」と上げたりければ、人々これを聞きて、「情なき祐経かな。今一折舞はせよかし」とぞ、申しける。栓ずる所、敵の前の舞ぞかし、思ふ事を歌はばやと思ひて、

しづやしづ賤のをだまき繰り返し昔を今になすよしもがな

吉野山峯の白雪踏み分けて入りにし人の跡ぞ恋しき

と、歌ひたりければ、鎌倉殿、御簾をさつと下し給ひけり。鎌倉殿、「白拍子は興醒めたるものにてあるけるや。舞の舞ひ様、謡の歌ひ様怪しからず。頼朝田舎人なれば、聞き知らじとて歌ひたるか。〈賤のをだまき繰り返し〉とは、頼朝が世尽きて、九郎が世になれとや。あはれおほくなく思ひたるものかな。〈吉野山峯の白雪踏み分けて、入りにし人の〉とは、たとへば頼朝九郎を攻め落すと雖も、未だありとござんなれ。あ憎し憎し」とぞ仰せられる。

と、計略にはまって不本意に頼朝の面前で舞を舞わされることになった静は、夫義経を慕う歌を歌い、頼朝の不興を買う。この頼朝へのあてつけのような歌を歌うことは、後述するが、『源義経将棊経』において、頼朝の面前で披露する浄瑠璃が頼朝への諫言となることとして踏まえられている。重家が頼朝の前へ引き出されることと、静（浄瑠璃姫）が頼朝の面前で芸を披露するという、二つの事柄を重ね合せ、御所での祝賀という場面を設けているのである。

そして、先行芸能で描かれた重家の最大の活躍の場面である頼朝への直訴は、『源義経将棊経』ではまず、劇中劇の人形浄瑠璃として描かれている。御所で披露された人形浄瑠璃は、梶原の讒奏により、都を落ちる義経の東下りからはじまり、捕らえられた重家が頼朝に義経の異心なきことを訴える場面、そして、梶原の首を切り取り、義経へのみやげとして高館へと向かう場面などが続き、実質的には重家が主人公として登場する劇となって

いる。ここで注目したいのは、重家の捕らわれる理由である。劇中劇では、次のように、重家は高館へ下る途中、源藤太広澄に捕らわれることになっている。

思ひの外の北条殿に行あひ、身を隠れんとせし所を。伊豆一番の大力源藤太広澄に後より抱かれたり。然れ共藤太が弓手の肩先を抱かれながら横縫ひに。三刀突いて候がよも浅傷では候まじ。何条大力成共腕ねぢあげて刺し通すべかつしに。日陰の主人を持たる身。御兄弟の御和睦。一筋に願ひ申故、とかく慮外をいたさじと。心後れて生捕られ不覚の御目見へ仕る覚召のはづかしさよと涙を浮かべ言上す。

重家は自らが捕らえられることを「御兄弟の御和睦。一筋に願ひ申故、とかく慮外をいたさじと。心後れて生捕られ」と、語る。土佐浄瑠璃『義経記』七之巻では梶原景時に捕らえられるなど、先行作品では梶原一族に捕縛されると描かれるが、この部分は『異本義経記』によるものと思われる。

同五年三月北条五郎時連、伊豆の国府に於て、鈴木三郎重家を生捕る。時連国府に至るの時、僕従一人連れたる男に往き逢ふ。時節、時政の家人、源藤太広澄と云ふ者、時連の供したり。重家を能く見知りて、後より抱く。此の広澄は山本兼澄を夜討の時案内したる者也。伊豆国に名を得たる強力也。重家抱かれながら刀を抜いて広澄が弓手の腕を縫ひざまに貫く處を、時連の家人下り合ひて、終に虜り、……。（傍線筆者）

傍線部分のように、下向中に北条殿に出会い、源藤太広澄に捕らえられること、後ろから抱かれながら広澄を切った様子など、『源義経将棊経』の前掲箇所の中に類似する表現が見られる。ここで注目したいのは、捕らわれる状況は類似しているが、『源義経将棊経』では「御兄弟の御和睦」を願いながらも慮外のないようにと、あえて捕らえられているという違いである。先行作品では、重家は義経の正当性を懸命に訴えてはいるが、重家自身に所領が与えられることにとどまっており、兄弟の不和が解ける展開とはなっていない。重家を「義経と頼朝を和睦」させるための人物として登場させていることが、特徴だといえる。

ここで、劇中劇を人形浄瑠璃に設定した意味（効果）について考えたい。先行作品では、頼朝は重家の豪胆さに感じ、所領を与えたり、自分に奉公することを勧めたりするが、『源義経将棊経』では、義経と頼朝の和睦を計ることを頼家が重家に「老中にも言ひ合、折を待て和談を結び、在鎌倉をまねくべし」と、約束する設定としている。

『源義経将棊経』の重家は人形浄瑠璃を披露した後、次のように頼朝へ諫言している。

うらめしの人心や。抑大将は国家の魂、臣は手足にたとへたり。例へば此人形も、遣ふ者の心によつて、泣かせんと思へば泣かせ、勇めば勇の色をなし、怒れば怒り、笑へば笑ひ、天を仰ぎ地をにらみ、自由自在の働きまつ此ごとく、臣下の善悪は大将の賢愚にあり。然るにかへつて鎌倉殿は人形にて梶原に遣はれ、父母の骨肉分け給ふ只一人の御舎弟に思召かへ給ふこと御先祖の霊魂さこそ嘆かせ給ふらめ。

ここで重家の直訴は実現され、劇中劇と二重に描かれることにより、先行芸能と比べて、重家の活躍が一層強調されたものとなっている。梶原の讒言を信じて行動する頼朝を、梶原に遣われる人形にたとえ、それを人形浄瑠璃で操ってみせるという劇中劇が、頼朝への諫言になっている。このように、『浄瑠璃物語』、静の舞楽伝説、謡曲『語鈴木』などを重ね合せ、劇中劇の人形浄瑠璃を頼朝への諫言、そして義経の弁護として描いたことは、近松の優れた芸能の利用方法の一つだといえる。また、人形が人形を操る視覚的な楽しみを採り入れるなど、舞台的効果も考慮した場面といえる（図の右側の左上参照）。

〈図〉　絵入本『源義経将棊経』

先述したように、頼家は重家に頼朝と義経の和睦を図ると約束している。頼家は、

誠におことが申条、義者とやいはん、勇者とやいふべき。礼智をそなへし忠臣ぞや。義経公は我為におぢにてましまさずや。ことに軍法の師と頼み虎の巻の伝授を得、天下を治ん心ざし御和睦のいとなみかね〴〵心に存ぜし也。某かくてあらん中は老中にも言ひ合、折を待て和談を結び、在鎌倉をまねくべし。罷下って頼家が等閑なき心底をよき様に披露して返々も御なつかしく存る段、念比に申てたべと御落涙はせきあへず。是は又其方への礼ならず。おぢ君へなす礼義ぞと、忝も天下の世継、両の手を畳につけ、烏帽子をさげさせ給ひければ、重家も涙にくれ、伺候の諸武士一同にこは勿体なき次第やと、各頭を傾け弓矢の礼義ぞ殊勝なる。

と、重家を礼智を具えた忠臣と誉め、頼家自身も義経への礼を示している。「弓矢の礼義」として重家の行動が讃えられているのである。

頼家の言葉を聞いた重家は「梶原父子が首百二百取たるより。

今の御意を御みやげに判官殿へ言上せば。いか計の御悦び。此上たとへ和談なく。御腹召され候とても何御恨の残るべき」と、語り、高館へと下向する。梶原の首を取る機会は逃したものの、義経と頼朝の和睦を一番の目的と考えている重家にとって、そして義経にとっても、この頼家の言葉は何事にも代え難い喜ばしいものだったといえる。

梶原は頼朝・義経の不和の元凶として描かれてきたが、史実において梶原一家は鎌倉を追放され、謀反を企て駿河国狐ヶ崎で滅びる末路を歩む。(10) 芸能では梶原が義経方の人物に罰せられるという結末となり、幸若舞曲『含状』では、義経の首に銜えられた状によって梶原親子は滅亡し、(11) また、近松の『吉野忠信』（元禄十年［一六九七］七月以前初演）では、忠信が梶原景早を討ち、『殩静胎内捃』（正徳三年［一七一三］閏五月初演推定）では、梶原景季を大津二郎に討たせるなどの展開が見られる。『右大将鎌倉実記』（竹田出雲・享保八年［一七二三］初演）四段目で静が舞いながら、太鼓の役の梶原源太景季を斬り、報復を果たすなど、近松以後の作品にも同じような展開が用いられている。『源義経将棊経』では、劇中劇であるが、鈴木に梶原の首をねじ切らせるという痛快な場面を設けたことも、その一つといえるだろう。また、実際には梶原の首を切ったものとせずに、劇中劇の事件にとどめたことで、頼家から頼朝・義経兄弟を和睦させる約束を得たことが一層価値あるものとして強調された形となっているといえる。そして、この重家の活躍が描かれることで、五段構成の初段で描かれる、全曲を貫く基調となる、頼朝・義経兄弟の対立が、明確に示されているのである。

三　泉三郎忠衡と信夫の前の造型

次に二段目・三段目に登場する泉三郎忠衡と、その妻信夫の前について考えてみたい。五段形式の時代浄瑠璃では、二段目で仕組まれた新たな問題が三段目で解決されるなど、二段目・三段目が密接な影響関係で結ばれるようになる。忠衛と信夫の前が二段にわたって登場することも、この劇構成に合致するものである。

忠衡は義経が庇護を受けていた秀衡の三男で、『義経記』では、秀衡が生前に憂慮していたように、国衡、泰衡兄弟が頼朝側に付き、義経への謀反を企てる中、一人忠衡は父秀衡の遺言を守り、義経への忠義を尽くそうとしたが兄弟に討たれる。(12) これに対し、謡曲『錦戸』、幸若舞曲『和泉が城』では、忠衡は攻め寄る兄弟たちを相手に抗戦するが、多勢を前にして自害する。そして、『義経記』には登場しなかった忠衡の妻が、夫とともに気丈に戦う女性として登場する。(13) 夫の自害に先立って子供を殺害し、そして夫の自害を見届けて自害を遂げるこの妻の活躍は、これらの曲に一層悲痛な印象を与えるものといえる。

『源義経将棊経』でも先行作品同様、国衡と泰衡が謀反を企む。忠衡は兄弟に異見をするが、かえって兄弟の縁を断たれ、

忠衡今はたまられず、追付て討てすてふか。君に注進申さんかと立出ては立もどり。とつゝをひつ思案を砕き、いや〳〵是は血気の勇、事を破らず収めてこそ、忠孝有て兄弟に心ざしも立べけれ。所詮某謀をめぐらし、判官殿を当国中追はらい参らせん時には、討つこと思ひもよらず、討ねば兄弟不孝の恥辱もなしと、とつく思案し、家来共承れ。手廻りより末々迄只今のあらまし取沙汰かたく禁制ぞ。

と、思案を廻らし、まず、義経を他国へ移すことを計画する。先行作品ではこの兄弟の謀反のことを妻に告げていたが、『源義経将棊経』では家来にも他言を禁じている。他言を禁じているのは、事を起こさず収めることで、「忠孝有て兄弟に心ざしも立」ち、兄弟たちも義経を討たなければ、「兄弟不忠不孝の恥辱もなし」と、忠衡は忠

孝だけではなく、兄弟も立てることを念頭に置いたからといえるだろう。忠衡は義経を他国へ移す言い訳として弁慶に不義の濡れ衣を着せ、主従ともに即時この地から立ち退くことを命じ、このことに異見する妻信夫の前を離縁してしまう。先行作品とは違って、妻に事情を話さないのは、信夫の前の性格に理由があるとされている。近松は信夫の前を、「二人の子を教へ育てて、夫にも仕ふる道の浅からず。容儀帯佩心ばせ十人並を打ち越して」と表現している。謡曲『錦戸』幸若舞曲『和泉が城』の忠衡の妻の造型をもとに、近松は自らが描いてきた夫を思ってひたむきに行動する女性像の一環として[14]、この信夫の前の健気さと気丈さを強調し、特に存在感のある人物としている。才知ある女性として描かれる信夫の前は、かえって忠衡に懸念を生じさせている。離縁された信夫の前が子を連れ出て行く様子を見た、忠衡の胸中は次のように描かれている。

　忠衡はつと心乱れ、エ、あさましの憂き世やな。かくと語れば兄の恥。言はねば夫婦親子の別れ。我胸中をさとらずして恨みしは尤。恥かしや不敏やな。追かけて子細を語り、二度つれて帰らんと立あがりしが、待てしばし、なまなか女の賢しだて兄弟中を直さんと、方々へ披露せば、君の御為悪しかりなんと。

　才知ある女性であるが故に、かえって時にそれが賢し立てをするという懸念である。忠衡は妻に語れば、妻が「賢しだて」して兄弟の仲を直そうと方々に言いふらして、事を悪くするだろうと躊躇っているのである。子細を語れば兄の恥、言わねば夫婦親子の別れと、忠衡が兄弟への情と夫婦の情と忠孝との間で葛藤する様子が描かれている。信夫の前はその「賢しさ」（それはまた、「小賢しさ」でもある）のために、忠衡に離縁という形を取らざるをえなくさせている。先行芸能では、忠衡と兄弟との単純な対立のみが描かれていたが、『源義経将棊経』の忠衡は、本心では主君・親・兄弟・夫婦、いずれをも深く思いやっているのにもかかわらず、すべてに対立せざるをえない状況に追い込まれ、その葛藤を一層複雑なものとしている。

『源義経将棊経』では、先行芸能で描かれた忠衡の忠孝の面が強調される一方で、兄弟たちを母の諫言をものともしない悪人としており、兄弟の悪逆の度合いがより強まっている。その兄弟によって自害に追い込まれた忠衡の最期の場面には、

父母に受たる一命を、おのれらに渡さんや。せがれ五郎めが弟がひに、冥途の供をせよやとて。思ふさまに刺し通し、死骸にどうど腰をかけ、忠孝深き武士の腹切様を手本にせよとて

と、最期まで忠孝の士であろうとする忠衡の壮絶な姿が描かれている。

原道生氏は宝永・正徳期の近松の浄瑠璃には、弱いけれどあくまで自分で状況に立ち向かって行く人物が造型されていて、その人物の誠実さの究極の表現として自害があり、そういう行動が近松の見出した三段目の悲劇であると述べている。(15)『源義経将棊経』に描かれた忠衡も、そうした人物造型の方法から生まれた登場人物の一人であり、いわゆる「三段目の悲劇」を描き出すための人物といえるだろう。先行作品における忠衡の死を、近松は五段形式の時代物の構想に合せて、新しく意味付けしたものである。

一方、信夫の前の気丈さは義経へ諫言するという行為にもよく表れている。信夫の前は戯れかかる義経に、離縁された理由を語り諫める。(16)義経が好色のため諫言されることは『吉野忠信』（元禄十年［一六九七］七月以前初演）において、頼朝の不興を受けた義経が廓通いすることを、兼房や忠信などに諫められたり、吉野山で静を連れて来たことを弁慶に非難されることなどがあり、また、『源義経将棊経』では、鞍馬の天狗僧正坊にもその好色性を諫言されている。このような、義経の好色性を諫めるという、一種の定型化された役割を、この作品では女性

の信夫の前に担わせているのである。

幸若舞曲『和泉が城』では、国衡兄弟との戦の後、忠衡とその妻は自害するが、『源義経将棊経』では忠衡が自害し、その後信夫の前が兄弟相手に戦う設定に変えられている。幸若舞曲では、信夫の前の気丈さは佐藤庄司の血筋であることから来るとの説明（心のかうなるも道理かな。西国八嶋の合戦に義経の御供申し、能登の守の矢先にかゝって、むなしくなつたりける佐藤次信が妹なり）が付けられているが、[17] 主君を思い、夫に不覚を取らせまいと子を殺させ、奮戦の末壮烈な自害を遂げるというこの妻の活躍こそが、幸若舞曲においては悲愴感と凄惨さを一段と増す要素となっていた。幸若舞曲での妻の奮戦は秀衡の遺言を守り主君に従うためのものだったといえるだろう。一方、『源義経将棊経』では、

夫の死骸をかけへだて、忠心共知らずして、よしなき女の道だてにしばし別れ参らせし、ゆるさせ給へ（中略）城郭にをしよせて尋常に軍はせず泉ほどの弓取に詰腹切らせし卑怯さよ。此御堂を泉が城と名付け、櫓のかはりに炬燵の櫓、信夫の前が手なみを見よと、琴の甲をこぢはなせば、中には半弓矢を入たり。二つ重ねし櫓にあがり、つるくひしめす其勢、剛成も理かな、八島にて討死せし佐藤次信忠信が妹也。子共が為には親の追善、我つまの弔いの矢先を見せん（中略）乙の姫はそれ迄の母がかはりに父上の伽をせよと引よせて、涙ながらに刺し殺し、夫の首を人手には渡さじ物を南無阿弥陀仏と、打ったる首と我子の死骸、火葬と観ずる炬燵の櫓（中略）夫は冥途、主君は娑婆、節義は未来、忠義は現世。武勇は男、情は女。形一つを二筋の道を立しぞ類なき

とあるように、錦戸兄弟が「尋常に軍はせず泉ほどの弓取に詰腹切らせ」たことへの立腹、そして夫の本心を推

量できなかったことへの後悔が、信夫の前を兄弟たちと戦わせている。忠衡と国衡兄弟との対立の原因は主君義経であるという背景は残しながらも、信夫の前の夫への思いの面を強調した描き方となっていて、夫婦の主君への忠義が巧みに描き出されている場面といえるだろう。

また、謡曲『錦戸』や幸若舞曲『和泉が城』では、忠衡は櫓に上って戦う様子が描かれているが、この櫓を近松は離縁された信夫の前が子供二人を入れて運ぶ道具としての炬燵の櫓に用いている（前掲の図の左側左下参照）。この姿での道行が設けられていることから、視覚的にも哀れな雰囲気を漂わせており、信夫の前の子への深い愛情が表現される道具でもある。それだけではなく、この炬燵の櫓は、信夫の前が国衡兄弟を相手に戦う場面に再び用いられている。炬燵の櫓の上で戦う信夫の前の姿は勇ましさを表しているだけではなく、先述したように、夫への追善の思いを表すものでもある。また、夫の首と子の死骸を炬燵の櫓に入れて荷い、よろめきながら高館へと向かう様子は一層哀れを催すものとなっている。信夫の前の心境を「語り」だけではなく、舞台の上で視覚的に形象化するなど、演劇的効果を高めた方法といえる。

この四段目の末尾は「夫は冥途、主君は娑婆、節義は未来、忠義は現世。武勇は男、情は女。形一つを二筋の道を立しぞ類なき」と結ばれている。しかし、近松は「情は女」と書きながらも、先行芸能の一場面を用いつつ、信夫の前の性格を強調することで、近松は節義、忠義、武勇、そして愛情のすべてを兼ね備えた、信夫の前という一人の人物を、よりあざやかに描き出しているのではないだろうか。

以上のように、二段目には、国衡兄弟の義経への謀反を知った忠衡の、それを阻止しようとする努力が描かれ、三段目には所謂「三段目の悲劇」といわれる忠衡の自害、そして、夫の本心を推量しえなかった信夫の前の嘆きが悲劇的な場面として描かれている。

松崎仁氏は、親子・主従・夫婦の立場の先験的規定性が強いために、行為の選択の可能性が狭められ、自己を犠牲にするしかない悲劇を「立場の悲劇」と呼び、単なる板ばさみの局面以上の優れて近世的な悲劇であると述べている。[18]『源義経将基経』で、忠衡が置かれた状況を兄弟との対立という先行芸能の踏襲だけではなく、さらに主従・親子・夫婦との対立が付け加えられているのも、「立場の悲劇」の構想が反映されたものと思われる。さらに、信夫の前に積極的な性格と役割を与え、夫の本心を理解することができなかった後悔と嘆きを大きく映し出し、「愁嘆」の場としてこの三段目を描いている。

四　義経の造型

最後に義経について考えたい。四段目・五段目は高館（衣川）での義経主従の最期が描かれている。『義経記』や先行芸能では、頼朝と不和となった後の義経は弱々しく、積極性のない主君として描かれてきた。特に、最大の庇護者秀衡の死に直面しては悲嘆に暮れ、また、高館では頼朝の討手に抗戦せず、経を読み自害への準備をするなど、戦への意志はまったく見られなくなる。[19]一方、『平家物語』巻十一「継信最後」での、継信への弔いの一面など、郎等への深い思いやりという面が強調されるようになる。[20]
『源義経将基経』でも秀衡の追善を思うように執り行えない身の上を嘆いたり、忠衡夫婦の離別のことを心配するなど、義経の情深さは引き続き描かれている。しかし、『源義経将基経』では『義経記』や幸若舞曲『高館』とは違う様子が描かれる。義経は将基によって合戦計画を練り、また、勇敢に出陣する様子が描かれるなど、戦闘への積極的意志を見せている。[21]
『義経記』や幸若舞曲『含状』では義経は高館で自害したことになっており、古浄瑠璃『たかたち』でも最後に義経の自害が描かれるなど、義経の最期をめぐる物語は悲愴感を漂わせている。しかし、『源義経将基経』では弁慶と義経は死なずに、蝦夷が千島を経て女護島へと向かう結末を持つ。将棊に喩え軍術を練る際にも、「義経が奥の手、此日本の盤を離れ逆馬に入て見すべきぞ」とあり、大将である自らが蝦夷が千島へと渡る計画であることが語られている。義経が高館で自害せずに生き延びたという伝説を記す作品は少なくない。例えば、謡曲『野口判官』では義経が自害を遂げようとした時、鞍馬の天狗僧正坊が現れ、義経を播磨国野口へ運ぶことになっている。しかし、『源義経将棊経』では、天狗の力によるのではなく、義経自身の戦略として蝦夷へ向かうという積極性が加えられているなど、義経は勇ましい武士として描かれている。弱々しい、庇護すべき人物としてではなく、重家や忠衡その他の人物が献身的に尽くすに値する強い主君としての義経像へと描きかえられているといえる。

義経が頼朝から不興を得た後のことを描いた近松の浄瑠璃『吉野忠信』と『殩静胎内捃』には、いずれの作品においても、義経が自害しようとするが、周囲の人物に諫められる場面がある。特に、『殩静胎内捃』では、自害しようとする義経と、主君が自害するからには鎌倉へ乱れ入り、梶原父子を討ち取ろうとする郎等たちが、ともに弁慶に諫められる。その弁慶の言葉に、「本意もとげず御腹めし、心をつくし身をくだく、郎等共が忠誠を水の泡となし、一騎当千の武士共、犬死せよとの御心か」とあるように、弁慶は義経を諫め、あるべき主君の姿を指し示しているが、その指し示された姿と、『源義経将棊経』における義経の姿とは重なるものがあるといえる。

また、向井芳樹氏は、正徳期の近松の浄瑠璃は、そのめでたい、祝儀性をもった結句の詞章が示すように「現世につながる劇中の世界が安泰であるべきだという構想の論理」をもつようになり、安泰なる世界に回復する筋立てが生み出されたと述べている。(22) 義経が自害せず、蝦夷へ渡ると設定したことも、こうしたことと繋がるものといえるだろう。当時、このような伝説が流布していたことだけに起因するのではなく、近松による劇構想の論理が導き出した結末だったのであろう。

五　おわりに

以上のように、近松は先行芸能に描かれた登場人物の活躍を、五段構成の型にあてはめ描き出している。『源義経将棊経』を全体的に見ると、初段で謡曲『語鈴木』など先行芸能に描かれた重家の活躍を踏まえることで、頼朝・義経兄弟の不和が示される形となっており、二段目・三段目は幸若舞曲『和泉が城』を踏まえながら、二段目では国衡兄弟による謀反の企てが明らかになり、三段目では忠衡の自害による三段目の悲劇を描き出している。四段目では将棊にたとえた義経の軍術が節事として設けられ、五段目では義経が蝦夷へ渡り、追ってきた国衡兄弟を討ち、女護島に渡るなど、めでたく終結する五段形式の劇構成が整っているといえる。

『源義経将棊経』は『義経記』に沿った構成を持つことが特徴である。このような構成を持つものに土佐浄瑠璃『義経記』（元禄二年〔一六八九〕・七巻七冊、各六段）があり、巻六の五段目から巻七が『源義経将棊経』と同じ内容を持つ。土佐浄瑠璃『義経記』では、忠衡の自害（幸若舞曲『和泉が城』）の段に続き、鈴木三郎の高館への出発（謡曲『語鈴木』）、そして、高館への到着、討死（幸若舞曲『高館』）と、時間経過により構成されている。謡曲『語鈴木』と幸若舞曲『高館』を結び付けながら鈴木三郎の物語を構成している点では『源義経将棊経』と同じである。古浄瑠璃では、義経伝説などを題材にする場合、伝説を並列する傾向があり、宝永期・正徳期に作られた近松の義経物である『孕常盤』や『殩静胎内捃』においても、各段は義経伝説を並列する構成となっている。しかし、『源義経将棊経』では、五段の劇構成を念頭に構成を組み替えているという違いが見られるのである。初段に登場した重家は四段に再び登場する。重家が初段に登場したのは、高館への下向途中の出来事であり、高館へは四段目で到着することになっている。幸若舞曲『高館』の中に謡曲『語鈴木』がはめこまれた形といえる。五段形式の劇構成では四段目は道行・景事が置かれたり、華やかな見せ場・聞かせ場が展開する。『源義経将棊経』四段目の重家の登場は幸若舞曲『高館』を踏まえたもので、将棊に見立てて戦術が語られる「軍法将棊経」の場面が見せ場となっている。この重家の登場もやはり五段形式の劇構想によるものとなっているのである。

近松は登場人物の性格として、先行作品に描かれた人物のイメージを一層明確化し、五段組織の各段の性格と対応させることによって、劇構成を整えている。結果、義経の最期をめぐる挿話が単に並列されているのではなく、有機的に絡み合った形となっているのである。このように、『源義経将棊経』は五段組織の劇構成が定着しはじめる早い時期に、劇構成に合せた人物造型が見られるという点で注目される。

また、初段での劇中劇としての人形劇、二段目・三段目での櫓、四段目での将棊に見立てての軍談など、見せ場・聞かせ場となる場面を各段に設け、舞台的効果も高めた作品といえるだろう。

注

（1）『義太夫年表』近世篇。

（2）白方勝「近松正徳期時代浄瑠璃の段構成について」（「近世文芸稿」一五、一九六九年、二月）、山田和人「宝永期近松浄瑠璃について――その特質を中心に」（「同志社国文学」一七、一九八一年三月）。

（3）宝永三年［一七〇六］初演『心中二枚絵草子』『卯月紅葉』『堀川波鼓』、宝永四年［一七〇七］初演『卯月の潤色』『五十年忌歌念仏』『心中重井筒』『丹波与作待夜の小室節』、宝永五年［一七〇八］初演『淀鯉出世滝徳』、宝永六年［一七〇九］初演『心中刃は氷の朔日』、宝永七年［一七一〇］『心中万年草』『薩摩歌』など、世話物二十四作中十一作が宝永期に初演されている。また、時代物とも世話物とも区分しがたい作品は、歌舞伎色が濃い特徴があり、これらには宝永四年［一七〇七］初演の『丹波与作待夜の小室節』、宝永五年［一七〇八］初演の『雪女五枚羽子板』『傾城反魂香』、宝永七年［一七一〇］の『傾城吉岡染』『曾我扇八景』『曾我虎が磨』『薩摩歌』がある。

（4）この時期、時代浄瑠璃十五作中、九作が変則的な形式を持つ上中下三巻形式のものに、宝永五年［一七〇八］初演の『雪女五枚羽子板』『傾城反魂香』、宝永七年［一七一〇］初演の『曾我扇八景』『曾我虎が磨』、上下二巻形式のものには、宝永七年［一七一〇］初演の『源氏れいぜいぶし』『兼好法師物見車』『鎌田兵衛名所盃』、一巻形式のものに宝永七年［一七一〇］初演の『碁盤太平記』があるが、これは『兼好法師物見車』の続編としての性格を持つ。

（5）『義経記』巻八と関連芸能作品

『義経記』巻八	関連芸能作品
継信兄弟御弔いの事	幸若舞曲『岡山』、謡曲『接待』
秀衡死去の事	幸若舞曲『和泉が城』
秀衡が子共判官殿に謀反の事	謡曲『錦戸』幸若舞曲『和泉が城』
鈴木三郎重家高館へ参る事	謡曲『語鈴木』『追懸鈴木』狂言『生捕鈴木』古浄瑠璃『たかたち』『あたかたかたち』
衣川合戦の事	幸若舞曲『高館』古浄瑠璃『たかたち』『あたかたかたち』
判官御自害の事	謡曲『野口判官』幸若舞曲『含状』古浄瑠璃『たかたち』

（6）松崎仁氏は「近松による浄瑠璃戯曲の形成」（『歌舞伎・浄瑠璃・ことば』所収、八木書店、一九九四年）において、近松の時代物の作品構成を次のように指摘する。初段では、作品世界の構造の基本、全曲の基本的な対立が示され、二段目は悪の側への善の側の抵抗や秩序回復の努力がされる。三段目は悲劇場面を切場とし、切場に中心的事件を仕組む。大状況の対立が家族的小集団に侵入してそのなかの人物を矛盾に追い込み、そのなかの誰かの自害・身替りなどの犠牲死によって事態は打開される。四段目は多く道行・景事が置かれ、その他華やかな見せ場・聞かせ場が展開する。五段目は作品世界の秩序が回復、あるいは回復を予告するかたちで大団円となる。

（7）『義経記』巻第八「鈴木三郎重家高館へ参る事」では、「鈴木三郎を召して、抑々和殿は鎌倉殿より御恩蒙りたると聞きつるに、いかに世になき義経がものに程なくかかる事の出で来るこそ悲しけれと仰せられければ……」と、高館に到着した鈴木に義経が話しかける部分から始まり唐突な感じがあるが、赤木文庫本『義経物語』では「さてもものあはれをとどめしは、鈴木三郎重家にて止めけり。都の片辺りにありけるが、判官殿を恋ひ偲びたてまつり、遥々の途の程を分け下り、七十五日に下り着き、今日の合戦に一番に討死つかまつりけるとかや」と、始まる。

（8）狂言『生捕鈴木』では、次のように捕縛された鈴木が頼朝に訊問され反論する。「御諚にては候へども、わが君は、頼朝の御代官として西国へ御向かう有、おごる平家をば、三年三月に攻め滅ぼし、あまさへもつて、大将宗盛父子共に生け捕り申、鎌倉へ渡さるゝをば囚人は受け取り、わが君を腰越よりおつ返し給ふ、その折、御前に有しは、亀井、片岡、伊勢、駿河、武蔵坊弁慶、かう申す鈴木め先として、鎌倉へ乱れ入り、梶原めが讒奏の口をためさんと、おの〳〵申せしが、わが君は親兄の礼を重んじいたまへば、いかゞはさる事の有べきと、都へ引連れ御上りなされ候、やわか野心は御ざ候まひ、又君の討手にて御ざらふずるならば、一門に旗を立てさし申、討手向かひ御ざらふずる物が、何ぞや、土佐坊と申せしは、金王丸といひしわつぱをば法師になし給ひ、御前まぢわり、あやまりと、京童がとり〴〵に申候と申ければ、其時頼朝、至極の道理に詰められて、とかうの返事もの給わず。」。

（9）島津久基『義経伝説と文学』（明治書院、一九三五年）、「大近松全集」所収『源義経将棊経』木谷蓬吟解題。

（10）梶原は結城朝光を陥れて之を失おうとした事件が導火線となって、義村・朝光の談合（『吾妻鏡』巻十六、正治元年［一一九九］十月二十七日）から、義盛・盛長の賛同を得て、翌日鶴岡の六十六名士の連判となり、ついに縁族を率いて所領相州一宮に引き籠り（『吾妻鏡』巻十六、正治元年十一月十三日）続いて鎌倉追放に至った。（『吾妻鏡』巻十六、正治元年十二月十八日）翌年謀反を企てて駿河国狐ヶ崎で一門悉く誅罰を蒙った（『吾妻鏡』巻十六正治二年正月二十日）。

（11）兼房は自らの腹を掻き破って、自害した義経の首を入れ火の中に飛び入る。鎌倉に届けられた義経の首の口には状が銜えられていて、梶原父子の首を切って手向けよとある。梶原は逃れようとして、駿河で高橋の与一の矢に当たって死に、二男、三男も討たれ、嫡男源太のみ配流となる。『義経記』にはないが、赤木文庫本『義経物語』には幸若舞曲『含状』と同じように含状の件が記されている。

（12）史実では、忠衡が討たれたのは文治五年［一一八九］六月二十六日のことで、義経の死より約三ヵ月後の出来事である。『義経記』で、その順序を入れ替えているのは、義経の最期の悲劇を強調するための配慮であるとする。『義経記』（「新編日本古典文学全集」梶原正昭校注）。

（13）和泉の三郎は我が宿に帰り、女房にいふ様は、「さても面目なき申事の候ぞ。其をいかにと申に、兄弟の人々の敵となり給ひ、我が君を討ち申さむするたくみの候なむほう浅ましき次第にて候」。女房聞て「あら、浅ましき事やさふらふ。秀衡殿におくらさせ給ひ、今幾程もなき間に兄弟の人々の敵となり給ひなば、さて我が君は何とならせ給ふべきぞ。たとひ自らが女の身にてさふらふとも、高館殿に参り、君の御供申すべし」（幸若舞曲『和泉が城』）。

（14）『鎌田兵衛名所盃』での鎌田の妻やどり木、『大職冠』での則風の妻満月等。

（15）原道生「近松の人物造型――劇的状況を担う人物像の諸相――」（『近松研究の今日』所収、和泉書院、一九九五年）。

（16）是申判官さま。我は泉ノ三郎忠衡は妻信夫の前と申者。扨しどけなき御所存やな。夫にて候泉ノ三郎心変はり、もつたいなくも我君を蝦夷松前外の浜へも追放なち参らせんとの巧み。不忠といひ秀衡の遺言に背くこと、不孝の至りとさま〴〵に意見いたすが奇怪とて、ナフ自らは忠孝ゆへに去られたり。縁をもとめ此兄を我君に奉り、もしもの時は高館の惣堀の埋草。姫と我らは夫の門にかばねをさらさん心にて、か様に身を捨て候なり。さだかならざる御身持。鎌倉の聞へといひ、口惜しのお心やと、涙を流し諫むれば。

(17) 謡曲『錦戸』にも「わらははは佐藤庄司が娘。次信、忠信が妹なり」と語られる。忠衡の妻を佐藤兄弟の妹とするのは、後の女軍などからの発想であり、史実ではないであろう。しかし、『尊卑分脈』では秀衡の従姉妹にあたる人物を継信、忠信の母とすることから奥州藤原氏と佐藤氏の交流は確かにあったと考えられている。(『幸若舞曲研究』八『和泉が城』小林健二注釈)。

(18) 注6松崎仁氏前掲論文。

(19) 空しき体に向き給ひて、境遥かなる道をに分けて、これまで下りつるも入道殿を頼みてこそ候ひつれ。父義朝には二歳にて別れ奉りぬ。母は京におはすれども、平家と一つにおはすれば、互いに快からず。兄弟ありとは聞けども、幼少より方々に在りて行方を知らず。いかなる親の歎き、子の思ひもこれにはいかで勝るべき。羽なき鳥、根枯れたる木もかくやと、悲しみ給ふ。義経が運の窮めぞと覚えたりとて、さしも猛き御心なれども、袖に顔を当ててぞ歎き給ふ。(中略) 武蔵坊は敵追ひ払ひ、御方へ参り、長刀を脇に挟み、弁慶こそ参りて候へと申しければ、判官は法華経の八の巻にかからせ給ひけるが、いかにとて見やり給へば、軍ははや限りになりぬ。備前平四郎、鷲尾、増尾、鈴木兄弟、伊勢三郎、思ふままに軍して討死仕り候ひぬ。今は弁慶と片岡ばかりになりて候。君を一度見参らせん為に参りて候。君先立たせ候はば、死出の山にて待たせ給ひ候ふべし。弁慶先立ち参らせ候はば、三途の川にて待ち参らせ候ふべしと、申しければ、判官いかがすべき。御経読みはてばやと仰せければ、静かにあそばしはてさせ給へ。その程は弁慶防矢仕り候はん。たとひ死にて候ふとも、君の御経あそばしはてさせ給ひ候はんまでは守護し参らせ候ふべし(『義経記』巻八「秀衡死去の事」「衣川合戦の事」)。

(20) 判官は佐藤三郎兵衛を陣のうしろへかきいれさせ、馬よりおり、手をとらえて、「三郎兵衛、いかゞおぼゆる」との給へば、(中略) 判官涙をはら〳〵とながし、「此辺にたつとき僧やある」とてたづねいだし、「手負いのたゞいまおちいるに、一日経かいてとぶらへ」とて、黒き馬のふとうたくましゐに、黄覆輪の鞍をいて、かの僧にたびにけり。判官五位尉になられし時、五位になして大夫黒とよばれし馬也。一の谷ひえ鳥ごえをもこの馬にてぞおとされたりける。弟の四郎兵衛をはじめとして、是を見る兵ども皆涙をながし、此君の御ために命をうしなはん事、まつたく露塵程もおしからずとぞ申しける。(『平家物語』巻第十一「継信最期」)。

（21） 判官語っての給はく、それ将棊といつは、むかし黄帝琢鹿の野戦を表し、摩呵大将棊と名づけ、高祖八ヶ年の合戦をうつして大将棊を表し、後漢の孟嘗君是を中将棊に略して、司馬温公といつし人、彼にもゝ手の図を顕はし、それより和国に伝つて今此小将棊。盤面せばしといへ共、四十の駒を走らしむる時んば、四方八極掌にして、勝つことを千里にもとむる虎の巻。義経いやしくも所々の軍に利を得しこと。是皆将棊に漏るゝことなし。いんじ寿永三年の春。木曾といつし玉将。宇治瀬田のはしの歩引て、要害はしつれ共、王の逃げ道あけざる手ちがひ、佐々木ノ四郎が飛車の馬、まつさきに立花の小島が崎をわたさせて、洛中に攻め入しかば、（中略）与一が三枚張り扇の要の金銀落つれば、源氏の兵、平家の舟を飛こへ、はねこへ桂馬とび、平家世を取て二十余年。一時に駒をなげさせしは是。義経が桂馬詰めの軍術也。扨明日の合戦錦戸が対馬より鎌倉の手に駒多し。中々勝つこと及びがたし。万劫へても勝負なき義経が奥の手。此日本の盤をはなれ逆馬に入て見すべきぞ。やれ勇めや者共。すゝめや味方。三軍六軍皆一将の下知に在こと。くろがねの磁石になびき、夏の虫の火にしたがふごとく也と、団扇取て打ふり〳〵七書そらんの軍談は、古今無双の名将棊。孫子が二度此界に出けるかと感じける。

（22） 向井芳樹「近松時代浄るりの構造と方法」・「近松浄るりの発想と人間像」（『近松の方法』桜楓社、一九七六年）。

第三章　浄瑠璃における「富士浅間物」の展開
――『莠伶人吾妻雛形』・『粟島譜嫁入雛形』を中心に――

一　はじめに

本章では、浄瑠璃における先行作品の利用の一例として、謡曲『富士太鼓』が浄瑠璃において、どのように脚色・改変されたのかを検討する。

謡曲『富士太鼓』の内容は次のとおりである。住吉社の楽人富士は、宮中で管弦の催しがあると聞いて、太鼓の役を志願して都に上る。しかし、すでに勅命で召されていた天王寺の楽人浅間が、押しかけた富士の行動を憎み殺害してしまう。そのことを知った富士の妻が、形見の太鼓を敵と見立て、太鼓を打ち、恨みを晴らすという筋が、敵討ち譚として近世演劇に採り入れられている。

所謂「富士浅間物」には、次のような作品がある。

古浄瑠璃『富士浅間舞楽諍』（富松薩摩）
浄瑠璃『莠伶人吾妻雛形』（享保十八年［一七三三］・並木宗輔・並木丈輔合作・豊竹座）、天明頃いなり芝居（豊竹淀太夫座）で三段目上演の番付が残る。
浄瑠璃『粟島譜嫁入雛形』（寛延二年［一七四九］・並木宗輔・竹田出雲・三好松洛合作・竹本座）、その後『粟島譜利生雛

形』の題で江戸辰松座で上演

浄瑠璃『内百番富士太鼓』（天明三年［一七八三］・松貫四・吉田角丸合作・肥前座）
歌舞伎『恋染隅田川』（宝暦八年［一七五八］・堀越二三治・市村座）
歌舞伎『初紋日艶郷曾我』（安永九年［一七八〇］・増山金八・中村座）
歌舞伎『江戸富士陽曾我』（寛政元年［一七八九］・初世桜田治助・中村座）
歌舞伎『復讐高音鼓』（文化五年［一八〇八］・奈河七五三助・藤川辰蔵座）

その中で、並木宗輔・並木丈輔合作(1)『莠伶人吾妻雛形《ふたばれいじんあずまのひながた》』、その改作である並木宗輔・竹田出雲・三好松洛合作『粟島譜嫁入雛形《あわしまけいずよめいりひながた》』は、並木宗輔が作者として関わっており、前者は豊竹座、後者は竹本座と、上演された座が違うことからも注目される。竹本座は、武道と義理に生きる男性を主人公とし、人間の力を信頼し、意志によって運命を切り開いていこうとする理想主義的傾向が強いのに対して、豊竹座は、人間の罪業の深さ、社会の矛盾の暗黒面を鋭く見据える基本姿勢があり、宿命や体制に押しつぶされる人間存在の無力さ、悲惨さというものを生々しく描く、悲観主義的な傾向が強いとされる(2)。

『莠伶人吾妻雛形』は、「富士浅間」の世界に、謡曲『弱法師』、説経『信徳丸』など中世以来の物語を、お家騒動風に仕立てた義太夫正本『弱法師』（元禄七年［一六九四］）を加えて脚色したものである(3)。「富士浅間」の世界に「俊徳丸」の世界が取り合わされたのは、『世界綱目』歌舞伎御家狂言世界之部によると、「此世界に富士浅間を結ぶ事、趣向も莠伶人を始とす」と、『莠伶人吾妻雛形』がはじめであると記されている。しかし、享保八年［一七二三］五月、京布袋屋梅之丞座上演『俊徳丸比翼鳥甲』の角書に「富士太鼓／浅間伝授」とあることから、すでにこの作品にも、富士浅間の世界に俊徳丸の世界が加えられていることがわかる(4)。内容が確認されるものとしては、其磧の浮世草子『富士浅間裾野桜』（享保十五年［一七三〇］、改題再版本に『俊徳丸一代記』天明五年［一七八五］）が早く、後の黒本・青本（『富士浅間秘曲舞』）や黄表紙（『富士浅間物語』）、浄瑠璃・歌舞伎などへ多くの影響を与えている。

この浮世草子『富士浅間裾野桜』は「富士浅間」の世界に「俊徳丸」の世界を結び付け、お家騒動の要素を加味したものである。しかし、『葬伶人吾妻雛形』や、その改作『粟島譜嫁入雛形』では、義太夫正本『弱法師』や、同じく両作に影響を与えた浮世草子『富士浅間裾野桜』のようなお家騒動物としては描かれていない。

豊竹座初演の『葬伶人吾妻雛形』は、忠臣蔵騒動直後の竹本座で『粟島譜嫁入雛形』に改作される。騒動後の最初の新作として書かれたものであったが、『浄瑠璃譜』に「はなはだ不入」と評されるなど、興行的に不振であったことが知られる。竹本座の紋下格の太夫となった大和掾と、作者の中心である宗輔の間で、語りと内容に噛み合わなかったことが大きな要因とされる。(5)

『葬伶人吾妻雛形』は、弟子格の丈輔との合作ということから、宗輔が立作者と見られており、(6)『粟島譜嫁入雛形』は出雲か宗輔のどちらが立作者であるかについては異論がある。(7)西沢一鳳軒の『伝奇作書』初編上巻（天保十四年［一八四三］序）によると、

> 竹田出雲、並木宗助、近松半二出で浄瑠璃の脚色段々巧になり、一通りの作にては聞者も看官も承知せぬことに成り、譬はゞ作者三人あれば場割とて、建作者より誰は二の切、かれは序切、誰それは四の切と二の口、我は大序と三段の切を書なんど、一場〳〵と割付合作する様になり

とあり、立作者は全体の構想を立て、三段目など一曲の要を書き、助作者は立作者から割り当てられた場を書くと見られている。(8)

森修氏は、出雲と宗輔の特色を次のように捉えている。

出雲の特色としては、

①　骨肉関係を原因とした述懐の多いこと
②　まぎらわしい人物を二人設けること
③　事件の様子を見物は知っているけれども、作中の人物は知らずに行動すること
④　クドキ場が比較的多い

ことをあげる。並木宗輔の特色としては、

①　作中人物が秘密を守って行動し、見物はそれを知らず、事件が落着して後はじめて真の原因理解すること
②　あらかじめ事件のために伏線を設けておくこと

をあげている。(9)

延享二年［一七四五］、宗輔が竹本座へ移ってから宝暦元年［一七五一］再び豊竹座に戻り『一谷嫩軍記』を書くまでの約七年間は、所謂浄瑠璃の黄金時代と呼ばれる。この時期の代表作における立作者について、『菅原伝授手習鑑』正本の作者署名は、竹田出雲・並木千柳・三好松洛・竹田小出雲（内題下は「竹田出雲作」、文末の作者連名は「並木千柳・三好松洛・竹田小出雲」）、『義経千本桜』は、竹田出雲・三好松洛・並木千柳で、格でいうと、いずれも出雲が筆頭で、千柳が次位である。正本の筆頭に署名があることが、立作者に当たるかということへの疑問は、黒木勘蔵以来提起されているが、番付の連名は、並木宗輔・三好松洛・竹田出雲の順であることから、正本では座本の権威を示すため出雲を、番付では宗輔の実力と名声を無視できず、宗輔を筆頭に出したのではないかとされる。(10)座本で作者を兼ねる竹田出雲は、実は父子二代の作者で『菅原伝授手習鑑』は元祖、翌年の『義経千本桜』では、出雲は、延享四年［一七四七］六月に元祖出雲が死去していることから、二世出雲であり、小出雲をさす。元祖出雲は単独で『芦屋道満大内鑑』など多くの作を書いているが、延享期には高齢のため実質的な

執筆は行われなかったと考えられており、この時期において出雲は二世をさすことになる。一方、並木千柳は元祖出雲とほぼ同時期から豊竹座立作者として活躍していた。二世出雲は卓抜した興行師ではあるが、単独作を残していないなど、作者としては宗輔に劣るとされる。そのようなことから、『菅原伝授手習鑑』『義経千本桜』『仮名手本忠臣蔵』等は、実質的に宗輔が立作者で、出雲は座本として名を掲げているにすぎないのではないかとも考えられている。

内山美樹子氏は、正本署名順位とは無関係に、宗輔を実質的立作者と考える。分担としては、宗輔が全段の構成に責任を持ち、中核の三段目などを執筆し、竹本座系作者は、主として四段目を受け持ったと考える。(11) 以上のことから、『粟島譜嫁入雛形』も同じ作者が関わっていることから、宗輔が全体の構成を組み、三段目を執筆していたものと考える。

竹本座には近松以来、親子恩愛劇を戯曲の中心に置く伝統があり、出雲が三段目切には典型的親子恩愛劇を描くのに対して、宗輔はもともと三段目切に悲観主義的運命劇を描くことが多かったという。(12) また、宗輔が竹本座に入り、この二人が合作するようになってからは、三段目切に悲観主義的色調を帯びた運命劇、四段目切に親子恩愛劇が置かれるようになったと見られている。

これらの点を踏まえ、『莠伶人吾妻雛形』から『粟島譜嫁入雛形』への改作の様相を、座・太夫などの異なる条件を考慮に入れて触れてみたい。

まず、梗概を記しておく。

『莠伶人吾妻雛形』

初段　北条定時から、故北条時政公の年忌弔いに、河内国高安長者道俊は一子俊徳丸に万秋楽を舞うように命じられる。摂津国高津判官兼則は自分の子次郎丸に勤めさせたく強く推す。定時は俊徳丸の身に差し支えが起こった場合、次郎丸に勤めさせるという。舞楽の師富士右京之丞に招かれ汐干見物に出かけたところへ、富士の娘初花が貝売りに身をやつして近付き俊徳丸に思いを告げる。その様子を見た俊徳丸の許婚乙姫に見咎められる。

二段目　次郎丸の舞曲の師浅間左衛門は、次郎丸に万秋楽を伝授しようとする。浅間の妻百夜は秘伝を知るのは兄富士一人と咎めるが、浅間に殺される。かつての奉公人で富士の下僕十平次を富士を殺害する奸計に誘う。俊徳丸の舞楽の稽古中、富士が殺害される。俊徳丸と乙姫との婚礼の準備のため訪れた大島頼母之助は犯人を捕らえるが、侍気質によって口外せぬことを約束して見逃す。夫の急を聞いて駆け付けた富士の妻梅枝と初花、十平次から敵と見られるが、婚礼の終わるまで敵討ちを待ってもらう。

三段目　俊徳丸の癩病は汐干見物の際、次郎丸に薦められた酒が原因と判明する。治すには寅の年月日生まれの女の血か、捨て子として諸人にさらすしかなく、俊徳丸は四天王寺に捨てられる。俊徳丸の病を知った初花は乞食にやつした平馬に自分から殺され、その血で俊徳丸を助ける。

四段目　梅枝は十平次を連れ、敵討ちに頼母之助の館へ向かうが、十平次に言い寄られたところを頼母之助に助けられる。十平次は富士を殺したのは浅間と白状する。

五段目　貞時は梅枝と浅間に連れ舞を命じる。梅枝は浅間を討つ。

『粟島譜嫁入雛形』

初段　松穂の中将は、粟島家の執権立浪兵部と住吉の社務津守国丸と、その執権職で楽人の富士右京に、粟島姫と国丸の縁組を命じる。三井寺を参詣した国丸は粟島姫の異母弟花子之助を見初め、女であることを打ち明ける。

二段目　富士の娘お精と恋仲である清見要人は、富士がお精に伝授する秘曲を盗み見て覚える。浅間が訪れ富士と口論になる。国丸（実は花子之助）と粟島姫（国丸）との婚礼。熱田の藤太が粟島姫を連れ去ろうとし、その際富士が殺される。要人は浅間を敵と見て、敵討ちに出る。

三段目　花子之助の乳母渚（兵部の妻）は娘のお長に花子之助を匿わせる。六作（渚の先夫）は海上で粟島姫（国丸）を助け、自分の家に匿う。渚は国丸の身替りとなって、行貞の討手大館源五に討たれ、六作は源五を討って捕らえられる。粟島姫の継母桂御前は、父六作の助命に来たお長に、六作の身替りに双子の命を求める。（粟島姫の業病を治すには男女の双子の血が必要）双子を殺したと見せかけて、桂御前は自害する。自らは男女の双子で、母の血というと姫が口にしないだろうと思ったためであった。六作は自分が桂御前と別れた双子の片方と知り、自害する。

四段目　富士の妻千枝と娘お精は平野権現の境内でお茶屋を営む。浅間の娘お来が、お精に也平（要人）への去り状を書いてほしいと訪れる。お精は、要人が浅間を討つ計略と推測し、去り状を書く。お精は浅間から望まれ妾奉公を承諾する。浅間家に来た、千枝とお精は敵を討とうとするが、実はお精は浅間の娘、お来は富士の娘ということがわかる。千枝が太鼓を切り付けると、中から死んだはずの富士があらわれる。

五段目　伊賀丞は討たれ、右大弁行貞は追放される。

二　舞楽の争い

まず、富士浅間物において対立の原因となる舞楽の争いについて考えたい。

この場面は「俊徳丸」の世界において、俊徳丸が天王寺での聖霊会において稚児の舞を舞うことに、「富士浅間」の世界において、天王寺の楽人浅間と住吉の楽人富士が内裏での管弦の役を争ったことを重ね合わせている。浮世草子『富士浅間裾野桜』では、禅尼公の百年忌の大法事に、河内の長者信吉は嫡子信徳丸か庶子次郎丸に万秋楽を舞わせることを命じられる。この秘曲は富士以外伝える楽人がおらず、楽人富士の妻となっている次郎丸の母千草は、一子相伝の秘曲を次郎丸に伝授させるため一時的に富士の養子とさせる。その千草は、

今度次郎丸殿に夫富士を頼み、秘曲を伝授させませしも、兄信徳殿に増つて、御追福の御楽を首尾よくつとめさせまし。官加階あらば、をのづから人の用ひいやましに、その身の威勢強く成。惣領の威光は消て、つゐには家継と成給はん。然る時は今こそなれ。次郎丸殿の家督にならば、母に紛れのないわらは。長者殿の御母儀さまとあふがれ、活計歓楽にくらさんと思ふて。

と、次郎丸が万秋楽を上覧することによって家督相続を狙っている。「富士浅間」の世界と、「俊徳丸」の世界が、舞楽上覧の名誉と家督相続という点で重ね合わされているのである。

ここで、浅間と富士の舞楽の争いは、一子相伝「秘曲」の伝授へと変化し、楽人富士と浅間の舞楽の争いという面が、弟子の信徳丸と次郎丸を通じての争いという間接的なものとなる。

一方、『莠伶人吾妻雛形』では、北条時政の年忌弔いの仏事に、河内国高安の長者通俊の一子俊徳丸は万秋楽を舞うことを命じられ、摂津国高津判官兼則の一子次郎丸は俊徳丸の身に差し支えが起こった際の代役を言いつけられる。『富士浅間裾野桜』と違い、『莠伶人吾妻雛形』では、俊徳丸と次郎丸は他人となり、この二人が家督を争うお家騒動としては描かれないことが特徴である。

浮世草子『富士浅間裾野桜』では、浅間は、自らが知りもしない秘曲の伝授の要望を受け入れたのは、富士に対抗してではなく、富士を殺害したことも次のように懺悔して自害している。

其職にゐて存ぜぬとは、口惜さにいひがたく（中略）爰が俗言にしよくがたきといふ偏執きざし、我今此秘事を見覚し上は、世に富士なくば、おそらくは日本に一人の楽人と威名をかゝやかし、諸人に崇敬せられんものをと、我慢心指出。

と、この懺悔の言葉には、謡曲『富士太鼓』における、富士の態度を憎み殺すという、浅間の気性の荒さは現されていない。富士も妻千草の家督横領の計略を知って、次郎を養子として秘曲を伝授しているのではない。富士と浅間、二人をめぐっての対立という構想をとっておらず、また、舞楽の優越争いとしての性格は薄れているといえる。

一方、『莠伶人吾妻雛形』では、俊徳丸の師匠に富士、次郎丸の師匠に浅間と、『富士浅間裾野桜』とは逆の設定がされており、俊徳と次郎が家督ではなく舞楽上覧を争う上で、浅間が次郎側の佞臣役として描かれる。浅間については、

舞楽の家に生れながら酒宴おごりに長ぜし故。家業の芸も身躰もうすきひとへのやれ紙子。見かけよりなを内証は火打の石のかたづまり。くらしかねたるうき渡世。

と、不誠実な印象を与えている。さらに、浅間は富士の妹である妻が、夫が知りもしない万秋楽の伝授を請け負っ

てきたことに異見すると、殴る蹴ると暴力を振るう。その挙句、富士殺害の企みを知られ、切り殺してしまう悪人として描かれる。舞楽を争うためではなく、浅間は栄耀、歓楽のために、富士から秘伝の一巻を奪うことで、次郎に伝授しようとする。ここでは、俊徳丸と次郎丸を他人として舞楽上覧を争う設定としたこと、また、浅間を次郎丸の師匠として設定を変え、浅間のあくどさをより強調したことで、悪と善との対立を明確にしたものと思われる。

『粟島譜嫁入雛形』では、富士と浅間との舞楽の争いという点は前面に描かれていない。富士は、「太鼓は天下の名人ゆへ勅諚の趣有」と召し出され、待穂の中将から住吉へ奉納する神宝について、次のような話を聞く。

粟島明神住吉より流され給ひし時、神楽の太鼓あやの巻物、二つの宝を空穂船にのせ紀州蚊田に送られしより、住吉の神楽に太鼓なきは其遺風と伝へ聞り。此度天皇勅願の子細有ッて、彼神宝を改め作り住吉への御奉納太鼓に妙を得たりし富士承ッて式掌の神楽を勤奉れとの勅諚也（中略）古例を以ッてあやの巻物神楽の太鼓を奉納とは偽り。高時調伏の御神楽を、此太鼓にて打ッならば、音は出ず共高時を調伏は疑ひなしとの勅命なりと有けるにぞ。

富士は、神楽の秘事を記した巻物を読むことを許されるが、それは、相模入道高時を調伏する願文で、神楽の太鼓には高時の人形が入ったものであった。富士は高時より禄を受けていることから躊躇うが、違背すれば朝敵であると迫られ、やむなく命令を受け入れる。勅命によって舞楽の役を勤める謡曲『富士太鼓』の設定を採り入れ、富士に勅命として、高時調伏の太鼓を打つ役割を担わせている。

この『粟島譜嫁入雛形』では、『富士浅間裾野桜』、『莠伶人吾妻雛形』同様、富士が子へ秘曲を伝授する場面

が描かれる。秘曲の伝授の際訪れた浅間に、富士は鎌倉調伏の事を打ち明け相談するが、

是といふもお手前が芸の未熟からおこつた事。信濃なる浅間の嶽ももゆるといへば、富士の煙のかいやなからん。右京の進は太鼓の下手。此浅間は太鼓の名人。じたいそち達が芸で左衛門と肩をならべうなんどゝはおろかおろか

と、浅間は頼みも聞き入れず帰ってしまう。太鼓の芸の優越から、富士と浅間の対立が、鎌倉と朝廷の対立へと展開しているのである。この富士と浅間の対立を示す場面は、後、富士の妻子、要人が、浅間を富士の敵と狙うきっかけとなるが、このことついては、後にあらためて取り上げる。

『富士浅間裾野桜』以外の浄瑠璃では、舞楽の争いの面で「秘曲」の伝授という、謡曲『富士太鼓』にはない場面が設けられている。公の場で万秋楽という秘曲が指定されており、この秘曲は唯一人しか伝えるものがないという設定がされる。『莠伶人吾妻雛形』、『粟島譜嫁入雛形』では、秘伝の一巻、神宝などと、宝がまつわる話となる。原道生氏によると、お家騒動劇では「正統性の象徴としての宝物を中核とする作劇」がされ、また、「お家の宝ではなく天子よりの預かりの重宝」と変化することで公的な責任に関わる事柄として発展するといわれている。[13] ここでも同様といえる。舞楽においては、秘曲自体が宝で、その秘曲の伝授こそ正統性を表し、富士・浅間のどちらが優越しているかを端的に表すものである。また、神宝と設定することで、家の対立から、さらに鎌倉と朝廷の対立へと展開している。

『莠伶人吾妻雛形』、『粟島譜嫁入雛形』では、浮世草子『富士浅間裾野桜』では見られなかった、秘伝の巻物、神宝をめぐっての展開が繰り広げられるなど、近世的演劇の体裁が一部整えられたといえるだろう。

三　業病平癒

先述したように浮世草子『富士浅間裾野桜』、浄瑠璃『莠伶人吾妻雛形』、『粟島譜嫁入雛形』では、「俊徳丸」の世界の業病平癒の部分を採り入れている。浮世草子『富士浅間裾野桜』では、俊徳丸の癩病は、仲光の計略による仮病とし、説経的な部分を排除するなど新しい設定を用いている。一方、『莠伶人吾妻雛形』、『粟島譜嫁入雛形』では、それを運命劇として描いているところが特徴である。

『莠伶人吾妻雛形』では、俊徳丸は次郎丸に勧められた毒酒を飲んだことで癩病となる。説経『信徳丸』では、継母の呪いによるものであったが、ここでは、舞楽の役を奪うために人為的に癩病にさせている。俊徳の癩病平癒には、寅の年月日の揃った日生まれの女の生血が妙薬といわれている。その生まれの富士の娘初花は、俊徳のために自らの命を犠牲にする。

俊徳様らい病にて医療も叶はず。寅の年月揃ふたる女を尋給ふと聞。我生れし年月に合たこそ幸なれ。とてもこがれて死る命。いとしひ人のお為にと。家出をして河内の高安迄行しかど。はや此所へ捨られ給ふ由。又も尋さまよひきて（中略）恋人のためにかくは成しぞや。生ながらへても及ばぬ恋路。色に負けても思ひにまけぬ女の一筋とあきらめて捨てる命。

と、初花は、身分違いの恋故、「とてもこがれて死る命」、叶わない恋と、諦めて命を捨てている。ここでの業病の平癒は、説経『信徳丸』、義太夫正本『弱法師』と同じく俊徳丸を愛する者によるとしながらも、宗教的な力ではなく、自らの意思により差し出された命によるものとしている。この初花はすでに浮世草子『富士浅間裾野桜』において、乙姫の身替りに自害する人物として登場していた。乙姫の不義がばれないように、俊徳丸宛の艶書を自分の妹初花のものとして、難を逃れていた。『莠伶人吾妻雛形』ではこの艶書の件から、初花を実際に俊徳に恋慕する設定と改め、自ら恋人のため進んで命をささげる人物とした。諦観視した運命劇的な雰囲気は持つものの、丈輔との合作期に特徴的である人間の意志を追及する面が見られる場面である。

宗輔はその活動の座や、合作相手によって、活動時期が区分されている。第一期豊竹座時代の安田蛙文との合作時代、第二期丈輔との合作時代、第三期宗輔単独作時代、第四期竹本座時代、第五期豊竹座時代（実質的には『一谷嫩軍記』一作）と分けられる。第一期の蛙文との合作時代における特色は、知的興味を大いにそそる謎解き劇にあるとされ、また、「人間とは本来罪を犯すべく生み付けられ、やがて予定通りその罪を犯して滅びていくものである」とする、暗い宿命観が共通して漂い、悲観主義的な因果劇、深刻な運命悲劇が中心として描かれる。(14) 第二期の丈輔との合作時代は、謎解き劇や、因果観、罪業感は後退し、罪や迷いとして否定的に捉えられてきた、人間の意欲と情熱がある可能性を持って描かれる。第三期の単独作時代は戯曲構成が緊密となり、再び謎解き劇という傾向が強くなる。第四期の竹本座時代には、宿命や歴史の必然の前では、運命を切り開こうとする必死の人間の行為がいかに空しく無力であるかを、諦観を持って描く傾向がある。

一方、豊竹越前少掾は初世義太夫に学び、竹本采女と称し、豊竹座創始の時、豊竹若太夫と名乗っていた。享保三年［一七一八］に受領して豊竹上野少掾を名乗り、享保十一年［一七二六］『北条時頼記』で好評を得た。天性の美音で節回しも華麗で歌うようだったとされる。享保十六年［一七三一］に再び受領し、豊竹越前少掾と名乗る。豊竹座では、当時女形遣いの藤井小三郎、小八郎の芸と、豊竹越前少掾の美声を生かすため、女性を主人公とする場合が多かったといわれている。(15)『富士浅間裾野桜』における初花を『莠伶人吾妻雛形』で改めて運命劇の中の人物として捉えなおしたのも、作者だけではなく、このような人形遣いや太夫の影響もあったのであろう。反面、豊竹座では、政太夫（播磨少掾）と、人形座頭の吉田文三郎も男役を本領としており、太夫、人形遣い、作者が西風の質実剛健な男性を主人公とする方向で一致していた(16)。

『粟島譜嫁入雛形』では、粟島神社をめぐる故事を取り入れ、粟島姫は両足が立たない病気となっている。ここでも、粟島姫の病気の妙薬には男女の双子の血が必要とされている。討手を殺した咎で捕らえられている父六作の助命に来たお長は、粟島姫の継母桂御前から、六作の替りに、お長の双子の子供の命を求められる。桂御前は、

人の子のかはゆさも我子のかはゆさも同じ事。わらはが産し姫ならば何しにかふといひませう。先御台のお子故に姫の病気を直さいでは姫に家をつがさいでは。先殿への言訳も先御台への義理も立ず。

と、義理のため姫の命を助けたいのだと語る。竹本座においては、継母が登場する場面は、継母であるがゆえに、義理のため自らが犠牲になっても継子を助けなくてはいけないという、義理を強調するためのものが多く、この場面の継母の犠牲は、竹本座の伝統的親子恩愛劇といえる。しかし、「義理程むごい胴欲なつれないものはないわいの」と、義理のために命を捨てることへの懐疑とも思われる言葉が発せられている。この部分が以前の竹本座の劇にはなかった部分と言えるだろう。竹本座における純粋な義理によるものではないのである。

お長はやむなく双子を父親の身替りに差し出したが、思いがけなくも、桂御前が自害した姿で現われる。桂御前は自らも双子であり、両方揃わずとも、せめて姫の片足だけでも治癒するようにと犠牲になったこと、また、子供の命を求めたのは、姫が継母の血を飲んだと噂されないように偽ったものだったことを語る。しかし、自ら

の意思による行為ではなく、この場では繰り返し見る「霊夢」（「霊夢は正しく我血汐をあたへよとのお告ならん」）によるものとして、作者は桂御前を逃れがたい状況へと追い込んでいるのである。また、この犠牲死を「乳母の鑑」と称えていることからも、継母としての義理ではなく、乳母としての忠義による犠牲死とするなど、竹本座的な純粋な親子の恩愛劇とは距離があるように見える。

また、『粟島譜嫁入雛形』における継母の犠牲死は、『菊伶人吾妻雛形』同様、特殊な出生の条件を持った人物の運命として捉えられている。さらにここでは、男女の双子の血を必要とすることで、離れ離れとなっていた兄弟のめぐり合いを、運命的なものとして描いている。桂御前の話から、自分がその双子の片方だと知った六作は、即座に自害する。その場面には、

一所に廻りあふ事も有まいと思ひしに、死る今はの対面とははかない縁の血の別れと。悔を聞て、いやいやそふではない。そふではない。産れた時も一時、死ぬる時も一時とは、ためしまれな深い縁。

との桂御前との会話がある。決して「はかない縁」ではなく「ためしまれな深い縁」と、あらかじめ決められた縁、運命として受け止めている。そして、この場の兄弟の名乗り合いにおいても、単に偶然な出会いとしてだけではなく、運命的な出会いとしている点も、宗輔の特徴といえるだろう。

先述したように、この『菊伶人吾妻雛形』、『粟島譜嫁入雛形』は、作者の担当部分について異論があり、『菊伶人吾妻雛形』は、立作者の宗輔が二・三・四段目を執筆していると見られている。『粟島譜嫁入雛形』については、森修氏は四段目切、内山美樹子氏は実質的には宗輔が立作者とみて三段目切を執筆していると見ている。運命劇をほとんど出雲が手掛けなかったことを考えると、この両作品の運命劇的場面の三段目切は宗輔によるも

のと考えられる。

また、出雲と宗輔が合作するようになってからは、三段目切に悲観主義的色調を帯びた運命劇、四段目切に親子恩愛劇が置かれるようになった。しかし、宗輔が意識的に竹本座の伝統を受け止めた結果、四段目切だけでなく三段目切においても親子恩愛の愁嘆が取り入られていると見られている。『粟島譜嫁入雛形』の三段目切が、このような親子恩愛劇的側面を持つ運命劇として描かれているのも、このような結果によるものといえる。

宗輔は蛙文との合作期に見られた運命劇的な要素が、丈輔との合作期には弱まってはいたが、『莠伶人吾妻雛形』には、愛する者のため自らの意思で命をささげる初花が描かれているものの、やはり特殊な出生とするなど、運命劇的傾向が抜けていないのである。合作者、座が異なっても、根本的な宗輔の思想は変わっていないことがわかる。

四　敵討ち

謡曲『富士太鼓』は、「富士浅間」物においては、楽人富士の敵討譚として展開され、その敵討ちの場面には様々な工夫が施されてきた。「富士浅間」という制約された世界の中で、作者が趣向をめぐらした部分といえよう。

浮世草子『富士浅間裾野桜』と、浄瑠璃『莠伶人吾妻雛形』、『粟島譜嫁入雛形』に共通する点は、謡曲『富士太鼓』や浄瑠璃『内百番富士太鼓』などでは浅間が富士を殺害したことが明白であるのに対し、富士を殺害した犯人が誰なのかがわからないことである。

浮世草子『富士浅間裾野桜』では、継母は、家督横領の邪魔になる俊徳丸側の忠臣、仲光を排除するために、富士殺害の犯人に仕立て上げていた。一方、『莠伶人吾妻雛形』では、乙姫の家臣頼母は、秘伝の巻物を握り締めた富士の片腕を持った曲者を見逃したが、かえって自分が犯人とされてしまう。『粟島譜嫁入雛形』では、浅間が富士を殺害し、首を切り立ち去ったものと見られており、富士の妻子は浅間を敵と狙うが、四段目切になって、実は富士は生きているということが明かされる。宗輔の浄瑠璃には、このように殺害した犯人、あるいは殺害された者が誰なのか（首無し死体）が明らかでないという設定を用い、その真相を明らかにしてゆく推理小説的な構想を取る作品が多い。宗輔の初作である『北条時頼記』（享保十一年［一七二六］初演）において、六郎と大介が意趣ある仲と見せておいて、首無し死体を用いて殺害されたのを六郎と見せかけ、実は六郎は生きていたとしたり、また単独作である『狭夜衣鴛鴦剣翅』（元文四年［一七三九］初演）においても、師直に殺害されたはずの塩冶が、実は二人のある計画のため殺害されたものと偽装している。この場合も、師直は塩冶の妻かおよをめぐって恋の意趣ある人物として周知の事実を、逆に捉えて観客の意表をつく方法として用いているのである。いずれにおいても、意趣ある仲と思われていた人物同士がある目的のため本心を隠して行動する「心底」の趣向を用いている。

「富士浅間物」においても、富士が浅間に殺害されることが大前提であるので、富士が生きていることは、観客の意表をつく設定であった。ここでは、それを「心底」の趣向を用いて描いているのである。

『粟島譜嫁入雛形』では、まず、二段目で見られた富士と言い争いについて、浅間の娘から次のように明かされる。

思案の果は腹切て死ふとの思しめし。とゝ様への物語。天知地知人しつて調伏との疑ひかゝる。腹切死ては此太鼓いよいよ不審かゝらんと言合はせての中違ひ。覚悟の上で手にかけて意趣切との風聞させ。けふ迄隠しとげ給ふ。

二人の言い争いが、実はあらかじめ言い合わせたものという、浅間の「心底」がいったんその娘によって明かされる。この段階では、まだ、富士が浅間に討たれたことになっていたが、狂乱した千枝が切りつけた太鼓の中から富士が現われる。浅間は藤太を殺して富士の衣装を着せ、それとわからぬように首を切り、富士を匿っていたことを明かす。鎌倉方と見せ、実は朝廷方であったのである。

この場面には、謡曲『富士太鼓』における富士と浅間の反目関係が、心底の趣向を描くために利用されている。森修氏や近石泰秋氏の説によると、このような観客の意表をつく趣向、作中の人物が秘密を持って行動し、観客もそれを知らないという趣向は、宗輔によく見られる特色であった[17]。そして、その「心底」が一度で明かされず、二重に包まれている凝った趣向となっている。

さらに、この四段目切には、この時期の竹本座に特徴的である、四段目の親子恩愛劇をも、この心底の趣向を用いて描いている。浅間が実は富士を助けていたという心底を「欺す心底」とすると、「隠す心底」の趣向を用いて、親の子を思う情愛が表されている。

意趣ある仲と見られていたが、意外にも浅間は富士と子を取り替えて育てていたことを打ち明ける。

養子といふ事隠したも語明さばそち達か、又もはや死はせまいかと、逢たい見たいを堪忍して顔見にくるな行もせぬ。大きう成たか達者なかと。問ふは互いに舞楽の庭（中略）親の慈悲を聞に付、有がたいに取交て。お精が身には恥しき、親に添臥せうと迄思ふたは何事ぞ。まだ其上に此刀て殺そふといふ様な、大それたまあ勿体ない。イヤおまへ斗りじやない。わたしがほんのとゝ様の敵を討たすまいといふ。こんな不孝も有ふかい。

浅間は事実を明かしては子が無事に育たないと、いつまでも隠しておこうと努力したが、やむなく打ち明ける。そして、あくまでも富士の敵として娘たちに討たれようとする。事実を聞かされた娘たちは、父の敵を討てと迫る浅間に対して、実父・養父であることから討てず、実の父を討とうとしたこと、一方、敵を討たすまいとしたことなど、今までの自分たちの行動を不孝と嘆く。

このように、浅間の心底が明かされることで、実と義理の親子の間の恩愛・義理が語られるなど、敵討ちをめぐって親子の恩愛が色濃く描かれる場面となっている。

五　おわりに

以上、浮世草子『富士浅間裾野桜』も視野に入れて、『莠伶人吾妻雛形』、『粟島譜嫁入雛形』における「富士浅間物」の展開を見てきた。いずれも、舞楽の争いという面は薄れ、秘曲、秘伝の巻物にまつわる物語として展開している。この点は後、『内百番富士太鼓』へも影響を与えている。

『莠伶人吾妻雛形』、『粟島譜嫁入雛形』の両作品には、宗輔が関わっており、業病平癒にまつわる場面を運命劇として捉えたところに、その作風が窺える。両作品とも二段目に富士殺害、三段目に業病平癒、四段目に真の敵が判明する場面が描かれている。『莠伶人吾妻雛形』三段目では、初花は自ら進んで命をささげるが、運命劇的な諦観の雰囲気を漂わせていた。本稿では取り上げなかったが、四段目では、真の敵の判明にまつわり、頼母の武士としての義理が主に描かれていた。その改作『粟島譜嫁入雛形』では、出雲（竹本座）の特色が加わり、三段目には悲観主義的運命劇だけではなく親子恩愛劇側面も持ち合わせた場面となっていた。四段目には、宗輔の特徴ともいえる観客の意表をつく趣向を取り入れた、竹本座の典型的親子恩愛劇が描かれていた。

太夫の芸風と戯曲内容との関係については、今後の課題としたい。

注

（1）西沢一風について豊竹座で浄瑠璃作者となった時は「宗助」と号し、単独作を書き始めた元文元年の翌年二年からは「宗輔」と改め、延享二年から寛延三年までの六年間「千柳」と名乗って竹本座で活躍し、その後豊竹座にもどり「宗輔」の名にもどした。本章では宗輔で統一する。

（2）「叢書江戸文庫」『豊竹座浄瑠璃』一、原道生他解題（国書刊行会、一九九一年）。川口節子「豊竹越前少掾の活躍」「岩波講座歌舞伎・文楽」九巻『黄金時代の浄瑠璃とその後』（岩波書店、一九九八年）。

（3）義太夫正本『弱法師』の梗概は次のようである。河内の国高安の長者通俊の葬儀の際、焼香の順をめぐって、継母と二郎丸、執権広景と俊徳丸、執権中光と言い争いになる。稚児の舞いの折、俊徳丸を見初めた蔭山中納言信之の娘露の前は、俊徳丸が死んだと思い込み自害しようとするところを、中光と俊徳丸に止められる。姫を探していた信之が姫を見つけ喜ぶところに、広景がやってきて、ふたたび言い争いになる。信之は仲裁に入り、二人にどちらを惣領とするか証拠を出せと言い、二人とも相伝の馬印を出す。吟味の結果、俊徳丸が家を継ぐようにとの遺言がその中に収められていた。蔭山中納言に使える岩手の国司近国の一子思之助は父の敵と狙っていた通俊が死んだと知り、自害しようとするが、中光と俊徳丸に止められ出家する。（初段）俊徳丸は草子売りに身をやつし、露の前の屋敷に入り込み、姫と密会する。広景は俊徳丸に不義に立腹した継母が勘当を言い渡したと偽って告げる。（二段目）中光の家に身をかくしていた俊徳丸は継母の呪詛によって盲目となっていたが、貧しさゆえに十分に薬も与えられずにいた。中光は、昼間薬を蹴散らかした犬と思い込み、誤って我が子を殺してしまう。それを聞いた俊徳丸は夫婦にわからぬように家を出る。露の前は俊徳丸を探し、寺で乞食のなりをした俊徳丸と再会する。善光寺の御印文で両眼が開く（四段目）二郎丸と継母は広景に追放される。中光は俊徳丸を探す中、思之助、妻と再会する。広景が四社明神に参詣の折、俊徳丸と姫を見つけて捕えて行こうとするところに、中光、思之助がかけつけ難を逃れる。広景を退治に向かう途中、継母と二郎を見つける。盲目となった継母は俊徳丸に詫び、蔭山中納言は俊徳丸に蔭山を、二郎丸に高安を継ぐようにと言う。（四段目）一件落着。中光は楽人かもんの門弟であり、聖霊会を勤める。（謡曲『弱法師』の天王寺縁起）舞の終わるところに広景があらわれ討とうとするが、中光に討たれる。

（4）石川潤二郎「江島其磧作『富士浅間裾野桜』の研究」（『近世中期文学の諸問題』明善堂書店、一九六六年）。

（5）「忠臣蔵騒動」とは、『仮名手本忠臣蔵』を演じた人形遣いの吉田文三郎と太夫の此太夫の衝突を指す。座本の二世竹田出雲は、文三郎の主張を受け入れ、此太夫の替わりに豊竹座の太夫に九段目を語らせた。此太夫は豊竹座に迎えられ、並木宗輔も豊竹座へ復帰した。その結果、竹本座と豊竹座の座頭太夫の入れ替りによって曲風の混乱が生じたといわれる。原道生・林達也編『日本文芸史——表現の流れ』第四巻［近世］（河出書房新社、一九八八年）〈第四章人形浄瑠璃最盛期〉（内山美樹子執筆）参照。

（6）内山美樹子「延享寛延期の竹本座の作品と並木宗輔」（『演劇研究』一九六八年一〇月、後に『菅原伝授手習鑑』などの合作者問題」で『浄瑠璃の十八世紀』所収、一九八九年、勉誠社）。「同じ親子名乗り合いでも、宗輔の作では何かの意味でぬきさしならぬ状況で二人をめぐりあわした恐るべき運命の力が表に押し出されてくるのに対し、出雲にあっては単に偶然の出会いによって、親子の名乗りと恩愛の局面が展開されるのみ。」。

（7）森修「浄瑠璃合作者考」（『近松と浄瑠璃』塙書房、一九九〇年）。

（8）諏訪春雄氏は「合作制度のもっとも極端に行き着いた先を示すものであって、合作制になっても、一段をひとりの作者が責任を持って書いていた時代がその前段階に当然想定される。同じ合作でも初期の元祖出雲の時代の作では、第三段、第四段を除いて、各段の完結性が崩れてきている。西沢一鳳の記述は、宗輔の時代よりさらに遅れて登場した近松半二などを立作者とした時代にあてはまるものであったろう。」と指摘する。（『近世戯曲史序説』白水社、一九八六年）。

（9）さらに、宗輔の特色の①には、㋑一つの山を設けて、それにより事件が解決することへ一転すること。㋺因のわからぬ、ある種の不安を事件前に感ぜさせること。㋩二人がわざと敵見方を装うて、事件の解決をはかることの多いことがあるとする。注7の森修氏の前掲論文。

（10）「新日本古典文学大系」『竹田出雲　並木宗輔浄瑠璃集』（岩波書店、一九九一年）、内山美樹子解説。

（11）注4の石川潤二郎氏の前掲論文、注7の森修氏の前掲論文参照。

（12）内山美樹子「寛延二・三年の竹本座——作者と太夫」（『文学・語学』一九六九年一二月）。

（13）原道生『双生隅田川』試論（『国語と国文学』一九九八年一〇月）。

（14）川口節子「豊竹越前少掾の活躍」『黄金時代の浄瑠璃とその後』（「岩波講座歌舞伎・文楽」第九巻、岩波書店、一九九六年）、

内山美樹子「享保の改革と人形浄瑠璃」（『浄瑠璃史の十八世紀』勉誠社、一九八九年）。

(15) 川口節子氏の前掲論文。「宗輔の戯曲があまりに赤裸々な人間の心理やその罪業、人間関係の軋轢や疎外、社会規範からの圧迫、人間が抜き出ることの出来ない因果の連環などを理性的、理論的な詞章で観客に突きつける時、越前少掾の音楽的魅力が緩衝材（音曲の色取り）として機能し、語り物の本義を踏み外すことがなかったところに、戯曲と音曲の均衡を保った出会いの成果、豊竹座の隆盛期が現出したのである。」とし、一見つり合わなく見える、宗輔の浄瑠璃の深刻な内容と、越前少掾の美しい歌うような語りが、どのように協調して、好評を得ることが出来たのかについて、説明している。内山美樹子氏も、深刻な内容を表現するのに地味な陰気な曲風でなく、華やかで耳障りのいい曲風を用いて（くどきの場など）観客をひきつけることが出来たとする。

(16) 内山美樹子氏は「義太夫の歴史的展開」（『日本古典音楽大系　義太夫』）において、西風については、「地味な節付け、にえこむような陰気な音遣い、激しいイキ、などの方法によってめざすところは、うたわず語ること、文章を正確に、聴衆の心に喰い入るように伝えることである」とし、東風に関しては「基本的に語ることによる統一は保たれてはいるが、くどきやそれに類する部分、あるいは段切などは、陽旋法の華やかさを生かし、マカンの声をはりあげて、うたうに近い語り方をし、他方、緊迫した詞のやりとりなどは、写実的にせりふのようにしゃべる傾向がある」とする。

(17) 森修氏の指摘する宗輔の特色の、「作中の人物が秘密を守って行動し、見物はそれを知らず、事件が落着してのちはじめて真の原因を理解する」というもので、あらかじめ事件のために伏線を設けられていた。また、近石泰秋氏は『操浄瑠璃の研究』（風間書房、一九六一年）において、「最も巧みに人の意表外に出た心底の趣向を案出した作者は並木宗輔ではなかったかと思う。（中略）宗輔が心底の趣向の複雑そのものを目的としているのに対し、出雲のは心底の趣向の由って繰るべき理由を義理・人情の精神に求めて、それを理論的に強調してゆくところに特徴がある。」と、宗輔と出雲の心底の趣向の違いを指摘している。

第四章　佐川藤太の浄瑠璃――改作・増補という方法――

一　はじめに

寛政期［一七八九―一八〇一］以降、浄瑠璃は新作が少なくなり、古典化の時代に入ったとされる。太夫の語りの芸や、人形遣いの技芸などの聞かせ場、見せ場を設ける作品作りがなされるようになった。(1) 幕末までの約八十年間に新しく上演された作品は、改作を含むと三百五十曲以上あるが、現在その中の一部しか翻刻がされていない。その理由として、これらの作品に対する評価の低さが指摘されている。(2) しかし、この時期の新作には、『絵本太功記』（寛政十一年［一七九九］初演、近松柳）、『絵本増補玉藻前曦袂』（文化三年［一八〇六］初演、佐川藤太、近松梅枝軒）、『生写朝顔話』（天保三年［一八三二］初演、山田案山子）、『伊勢音頭恋寝刃』（天保九年［一八三八］初演、近松徳三）など、現在なお上演されている作品も多い。

これら近世後期の浄瑠璃作品の特徴を見ると、先に掲げた作品は、世話物である『伊勢音頭恋寝刃』のほか、いずれの作品も読本から取材し、演劇化したという共通点を持つ。(3) 代表的な浄瑠璃作者に、近松柳、佐川藤太、山田案山子がいるが、特に佐川藤太は、読本作者でもあったことから、読本を踏まえた作品が多かった。

佐川藤太は、主に大坂において活動した、狂歌作者（蝙蝠軒魚丸）、歌舞伎・浄瑠璃作者（佐川藤太、佐藤太、佐川魚麻呂）、噺本や読本作者（佐藤魚丸）でもあった。(4)浄瑠璃作者として、『増補新板歌祭文』（文化元年〔一八〇四〕初演）をはじめ、二十曲近い作品を生み出している。(5)『会稽宮城野錦繡』（文化二年〔一八〇五〕初演）は、馬琴の読本『稚枝鳩』を浄瑠璃化した作品であり、そのほか『桜姫花洛鑑』（文化四年〔一八〇七〕初演）、『八陣守護城』（文化四年〔一八〇七〕初演）、『本町糸屋娘』（文化一〇年〔一八一三〕初演）など京伝や馬琴の読本を浄瑠璃にしているものが多く見られる。『会稽宮城野錦繡』が浄瑠璃『碁太平記白石噺』（安永九年〔一七八〇〕初演、紀上太郎・烏亭焉馬・容楊黛）を、『鎮西八郎誉弓勢』（文化五年〔一八〇八〕初演）が浄瑠璃『鎮西八郎唐土舩』（享保五年〔一七二〇〕初演、紀海音）や『崇徳院讃岐伝記』（宝暦六年〔一七五六〕初演、竹田出雲・吉田冠子・中邑閏助・近松半二・三好松洛）を取り入れているように、佐川藤太は、これら読本を演劇化するにあたって先行浄瑠璃作品を取り入れている。中にはあらすじや趣向を一部取り入れただけでなく、多くの部分を先行浄瑠璃に拠り増補、改作したものがある。

先行浄瑠璃の改作については、佐川藤太自身も意識していた。『花筏巌流島』（延享三年〔一七四六〕初演、浅田一鳥）を改作した『増補花筏巌流島』（文化七年〔一八一〇〕初演）の正本末尾には、「むかし浄瑠璃の古きをたつね趣向外題もそのまゝながら流行におくれたる言の葉を今様に新しく色どりて」と記されている。あえて、旧作の外題を出して改作であることを前面に打ち出し、自ら旧作の増補や改作という方法、意義を見出した。

佐川藤太の浄瑠璃作品には、異国を舞台にした『絵本増補玉藻前旭袂』や、『五天竺』（文化十三年〔一八一六〕初演）などの増補・改作物がある。両作品は妖狐や妖猿などが登場し、怪奇的な趣向を持つという共通点がある。両作品は読本『絵本玉藻譚』、『絵本西遊記』（文化三年〔一八〇六〕）を浄瑠璃化したものであり、こうした上方絵本読本の浄瑠璃化には、狐や猿の妖怪変化を扱うという共通点が見られるとの指摘がある。(6)挿絵がこれらの舞台化に有用であったことは容易に想像できる。寛政期以降の作品はケレン味が強く、見せ場の多いところに特徴があり、変化は、この両作品でも多く扱われていた。特に『五天竺』の番付には「宙乗り」、「早替わり」などと記されるところが多く見られ、それが大きな見せ場となっていたことがわかる。『絵本増補玉藻前旭袂』には人形遣いとして、『五天竺』には作者と人形遣いとして、吉田新吾が名を連ねている。早替わり、妖怪物の遣いを得意とし、文化文政期［一八〇四―一八二九］を代表する人形遣いであった吉田新吾の存在が、作劇において何らかの影響を与えていたであろう。

本章では、先行浄瑠璃がいかに改作されたのかをたどることで、佐川藤太、独自の作劇法の一端をさぐってみようとする。それは、佐川藤太による改作や増補という作劇法に、近世後期の文学や演劇における共通性を見出そうとするものである。佐川藤太の浄瑠璃についての具体的な分析は、馬琴・京伝読本の演劇化作品に注目して行われているもの(7)、その他の読本作者による読本の演劇化や、浄瑠璃の改作に関する考察はなされていない。改作物に関しては、概して評価が低いが、祐田善雄は、佐川藤太の浄瑠璃について、「改作や増補ものにその技量が見られ、舞台技巧のすぐれたものが多いと評価する。(8)原作よりも佐川藤太による改作が、現在も上演され続けていることを考えると、一概に低い評価は改められる必要があろう。本章では、主として改作における先行浄瑠璃作品の変容を扱うため、読本がどのように摂取されたのかについては、稿を改め論ずることとする。

二　『玉藻前曦袂』から『絵本増補玉藻前曦袂』への改作

『絵本増補玉藻前曦袂』は、『玉藻前曦袂』（宝暦元年［一七五一］初演、浪岡橘平・浅田一鳥・安田蛙桂）の改作である。現行の文楽・歌舞伎で『玉藻前曦袂』として上演されるのは改作の方で、三段目の「道春館」のみが上演されることが多い。

江戸時代以前、九尾の妖狐譚はすでに物語や謡曲『殺生石』の題材となっていた。江戸時代に入り、浄瑠璃に紀海音『殺生石』（宝永三年〔一七〇六〕頃初演）、読本に高井蘭山『絵本三国妖婦伝』（文化元年〔一八〇四〕初演）、岡田玉山『絵本玉藻譚』（文化二年〔一八〇五〕初演）、式亭三馬『玉藻前三国伝記』（文化六年〔一八〇九〕初演）、歌舞伎には、『玉藻前尾花錦絵』（文化八年〔一八一一〕初演）、鶴屋南北『玉藻前御園公服』（文政四年〔一八二一〕初演）があるなど、妖狐譚は文化文政期に集中して作品化された。

『絵本増補玉藻前曦袂』は『玉藻前曦袂』に、読本『絵本三国妖婦伝』、『絵本玉藻譚』を取り入れたものである。『玉藻前曦袂』は浄瑠璃『今様殺生石』に拠っており、妖狐玉藻前の伝説と三浦之助と上総之助の狐退治を扱っている。

まず、『玉藻前曦袂』から『絵本増補玉藻前曦袂』へ、どのように改変が行われているのかをみてみよう。『玉藻前曦袂』のあらすじを簡略に記す。

鳥羽院の御宇、薄雲の皇子は右大弁時澄と謀反を企てる。帝が病に悩み、后玉藻前も姿を消している。安倍泰成の占いによると、玉藻前は天竺から来た狐が化けたものであり、那須野の原に逃げたため、右大臣藤原通忠は、三浦之助、上総之助に狐の退治を命令する。これは、安倍泰成が薄雲皇子の謀反を知った玉藻前を助けるため、狐が玉藻前を害したと偽って匿い、三浦之助と上総之助に薄雲皇子を討伐させる計略であった。皇子の謀反の企てとその阻止という枠組みの中に、鷲塚金藤次が皇子の意に従わない桂姫の首を討つ物語が挿入される。

『玉藻前曦袂』から『絵本増補玉藻前曦袂』へは、次のような改変がみられる。

第一に、作品の舞台の改変である。『玉藻前曦袂』が日本のみを舞台にしていたものから、『絵本増補玉藻前曦袂』では、初段に天竺、第二段に唐を舞台として、世界を広げている。九尾の妖狐が天竺では班足太子の塚の神（あるいは后華陽夫人）、唐では、周幽王の后褒姒、殷の紂王の后妲己、日本では玉藻の前となって鳥羽院を悩ましたという伝説は、当時よく知られていたものであった。『玉藻前曦袂』では、それが安倍泰成の言葉として、語られるだけである。『絵本増補玉藻前曦袂』では、第一段は妖狐が天竺では班足皇子を悩ます花陽夫人であった頃、第二段は、唐で殷の紂王を悩ます妲己であった頃、第三段が日本での出来事が描かれる。一つの段にそれぞれの国を舞台にした話を配置し、妖狐の天竺、唐、そして日本への移動にしたがった物語として展開している。この改変は読本『絵本三国妖婦伝』、『絵本玉藻譚』の影響によるものであろう。いずれの読本も、殷の紂王と后妲己の話、天竺の班足太子と后華陽夫人の話が描かれており、内容面からもその影響が窺える。後述するが、舞台が日本から世界へと広がる改変は、唐や天竺という異国を描くことで、物珍しさを観客に見せるだけではなく、劇中の対立構図にも変化をあたえている。

第二に、妖狐の登場による、劇中の対立の改変である。『玉藻前曦袂』では、先述したように、玉藻前は狐ではなかった。紀海音の『殺生石』において、妖狐が玉藻前として登場していたのを、あえて『玉藻前曦袂』では、泰成の計略上の話とした。それを『絵本増補玉藻前曦袂』では、再び妖狐を玉藻前として登場させている。『殺生石』では、妖狐は登場するが、主に三浦之助と上総之助の確執による物語が展開されており、明確な対立構図をなしていなかった。それを『玉藻前曦袂』では、鳥羽院と薄雲皇子を対立させ、謀反劇に仕立てた。『絵本増補玉藻前曦袂』でも、薄雲皇子の謀反は描かれているが、妖狐が化した玉藻前は薄雲の皇子の謀反に与し、かわりに神道仏道を破却することを求める。妖狐が登場することで、王位をめぐる対立を、「仏教（神道）」対「外道（魔道）」へと改変させているのである。このことは、第一の特徴ともつながる。天竺、唐を経て日本を魔界になそうとする妖狐の登場が、王位簒奪に向けた対立を、よりスケールの大きなものとした。

また、第五段末尾における殺生石供養が、『玉藻前曦袂』では、皇子の魂をいさめて成仏させるものであったが、『絵本増補玉藻前曦袂』では、狐を成仏させ、稲荷の神となって五穀成就を誓わせることへとかえられている。「仏道（神道）」の勝利という、対立の結果に対応した結末への改変も行われていた。

第三に、もどりの趣向の利用である。先述したように、今日上演されているのは『玉藻前曦袂』では第三段の切にあたる『絵本増補玉藻前曦袂』の「道春館」である。この段では、薄雲皇子が入内に応じない桂姫の首を討つ話が繰り広げられている。そこに先行作品を踏まえた場面でありながら、新たにもどりの趣向が用いられているのである。金藤次は、桂姫と初花姫のうち、双六で負けた方の首を討つという約束に反し、勝った桂姫の首を討ち帰る。

『玉藻前曦袂』では、その理由が金藤次の残した文から明らかになる。桂姫は幼い頃別れた金藤次の実の娘であるが、金藤次は主君薄雲皇子の命令であることから、やむなく娘を討ったのである。一方、『絵本増補玉藻前曦袂』では、金藤次は約束に反したことから、桂姫の母萩の方と采女之助に斬られ、死に際に真実を打ち明ける「もどり」の趣向を用いている。『玉藻前曦袂』では、次の段に、出世の祝いの場を設けることで、娘を討ったことによる出世へのむなしさ、父親の悲しさを浮き彫りにさせている。悲嘆の場面は描かれているが、『絵本増補玉藻前曦袂』における金藤次の嘆きの場面に比べ、悲しさの表現の効果は小さかったといえるだろう。『絵本増補玉藻前曦袂』における「もどり」の趣向は、劇中、最大の聞かせ場を設けるための改変であった。

以上、『玉藻前曦袂』から『絵本増補玉藻前曦袂』へ改変された点を中心にみてきたが、読本の影響についても綿密な考察が必要であろう。ここでは、異国を素材とするにあたって見られる、読本との違いについて指摘することにとどめる。読本『絵本玉藻譚』では、「あらあら恐ろしや。此国は神国にて天上地下四方八隅八百神守護し給ひ、彼方へ飛べば蹴落され此方へ走れば追倒され、天地広しといへども、今は隠るべき所もなく遁るべき国もなし」（傍線筆者）、「いともかしこき我日の本の神通王護のちからには」（傍線筆者）[9]と、いかに通力自在の妖狐であっても、日本は神国であるため無力であるとする。一方、浄瑠璃『玉藻前曦袂』では、「玉体に近カ付キしか共。君の聖運仏神ンの加護。力ラなく逃去て」、また、『絵本増補玉藻前曦袂』では、「此日の本を魔界になさんと思ひしに、神国の威に押れ又は、釼の徳によつて、我魔道をくじかれしか」と、神国ゆえというだけではなく、仏神の加護、名剣（天竺の班足太子が所持していた猛虎丸）により妖力が封じられている。読本『絵本玉藻譚』は、「強烈な自国優位の考え方」であり、「エキゾティックなものへの興味とナショナリズム的な考え方は、つねに相互依存的な関係にある」との指摘があるが、[10]『絵本玉藻譚』刊行の翌年に初演され、この読本の影響を受けた佐川藤太の浄瑠璃では、その考え方は採用されていない。神国であることだけに、問題の解決を委ねていないのである。

この点については、後述する『五天竺』においても確認できる。『釈迦如来誕生会』では、「悉達太子成道正覚成就して。仏法をひろめ五天竺は申に及ず。是より東震旦国又大日本と申す神国有。かゝる粟散辺土迄仏法流布し。一切衆生善心に入慈悲を守る世とならば。我らが魔境の滅亡目前也。」（傍線筆者）とあるところを、『五天竺』では、「悉多太子仏法を弘め。一切衆生を救はんと。迷ひの凡夫善心に入る。慈悲を守らば我外道滅亡せん。」と改変している。魔けい修羅王が提婆達多へ語りかける場面において、傍線部分を省略している。粟散辺土は小国という意味ではあるが、「大日本と申す神国」と、日本を、優越感をもって表現している。『釈迦如来誕生会』は、自国優越意識が強くあらわれる『国性爺合戦』（正徳五年〔一七一五〕初演）が書かれた、近松後期頃の作品であることから、このような表現が用いられたものと思われる。それを、佐川藤太はあえて削除しているのである。

三　『釈迦如来誕生会』から『五天竺』への改作

『五天竺』は、近松門左衛門の浄瑠璃『釈迦如来誕生会』に、『絵本西遊記』（文化三年〔一八〇六〕）初編を取り入れた作品である。語りや人形遣いの技芸をよく駆使した作品という評価もあるが、一方で安直な脚色であり、原作の作意を活かしていない、猿の人形を用いた物珍しさを売りにした作品という低い評価が多く見られる。(11)『釈迦如来誕生会』が初演後に江戸時代を通じて再演されず、『五天竺』という形で再演され続けたということからも、同作品は評価し直される必要もあろう。一方、『釈迦如来誕生会』の全段の話を簡略にまとめたものに黒本『釈迦如来御一代記』（鳥居清満画）があり、演劇化の側面から検討する必要がある。

『五天竺』は、角書「玄奘三蔵の経取・釈迦如来の誕生・孫悟空の仙術」にも記されているように三つの話から構成されている。『五天竺』の全体像を提示すると、「怪石の段」、「水簾洞の段」、「鶏足山の段」（提婆の陰謀）、「天竺御殿の段」（摩耶夫人懐妊）、「桃園の段」、「釈迦誕生の段」（太子誕生）、「渉し場の段」、「白蓮子別れの段」、「花園の段」（耶輸多羅女懐妊）、「太子遁世の段」（太子出家）、「地獄の段」、「経山寺の段」、「檀特山の段」（太子入山）、「林丹子住家の段」（槃特の肉切り）、「太祖御殿の段」、「人参菓の段」、「釜煎の段」、「一つ家の段」、「太子難行の段」（太子難行）、「流沙川の段」、「須達長者館の段」（須達長者懺悔、帰依）、「祇園精舎の段」（万燈供養）である。『釈迦如来誕生会』による部分を括弧内に記し、傍線を引いたが、全二十二段中、十段を占める。『釈迦如来誕生会』と『絵本西遊記』がほぼ一、二段毎、交互に入り組んで構成されている。

では、『五天竺』は『釈迦如来誕生会』をどのように利用したのかをみてみよう。『釈迦如来誕生会』は、摩耶夫人の懐妊から、太子の誕生、出家、難行、そして成道得度までをあらすじに持つ。憍曇弥、右の司婆将軍と手を組んだ提婆達多の王位簒奪への謀反という枠組みの中で、烏陀夷夫婦の愚鈍な子槃特をめぐる話、万燈供養（貧女の一燈）の話など仏教説話に摂取した場面が繰り広げられる。

『五天竺』は、先述したように『釈迦如来誕生会』の第五段を除き、ほぼ原作に近い形で利用しているが、次のような三つの改変がある。

第一に、劇全体における対立の明確化である。『釈迦如来誕生会』では初段において、劇中の対立の構図が、浄飯大王の后である、「憍曇弥方」対「摩耶夫人方」となっている。憍曇弥には右の司婆将軍、摩耶夫人には左の司烏陀羅夷がついている。摩耶夫人を妬む姉憍曇弥をそそのかした婆将軍が、提婆達多を王位につかせようとする対立であった。第二段になると、それは「外道」対「仏道」という構図にかわる。実は提婆達多は、前世、魔けい首羅王であり、この世を魔界となすために、悉達王子を殺害、仏法が弘まるのを防ごうとしているのである。『五天竺』では、この対立を明確にするための工夫がされている。その一つが段（『釈迦如来誕生会』では「場」）の入れ替えである。『釈迦如来誕生会』初段の第一場は「五天竺の浄飯大王の王宮」、第二場が「鶏足山」である。『釈迦如来誕生会』では、初段第一場で、憍曇弥と婆将軍が、大王の甥提婆達多を養子にさせることを企てている。確として明言していない謀反への企ては、次の第二場で明らかになる。それも烏陀夷が婆将軍の郎党から、密書を奪い読んで推察したもので、第一場の憍曇弥の妬みによる摩耶夫人との反目から、唐突に提婆が王位を狙う謀反へかわっているのである。『五天竺』では、この二つの場を「鶏足山の段」、「天竺御殿の段」と、その前後を入れ替えている。先に謀反への言及があることで、後の提婆達多の企てが、単なる后同士の妬みによる対立ではないことをあらわしている。段を入れ替えることで、対立の構図を明確にしている。

この対立の構図は、『五天竺』内で『釈迦如来誕生会』を取り入れた部分にとどまらず、『絵本西遊記』を取り入れた部分にも及んでいる。それがもう一つの工夫である。『絵本西遊記』を取り入れた『五天竺』の初段「怪石の段」では、崑崙山の滝壺に魔けい修羅王があらわれ、混世魔王に唐土、日本へ仏法が弘まるのを妨ぐよう命じる。さらに、魔けい修羅王が提婆達多にも同じことを命じることで、『絵本西遊記』の世界と『釈迦如来誕生会』を繋いでいる。『五天竺』において、魔けい修羅王を媒介にして、『釈迦如来誕生会』と『絵本西遊記』を合体させる上で、「仏法」対「外道」という構図に仕上げたのである。対立の「悪側」の「魔けい修羅王」は、『絵本西遊記』に登場するものではなく、『釈迦如来誕生会』で、提婆達多の前世が欲天の魔けい首羅王であったことを引き出したものである。

『五天竺』において、魔けい修羅王が、実際、提婆達多の前に現れ、仏道破却を命じるのは、全二十一段中十一段目「太子遁世」の段ではあるが、初段ですでに提示されているのである。浄瑠璃では、劇中の対立の構図は主に初段で明らかになることが多いため、第二段で明らかにした『釈迦如来誕生会』より、対立の構図がわかりやすいものとなった。

第二の改変は、宗教色の退色である。まず、「林丹子住家の段」における違いをみてみよう。二つの作品において共通する内容を確認しておく。出家した太子を追って、耶輸多羅女と烏陀夷は林丹子の家に宿を求める。そこには、以前鷲にさらわれた烏陀夷の息子槃特が夫婦の子として育てられていた。林丹子は、耶輸多羅女に気付き、彼女をさがす提婆達多方へ訴人しようとする。そこへ、家に飛んできた鳩を槃特が殺してしまう。林丹子は、代々猟師として殺生を積み重ねた罪から実子が育たず、以前鷲にさらわれてきた子を救い、我が子として育てたことを語り出す。愚鈍者であることから先を心配し、殺生を断って彼の息災延命を祈っていたが、今、槃特が殺生した故に、大願が破れたと嘆く。提婆達多が外道の祭りに供える鳩を渡せとやってくるが、殺された鳩を見て、殺した者の肉を鳩の重さ分削いで差し出すように命じる。林丹子が自らの肉を切ろうとするが、烏陀夷は槃特を諭して、肉を削がせる。

この段は「槃特」にまつわる仏教説話に、「尸毗王」にまつわる仏教説話が合わさったものである。後者は、『大智度論』巻四に記されている。釈迦が尸毗王であった時、帝釈天が尸毗王の知恵を試そうと、自らは鷹に変じ、毗首羯磨は鳩に変じる。鷹に追われ尸毗王のもとへ逃げ入った鳩を、鷹は返すようにせまる。尸毗王は鳩の代わりに自らの肉を切り、最後は自ら秤に上って、鳩の命を救ったという仏教説話であった。

『大智度論』では、肉の重さが足りないといわれ、結局、尸毗王が秤に上る。それを踏まえ『釈迦如来誕生会』

では「一生の知恵はじめ鳩の秤にかゝる知恵」と、槃特が秤に上る様子が描かれる。一方、『五天竺』では、削いだ肉を計るだけである。「知恵」と「秤」を切り離したことから、段の末尾の「槃特が愚痴も文殊の知恵。つゐに羅漢の果を得たり。」への繋がりも不自然となる。仏教の教えの部分が改変されたことで、宗教色が退色してしまったのである。

このような改変の例を、もう一つあげる。「須達長者の館の段」である。林丹子の妻、瑠璃仙女は槃特の出家の費用を準備するため、須達長者の館で下女奉公している。瑠璃仙女は施物としてひそかに扶持米を蓄えていたが、仏法を嫌う長者に発覚し、盗人とののしられ追い出される（『五天竺』では牢に入れられる）。釈尊（『五天竺』では三蔵）が訪れ、瑠璃仙女の施物を差し出すようにいうが、長者は拒む。長者は、瑠璃仙女が投げ出した米袋を持ち上げることができないが、妻（『釈迦如来誕生会』では槃特）が軽々持ち上げ、自ずと米が鉢に入る奇瑞を見て、仏道に帰依する。

『釈迦如来誕生会』では、槃特の手が伸びて門内の米袋を持ち上げる奇瑞を、「槃特は愚痴愚鈍一句一偈の行者なれ共。信心の誠巻の書論にまさり。覚ず我身自在を得たり。」と、説いている。愚鈍な槃特も信心故に不思議な力を身につけたものと語る、説法の場面が、『五天竺』では省略されている。『釈迦如来誕生会』において、槃特が再び登場し、仏との感応を見せるこの場面を省いてしまったことから、『五天竺』では仏教の霊験を見せるという宗教色が薄れているのである。それは、第五段の万燈供養の場において、須達長者の万燈が消え、瑠璃仙女の一灯だけが消えなかったことを、説く場面でも同様であった。

長者の万燈が消えたのは、「我慢」、「慢心」のためであり、瑠璃仙女の一灯は「信心の功徳」により、消えなかったものとしている。一方、『五天竺』では、「外道邪法のなせる業」と、魔風のために消えたものとする。以上のように、『釈迦如来誕生会』では、説法の場となっていた場面が、省略、改変されることで、宗教色が薄れる結果となっている。

第三の改変は、地の文の省略である。つとに指摘があるように、改作物における地の文の省略は、会話を中心とした山場を設けることにつながっていった。(12)『五天竺』は『釈迦如来誕生会』の第五段をのぞき、ほぼ原作のまま用いているが、明らかに会話の文の省略は少なく、地の文の省略が多く見られる。地の文の省略として、例えば、懐妊した摩耶夫人の脈を診た典薬耆婆の言葉を伝える、次のような場面をあげてみたい。

典薬耆婆を召けるに。耆婆御脈をうかゞひ御相好を考。百福円満めでたき太子宿らせ給ふ。かゝる御代には第六天の魔王必ねたんで障碍をなす。四種の花にて産屋をふき万民共に長竿に。花をかざり梵天をまつり給へ。御寿命八十一歳と。三世を見通す名医の耆婆（『釈迦如来誕生会』、傍線筆者）

御典薬名医耆婆が窺ひ。百福円満めでたき太子御誕生ましまし。御寿命は八十一才と三世を見抜きし（『五天竺』）

傍線部のように、耆婆が脈を診る様子のような登場人物の動作についての地の文や、外道の力を避けるための対処方法などを語る部分を省略している。また、浄飯大王が憍曇弥と摩耶夫人に反目せぬよう語る場面でも、『五天竺』では、次のような省略が行われる。

兄弟心柔和にして。世継の太子誕生国太平を祈るべし。提婆は一ト先本国に立かへれと三時殿に入給ふ。摩耶夫人は姉后の気を取かねて何ごとも。風にしたがふ青柳のたよたよとして立給へば。憍曇弥は嫉妬の怒り胸にふくみし蝮の針。さすがに色には出さねど。目に角立てあらはるゝ悋気述懐恋無情。善悪ともに人間はいづくにも同じ心にて。詞かはると聞ゆれど文字にうつせば天竺も。日本も同じ世話詞。筆につらぬる御仏の。国の教へぞ道遠き。」（『釈迦如来誕生会』、傍線筆者）

皆々心一ッ致して。世継の太子を祈るべし提婆は一ト先本国へ帰るべしと。三時殿に入り給へば。はっと悦ぶ吉祥女。二人はむっとほいなげに。御前を立ッや善と悪クいづれ天竺唐土もかはらで同じ心なる（『五天竺』）

『五天竺』では、烏陀夷の妻吉祥女が、提婆達多の養子入りを防げたことに安堵する様子がわずかに書かれているが、傍線部のような、摩耶夫人と憍曇弥の心境による表情や動作などを表す地の文が全くというほど書かれずに省略されている。このような地の文における省略が見られる一方で、「林丹子の住家」の段における槃特をめぐる嘆きの場面は、全体としても数文字の削除にすぎないほど、その詞章がほぼ省略のない状態で用いられている。会話による嘆きは太夫の聞かせ場でもあることから、忠実に用いられたものと見られる。「花園の段」における、悉多太子と耶輸多羅女の会話においても同様である。地の文を省略し、会話文を中心とした詞章にすることは、劇をテンポよく進行させ、観客を飽きさせないための改変といえよう。

四　おわりに

以上見てきたように、本稿では、増補と改作の方法という観点から、文化文政期の浄瑠璃作者、佐川藤太の作品である『絵本増補玉藻前曦袂』と『五天竺』に対する分析を試みてきた。二つの作品の共通点は、次のようにまとめることができる。第一に、異国の物語を題材とする読本の影響を受け、狐や猿などの妖怪変化が登場する見せ場の多い作品ということである。人形遣いの吉田新吾が両作品ともに関わっており、作品作りへの影響が窺われる。第二に、増補や改作にあたって、劇中の世界を拡大しているという点である。本稿では触れることができなかったが、異国に関する描写が具体的なものへと改まっている。第三に、劇中の対立が明確化され、スケールの大きな対立へと改められている。異国を舞台とすることから、「仏教（神道）」と「外道」の対立とするが、宗教色の強い作品とはなっていない。第四に、地の文を省略し会話文を中心とした山場を設けるための工夫が見られる点である。見せ場、聞かせ場を設けるだけでなく、わかりやすいあらすじを持つ、テンポのいい展開とさせることで、観客を飽きさせない、娯楽性に富んだ作劇が行われたものといえよう。一方で「近松の浄瑠璃本を百冊読む時は、習はずして三教の道に悟りを開き」（『作者式法戯財録』）といわれ、読む本としての需要もあった近松のような詞章作りからは離れていったといえる。第五に、異国への関心や言及が日本優越意識の表現としてはあらわれていないことである。同時期刊行された読本の影響を受けながらも、佐川藤太は浄瑠璃に意識的に取り入れなかったのである。[13]

古典や先行、あるいは同時代の作品を引用、翻案する作品作りの方法は、近世後期になって、一層複雑多岐化した。ジャンルをまたぐ趣向取りはもちろん、丸取りや改竄ともいわれる方法も用いられることがあった。浄瑠璃における増補・改作物もその傾向を反映している。そのような中で、佐川藤太は改作に意義を見出し、単なる安易な継ぎ接ぎという方法を用いず、「改作作者」としての意識を持った独自の作劇を心がけていたのである。

注

（1）　松崎仁「寛政期の浄瑠璃復興」及び、法月敏彦「文楽の芝居と天保の改革」『黄金時代の浄瑠璃とその後』岩波講座歌舞伎・

文楽第九巻（岩波書店、一九九八年。）
（2）原道生「操浄瑠璃の大成と展開」『近世演劇を学ぶ人のために』（世界思想社、一九九七年）。
（3）大屋多詠子「京伝・馬琴による読本演劇化作品の再利用」（『読本研究新集』第五集、翰林書房、二〇〇四年一〇月）、「馬琴読本の演劇化」（『国語と国文学』二〇〇六年五月）、「読本作者佐藤魚丸」（『国語と国文学』二〇〇七年一二月）参照。
（4）佐川藤太については、注3の大屋多詠子「読本作者佐藤魚丸」参照。
（5）『会稽宮城野錦繡』（文化二年［一八〇五］初演）、『絵本増補玉藻前曦袂』（文化三年［一八〇六］初演）、『いろは物語』（文化四年［一八〇七］初演）、『八陣守護城』（文化四年［一八〇七］初演）、『桜姫花洛鑑』（文化四年［一八〇七］初演）、『玉黒髪七人化粧』（文化五年［一八〇八］初演）、『鎮西八郎誉弓勢』（文化五年［一八〇八］初演）、『絵本優曇華物語』（文化六年［一八〇九］初演）、『増補花筏巌流島』（文化七年［一八一〇］初演）、『融通大念仏』（文化八年［一八一一］初演）、『四天王寺伽藍鑑』（文化九年［一八一二］初演）、『本町糸屋娘』（文化十年［一八一三］初演）、『酒呑童子話』（文化十一年［一八一四］初演）、『竜宮連理鐘』（文化十三年［一八一六］初演）、『五天竺』（文化十三年［一八一六］初演）など。
（6）注3の大屋多詠子氏の「京伝・馬琴による読本演劇化作品の再利用」、「馬琴読本の演劇化」参照。
（7）注6に同じ。
（8）「佐川藤太」項（祐田善雄執筆）『演劇百科大事典』（平凡社）。
（9）『絵本玉藻譚』（赤志忠雅堂、一八八六年）。
（10）横山泰子『江戸歌舞伎の怪談と化け物』（講談社、二〇〇八年）。
（11）『五天竺』への評価は、「五天竺」項（井口洋執筆）『日本古典文学大辞典』（岩波書店）、「『五天竺』をめぐって」『第五十八回文楽公演・昭和五十六年九月・国立劇場』、磯部彰『『西遊記』受容史の研究』（多賀出版株式会社、一九九五年）を参照。
（12）「合作流行の結果として、更に翻案、改作、剽窃等の間に合わせや胡魔化しは盛んに行はれ、殊に地の文即ち叙事の文に凝ることが不便であり、困難であることから、それ等の部分をできるだけ減少して、対話の部分を洗練し、そこに全力を集中して、致る処に興味の中心たる山を作らうと競争するの結果」若月保治『人形浄瑠璃史研究』（桜井書店、一九四三年）。
（13）西山松之助ほか校注『近世藝道論』日本思想大系61（岩波書店、一九七二年）。

初出一覧

本書は、以下の論文をもとにしている。旧稿にはすべて加筆訂正した。

第一部　近松時代浄瑠璃における趣向

第一章　趣向としての歌謡・芸能（二〇〇三年一月発行『国語と国文学』第八十巻第一号掲載、「近松浄瑠璃における趣向としての歌謡・芸能」に加筆訂正）。

第二章　滑稽の趣向（二〇〇四年六月発行『江戸文学』第30号掲載、「近松浄瑠璃における滑稽の趣向」に加筆訂正）。

第三章　心底の趣向（書き下ろし）。

第二部　近松の時代浄瑠璃の展開

第一章　近松の時代浄瑠璃に描かれた「執着」「執念」（二〇〇六年二月発行『国語と国文学』第八十三巻第二号掲載、「近松の時代浄瑠璃に描かれた「執着」「執念」」に加筆訂正）。

第二章　近松の浄瑠璃に描かれた「武の国」日本（二〇一五年二月発行『日本人は日本をどうみてきたか』（田中優子編、笠間書院）所収「近松の浄瑠璃に描かれた武の国日本」に加筆訂正）。

第三章　近松の浄瑠璃に描かれた台湾――『唐船噺今国性爺』を中心に――（二〇一四年五月発行『日本学研究』（檀国大学校日本研究所）掲載「近松の浄瑠璃における台湾への関心」に加筆訂正）。

第三部　時代浄瑠璃における先行作品の摂取・展開

第一章　近松浄瑠璃の〈十二段物〉考察（二〇〇三年五月発行『日語日文学研究』（韓国日語日文学会）第45輯掲載、「近松浄瑠璃の〈十二段物〉考察」に加筆訂正）。

第二章　『源義経将棊経』の構想（二〇〇三年九月発行『日本文学』第五十二巻第九号掲載、「『源義経将棊経』の構想」に加筆訂正）。

第三章　浄瑠璃における富士浅間物の展開――『莠伶人吾妻雛形』・『粟島譜嫁入雛形』を中心に――（二〇〇四年三月発行『第二七回国際日本文学研究集会会議録』（国文学研究資料館）掲載、「浄瑠璃における富士浅間物の展開――『莠伶人吾妻雛形』・『粟島譜嫁入雛形』を中心に――」に加筆訂正）。

第四章　佐川藤太の浄瑠璃――改作・増補という方法――（二〇一四年五月発行『国語と国文学』東京大学国語国文学会掲載「佐川藤太の浄瑠璃――改作増補という方法」に加筆訂正）。

あとがき

本書は東京大学大学院人文社会系研究科に博士論文として提出した『近松時代浄瑠璃の研究』をもとに、その後執筆した論文を加え、加筆修正したものである。

筆者が近松の浄瑠璃を知ったのは、韓国外国語大学教育大学院に在学中の時であった。日本の古典芸能は死（者）を描くということに興味を持ち、近松の心中物で修士論文を執筆した。ひたすら「死」を掘り下げ続ける近松に、日本文学・芸能の独特な側面を見て取った。留学を機に、その数に圧倒されつつ時代浄瑠璃に取り組み、現在に至る。

本研究を遂行するにあたり、指導教官である長島弘明先生には、終始厳しい御指導と温かい激励をいただいた。ここに、心より深謝の意を表する。赤門をくぐった瞬間から現在に至るまで、研究者として、教育者として、学んだことは言葉に言い尽くせない。また、本書のもととなった博士論文審査の際、貴重なご教示を賜った多田一臣先生、藤原克巳先生、渡部泰明先生、安藤宏先生にも心より深謝申し上げる。チューターの酒井わか奈さんには、崩し字や古典文法、先行研究や資料調査の方法などを教えていただいただけでなく、文楽・歌舞伎の観劇にも付き添っていただいた。留学したての心細い時期に大きな支えとなり、近松の研究を続ける上での基礎を身につけることができた。この場を借りてお礼を申し上げたい。国文学研究室および国語学研究室のみなさま、特に近世ゼミの先輩後輩、同期の方々には大変お世話になった。この上ない恵まれた環境で研究できたことに感謝申し上げる。また、「近松の会」のみなさまにも貴重なご教示とご助言をいただいたことに感謝したい。合わせて、留学中は日本政府（文部科学省）および渥美国際交流財団、東京大学布施学術基金より、学業に専念できるよう支援していただいた。改めてここに謝意を表する。

ぺりかん社の小澤達哉さまには、出版をご快諾いただきながら、原稿の完成が大幅に遅延してしまい、大変ご迷惑をおかけした。お詫びを申し上げるとともに心よりお礼を申し上げたい。

最後に、常に事後報告しかしない筆者を戸惑うこともなく温かく見守り続けてくれた両親と兄妹に感謝の意を表する。

索　引

さ

た

な

は

著者略歴

韓 京子（はん きょんじゃ）

韓国徳成女子大学化学科卒業。韓国外国語大学教育大学院修士課程修了。東京大学大学院人文社会系研究科修士課程・博士課程修了。博士（文学）。現在、慶熙大学校外国語大学日本語学科副教授。

［共著・論文］『日本人は日本をどうみてきたか』（共著、田中優子編、笠間書院、2015年２月）。「近松浄瑠璃における滑稽の趣向」（『江戸文学』30号、ぺりかん社、2004年６月）。「植民地朝鮮における文楽興行」（『日本学研究』46輯、2015年９月）。「佐川藤太の浄瑠璃——改作・増補という方法」（『国語と国文学』第91巻15号、2014年５月）など。

装訂—— 高麗隆彦

近松《ちかまつ》時代《じだい》浄《じょう》瑠《る》璃《り》の世界《せかい》

2019年３月30日 初版第１刷発行

著 者 韓 京子

発行者 廣嶋 武人

発行所 株式会社 ぺりかん社
〒113-0033 東京都文京区本郷1-28-36
TEL 03(3814)8515
http://www.perikansha.co.jp/

印刷・製本 モリモト印刷

Printed in Japan

ISBN 978-4-8315-1527-8